Kerrigan Byrne

Ancienne agent des forces de l'ordre et professeure de danse, Kerrigan Byrne a réalisé son rêve d'enfant en devenant auteure. Inspirée par ses origines celtes et sa passion pour l'ère victorienne, elle écrit des romances historiques captivantes ayant déjà conquis des milliers de lectrices.

Mensonges sur l'oreiller

Aux Éditions J'ai lu

KERRIGAN
BYRNE

AMITIÉ – 3

Mensonges
sur l'oreiller

Traduit de l'anglais (États-Unis)
par Astrid Mougins

POUR elle

Si vous souhaitez être informée en avant-première
de nos parutions et tout savoir sur vos auteures préférées,
retrouvez-nous ici :

www.jailu.com

Abonnez-vous à notre newsletter
et rejoignez-nous sur Facebook !

Titre original
THE DEVIL IN HER BED

Éditeur original
St. Martin's Paperbacks,
an imprint of St. Martin's Publishing Group

© Kerrigan Byrne, 2021

Pour la traduction française
© Éditions J'ai lu, 2021

1

Domaine de Mont-Claire,
Hampshire, 1872

En ce beau début d'après-midi d'été, Pippa Hargrave ignorait encore qu'elle était sur le point d'avoir le cœur brisé.

Dès qu'elle apprit que les jumeaux Cavendish avaient été libérés par leur précepteur plus tôt que prévu, elle devina qu'ils se précipiteraient dehors pour jouer dans le labyrinthe végétal et traversa en trombe le manoir de Mont-Claire.

Lorsqu'elle fit irruption dans les cuisines, son père, Charles Hargrave, releva la tête du comptoir derrière lequel il mangeait sur le pouce un morceau de poulet froid et des légumes verts.

— Où files-tu ainsi, ma puce ? demanda-t-il en lui pinçant affectueusement le bout du nez.

Sa mère, Hattie, préparait le repas. À ses côtés, Serena, une élégante Roumaine, ajouta quelques herbes dans une marmite en déclarant :

— Tu étais déjà pressée de venir au monde, Pip. Je ne m'étonne pas que tu vives au pas de course.

Elle l'appelait toujours par ce surnom affectueux, qui résonnait étrangement prononcé avec son fort accent qui, selon Hattie, était celui des Carpates.

D'après ce qu'on lui avait dit, c'était à Serena que Pippa devait son existence. Ses parents avaient vainement tenté d'avoir un enfant durant des décennies jusqu'au jour où Serena avait préparé un tonique pour Hattie. Celle-ci était tombée enceinte presque aussitôt après.

Le père de Pippa, le majordome de Mont-Claire, avait onze ans de plus que son épouse. Il avait l'âge de la plupart des grands-pères des amis de Pippa et traitait sa fille avec une dévotion et une indulgence teintées de perplexité.

Se tortillant sur place dans sa hâte à sortir, Pippa expliqua :

— Je dois trouver Declan Chandler.

— Il me semble l'avoir vu qui nettoyait la fontaine quand je suis arrivée, déclara Serena avec un clin d'œil.

— Oh non ! se lamenta Pippa d'un ton mélodramatique. Il faut absolument que je l'aide. Il déteste nettoyer la fontaine. Elle le terrifie, même s'il est trop courageux pour l'avouer.

Elle ferma les yeux et poussa un long soupir d'admiration devant tant de bravoure.

Hattie posa une main attendrie sur la joue de Pippa.

— Ma fille est complètement entichée de ce garçon.

Pippa fronça le nez.

— Anti... quoi ?

— Ce Declan Chandler a une âme de tigre, dit Serena. Et toi, celle d'un dragon.

Pippa pouffa de rire.

— Les dragons n'existent pas.

— En es-tu sûre ? J'ai visité de nombreux pays dont les habitants pourraient te contredire.

Pippa se tourna vers son père.

— Papa, tu n'aurais pas des bonbons à la menthe ?

Son père fouillait déjà ses poches. Declan raffolait des bonbons à la menthe. Après avoir récuré la fontaine, il était toujours pâle et légèrement irascible. Les bonbons le ravigotaient et faisaient fleurir sur ses lèvres ce sourire qui déclenchait un vol de papillons dans le ventre de Pippa.

Après avoir tapoté toutes ses poches à plusieurs reprises pour entretenir le suspense, Charles trouva enfin les quelques friandises qu'il gardait toujours sur lui pour les enfants.

Pippa s'en empara et les répartit. Un bonbon pour Ferdinand, un pour Francesca, un pour elle. Elle réserva les deux derniers pour Declan. Il méritait une double portion.

Elle déposa un baiser sur la joue de son père, puis s'élança vers la porte et traversa en courant la pelouse flanquée de deux majestueuses allées de thuyas, pressée de retrouver le garçon qui faisait battre son cœur.

Lorsqu'il était apparu sur le perron de Mont-Claire quelques années plus tôt, Declan Chandler était aussi petit qu'elle et d'une maigreur alarmante. Crasseux et grelottant, il faisait peine à voir.

Depuis, son corps s'était considérablement étiré en longueur et élargi en carrure. Pourtant, bien qu'il mangeât comme quatre, il restait toujours aussi svelte.

Ces derniers temps, au lieu de se concentrer sur ses exercices de calcul, Pippa se prenait à rêvasser. Elle inventait toutes sortes d'histoires ridicules autour de Declan Chandler. Aujourd'hui, elle avait passé une bonne partie du début d'après-midi à ronger le bout de son crayon tout en méditant sur la perfection du mot « éblouie ».

Cela faisait longtemps qu'elle cherchait à définir correctement l'effet que le jeune domestique avait sur elle. Elle avait enfin trouvé le terme juste.

Après avoir traversé les élégants jardins qui croulaient sous une abondance de fleurs, elle s'enfonça dans le labyrinthe, dont elle avait mémorisé toutes les allées.

Elle arriva devant la fontaine qui ornait la clairière centrale juste à temps pour voir la scène qui lui déchirerait le cœur.

Declan se tenait dans la grande vasque, de l'eau jusqu'aux genoux. Des gouttelettes d'eau ruisselaient dans le creux de muscles longs qu'elle n'avait encore jamais remarqués.

On aurait dit le rejeton d'un des dieux antiques sculptés dans le marbre derrière lui.

Francesca Cavendish glissait un bonbon à la menthe entre ses lèvres.

Le sourire que Declan lui adressa, un sourire qui aurait dû être pour Pippa, était aussi radieux que le soleil. Il murmura quelque chose à Francesca avant de replacer une mèche d'un roux éclatant derrière sa ravissante oreille. Puis il déposa sur ses doigts un baiser avec une déférence que ne justifiait pas son rang de jeune maîtresse de maison. Une déférence qui n'avait plus rien d'innocent…

Indifférents à la scène, les satyres et les dieux continuaient à cracher leur eau à travers leurs cornes et leurs bouches. La bruine diffusée par la fontaine réfléchissait les rayons du soleil en délicats arcs-en-ciel et étincelait autour d'eux telle une pluie de minuscules diamants.

Le cœur de Pippa se serra si fort que, l'espace d'un instant, il lui sembla avoir cessé de battre. Ses mains étaient glacées, sa gorge sèche. À treize ans, Declan était pour elle l'image même de la beauté masculine. Elle observa son amie Francesca en s'efforçant de la voir à travers les yeux de l'adolescent. Un nez fin et parfaitement droit, un visage en forme de cœur ; mince, même pour une jeune fille sur le point de devenir femme, et plus élégante qu'une enfant n'aurait dû l'être ; une chevelure d'un roux flamboyant et des yeux couleur de mer sous un ciel orageux.

Pippa avait des cheveux d'un blond terne, les joues encore rondes de l'enfance et un sérieux penchant pour se resservir à table. Selon sa mère, sa beauté résidait dans ses yeux d'un vert saisissant. Des yeux qui, à présent, lui piquaient. Sa gorge était nouée au point qu'elle pouvait à peine respirer.

Declan, *son* Declan, était-il amoureux de Francesca Cavendish, sa meilleure amie ? Sa seule amie au monde ?

Le destin pouvait-il être aussi cruel ? Existait-il une déchirure plus cuisante que celle-ci ?

Non. Il n'y avait pire agonie que celle qu'elle était en train de vivre.

Ne voyait-il donc pas qu'elle était parfaite pour lui ?

Francesca n'aurait jamais mouillé ses précieux souliers, alors que Pippa avait souvent grimpé dans la fontaine et plongé ses bras dans la vase pour aider Declan afin qu'il finisse son travail plus vite et qu'ils puissent jouer. Parfois, lorsqu'il avait du vague à l'âme, ils se jetaient des poignées de mousse en poussant des cris, riant jusqu'à en avoir mal aux côtes.

Francesca n'aurait pas sali ses jolies robes ; elle ne pouvait se le permettre. Un jour, elle serait une lady.

Pippa ne serait pas une lady ; elle serait une femme. La femme de Declan. Elle en avait décidé ainsi depuis longtemps.

Quoi qu'en disent ses parents, on ne pouvait aimer autant sans être aimé en retour.

Les dieux de la fontaine ne le permettraient pas.

Pourtant… là, devant elle, Declan et Francesca n'avaient d'yeux que l'un pour l'autre.

Depuis son perchoir dans le vieux frêne de l'autre côté du labyrinthe, Ferdinand, le frère jumeau de Francesca, lança :

— Des cavaliers approchent dans l'allée.

La mère de Pippa lui avait expliqué que Ferdinand était né avec le souffle court et qu'il se débattait depuis avec une affection appelée « asthme ». Cela expliquait les veines iridescentes sous sa peau et ses lèvres parfois bleutées.

Malgré cela, c'était un garçon formidable, et pour Pippa, qui n'avait pas de frère, la personne idéale avec laquelle se lancer dans des aventures. Un jour, il lui avait dit que, lorsqu'il serait plus âgé, il ferait d'elle une comtesse.

Elle espérait qu'il n'avait pas voulu dire par là qu'il l'épouserait.

Parce que, naturellement, elle se marierait avec Declan, elle le savait au fond de son cœur. Elle s'appellerait Mme Chandler. Elle avait même déjà commencé à peaufiner sa signature.

— Attendons-nous des visiteurs ? demanda Francesca.

— Ils sont trop nombreux pour qu'il s'agisse d'une visite de courtoisie, répondit Ferdinand.

Il enroula ses doigts et regarda à travers comme dans une lunette.

— J'en compte une vingtaine, ajouta-t-il.

— Ce n'est pas très convenable de se présenter à vingt sans se faire annoncer au préalable, déclara Francesca avec une charmante moue réprobatrice. Mme Hargrave n'aura jamais le temps de préparer autant de sandwichs pour tout le monde.

Declan fronça les sourcils.

— Pip, lady Francesca et toi devriez aller prévenir M. et Mme Hargrave, suggéra-t-il en aidant Francesca à descendre de la margelle. Ils sauront ce qu'il convient de faire.

Entre-temps, Ferdinand avait sauté du frêne.

— Je vais à leur rencontre, annonça-t-il.

— Vous ne devriez pas, milord, lui répondit Declan.

Il lâcha Francesca et fit un clin d'œil à Pippa avant de courir vers Ferdinand.

— Attendons de savoir qui ils sont ! lança-t-il.

Pippa prit la main de Francesca et l'entraîna vers le manoir. En dépit de sa déception, elle ne parvenait pas à lui en vouloir. Francesca était un ange. Elle était douce et aimable, convenable et distinguée. Tout ce que Pippa n'était pas.

Tout ce qu'elle s'efforcerait d'être si c'était ce que Declan désirait.

Elles coururent pendant quelques minutes sans rien dire, puis Pippa ne put se retenir.

— Francesca, Declan te plaît-il ? demanda-t-elle.

— Pardon ? demanda Francesca en riant.

— Je crois qu'il t'aime, grommela Pippa.

— Il me plaît assez. Il est beau, n'est-ce pas ?

En voyant la mine défaite de son amie, Francesca exerça une pression sur sa main et ajouta :

— Ne t'inquiète pas. Il ne se passera jamais rien entre lui et moi.

Pippa se sentit ridiculement offensée pour Declan.

— Pourquoi pas ? Il n'est pas assez bien pour toi ?

Francesca tira sur sa main pour la faire ralentir et se tourna vers elle.

— Parce que je t'aime trop, Pip. Je ne te trahirai jamais.

Pippa la prit dans ses bras et la serra fort contre elle.

— Moi aussi, je t'aime, répondit-elle avec un soupir de soulagement.

— En outre, père veut au moins un vicomte pour moi, se lamenta Francesca.

George Cavendish, comte de Mont-Claire, était d'un snobisme incurable.

Depuis leur point de vue sur la vaste pelouse qui descendait en pente douce depuis le manoir, Pippa pouvait voir les cavaliers par-dessus l'épaule de son amie. Ils chevauchaient penchés sur l'encolure de leurs montures, tous vêtus de couleurs sombres, leurs visages impossibles à distinguer.

À moins qu'ils ne fussent masqués ?

Ferdinand était parvenu au milieu de l'allée et les saluait avec de grands moulinets des bras. Épuisé par l'effort, il fut pris d'une quinte de toux et s'interrompit.

Les cavaliers ne ralentirent pas. Les sabots de leurs chevaux martelaient inlassablement le sol, arrachant des mottes de terre qu'ils projetaient derrière eux.

Ils n'allaient tout de même pas... Non, elle se faisait des idées.

Elle retint son souffle et attendit que les visiteurs s'arrêtent.

Pourquoi ne le faisaient-ils pas ? Ne voyaient-ils pas que Ferdinand se trouvait en travers de leur route ? Il était juste devant eux !

Elle poussa un cri d'effroi et se retourna en fermant les yeux. Trop tard. Elle avait vu le corps de son ami rebondir sous les chevaux.

Sa stupeur se mua en terreur. Ils l'avaient tué ! Ils l'avaient piétiné et n'avaient même pas ralenti !

Ce qui signifiait qu'elles étaient les prochaines.

Elle reprit la main de Francesca.

— Cours ! s'écria-t-elle en se précipitant vers le manoir. Surtout, ne regarde pas en arrière !

Elle ne voulait pas que son amie voie le corps mutilé et ensanglanté de son jumeau.

Pour sa part, elle savait déjà qu'elle n'oublierait jamais cette vision effroyable.

Elles s'engouffrèrent dans les cuisines juste au moment où les bandits masqués se séparaient en quatre groupes pour encercler le manoir.

— Ferdinand ! cria Pippa en se jetant dans les bras de sa mère. Ils... ils... Les chevaux...

Les sanglots l'empêchaient de parler. C'était inimaginable, inconcevable. Qu'arrivait-il ? Comment pouvait-on commettre un acte aussi monstrueux ?

Hattie rassembla les deux filles contre elle et demanda d'une voix calme :

— Inspire profondément puis raconte-moi ce qu'ils ont fait. Serena vient de partir, et ton père est allé voir ce qu'il se passe. Il a emmené tous les valets et...

La porte de la cuisine s'ouvrit avec fracas, sa vitre explosant contre le mur tandis que des hommes immenses à l'allure sinistre faisaient irruption dans la pièce.

— Il n'y a ici que des femmes et des enfants, déclara un des monstres avec un fort accent cockney.

Son visage était dissimulé derrière un foulard rouge.

— Ils ont dit « pas de témoins ».

Plus trapu que les autres, les traits cachés derrière un masque en lin, celui qui venait de parler semblait être le chef. Il avait un accent et un chapeau américains. Il renversa une table d'un coup de pied et sortit de sous sa ceinture un couteau aussi grand qu'un couperet.

Hattie poussa les deux filles derrière elle, attrapa un fendoir sur le comptoir et l'agita devant elle.

— Laissez ces petites tranquilles. Nous n'avons rien vu. Nous allons sortir tranquillement et vous n'entendrez plus jamais parler de nous. Surtout, ne touchez pas à ces enfants.

— Le hic, c'est qu'on ne peut pas laisser celle-ci en vie, déclara l'Américain en agitant sa lame vers Francesca.

Celle-ci gémit de terreur. Une flaque d'urine se répandit autour de ses souliers.

Hattie se retourna brusquement et poussa les filles vers la porte qui donnait sur le quartier des domestiques.

— Quoi qu'il arrive, courez ! Sauvez vos vies ! Sortez de la maison !

Elle referma la porte derrière elle en la claquant et la verrouilla.

Pippa courut. Elle ne fuyait pas uniquement les bandits ; elle fuyait les grognements d'effort de sa mère qui luttait pour leur survie, puis ses cris d'agonie quand elle fut vaincue.

La vue brouillée par les larmes, elle glissa sur les marches de l'escalier de service. Au rez-de-chaussée, une porte donnait sur un petit sous-sol qui abritait la chaudière de la maison. Declan lui avait montré le soupirail par lequel on déversait le charbon. Il ne serait probablement pas surveillé. Si elles arrivaient jusque-là, elles pourraient peut-être se glisser à l'extérieur et parcourir sans se faire voir la brève distance qui les séparait de la forêt.

Dans le sous-bois, elles pourraient les semer. Les enfants de Mont-Claire passaient leur temps libre à ramper dans les terriers, à explorer les enchevêtrements de racines, à grimper dans les arbres.

Lorsqu'elles parvinrent au rez-de-chaussée, tout le manoir vibrait dans un fracas de violence et de chaos. En dépit de leurs paumes moites, Francesca et elle se tenaient fermement la main tout en courant.

Les paroles de sa mère résonnaient dans la tête de Pippa tel un mantra. « Sauvez vos vies ! Sortez de la maison ! »

La main de Francesca lui fut soudain arrachée avec une telle force qu'elle fut projetée en arrière. En faisant volte-face, elle vit l'Américain au chapeau blanc. Il tenait un couteau sous le cou de son amie.

Francesca Cavendish, ses yeux gris écarquillés, eut à peine le temps de lui crier de fuir. Ce furent ses dernières paroles avant que la lame s'enfonce dans sa gorge.

Un son strident s'éleva dans la pièce, irritant, lancinant, telle une sirène d'alarme. Il assourdissait tous les autres bruits de terreur et de mort qui se réverbéraient dans le vaste manoir de Mont-Claire.

Ne pouvait-on arrêter ces monstres ? Allaient-ils se répandre dans toute la maison telle une armée de fourmis en détruisant tout ce qui était vivant ?

Elle devait fuir. Tournant les talons, elle détala à travers la pièce. Un autre homme masqué lui barra la route avant qu'elle ait pu atteindre la porte qui donnait sur la salle de la chaudière.

— Attrape-moi cette petite garce ! aboya l'Américain.

Pippa bondit sur le côté et s'engagea dans un étroit couloir de service qui débouchait sur le grand hall d'entrée en marbre.

Le son strident continuait à la poursuivre tandis qu'elle courait de pièce en pièce, contournant les corps de personnes qu'elle avait connues toute sa vie. Les larmes qui embuaient ses yeux rendaient flous les visions d'horreur et les regards vitreux des morts.

Un homme la retint par sa tresse et la tira si brutalement en arrière qu'elle perdit l'équilibre.

Ce n'était pas l'Américain, mais un homme plus petit armé d'un couteau non moins impressionnant. Il le brandit haut au-dessus de sa tête et l'abattit en arc de cercle en direction de sa poitrine.

Un cri de guerre aigu fendit l'air. Declan Chandler jaillit du bureau et frappa l'homme à la tête avec un tisonnier en fonte. Il le frappa encore et encore, même après que l'homme se fut effondré sur le sol tel un arbre abattu. Les mouvements de Declan étaient frénétiques, ses yeux remplis d'une fureur que Pippa ne comprenait pas. Au bout du cinquième coup, il lança son ustensile sur le crâne fracassé du bandit et saisit le poignet de Pippa.

Le son strident qui la poursuivait cessa comme par enchantement dès qu'il plaqua une main sur sa bouche. La portant à moitié, il l'entraîna à travers le bureau et jusque dans la bibliothèque, une pièce majestueuse haute de plafond, qui contenait plus de livres qu'on ne pouvait en compter.

Il s'arrêta devant la cheminée, qui était assez grande pour abriter une petite famille de métayers, et posa un doigt sur ses lèvres.

— Si tu fais le moindre bruit, ils nous tueront, tu comprends ? demanda-t-il.

Lorsqu'elle hocha la tête, il ôta la main de sa bouche. Puis il baissa les yeux et tressaillit en voyant le sang sur ses bras et ses manches blanches.

— Pip, tu es blessée ?

Elle fit non de la tête, incapable de trouver les mots pour lui expliquer l'indicible.

— Ce sang ? demanda-t-il. D'où vient-il ?

Le sang de Francesca.

— Pas le mien, fut tout ce qu'elle put répondre.

Des bruits de bottes et des éclats de voix résonnèrent dans le grand hall en marbre. Un groupe d'hommes approchait.

— Par là, chuchota Declan en la hissant dans le conduit de cheminée.

Ils grimpèrent dans le boyau cylindrique imprégné d'une suie grasse. Ils étaient tellement serrés que Pippa se demanda s'ils pourraient en ressortir un jour. Les parois rugueuses écorchaient ses bras et son dos, déchiraient sa robe et ses bas en laine.

Declan cala ses jambes sous elle afin qu'elle puisse se reposer sur lui et enroula un bras autour de sa taille.

La poitrine de Pippa lui brûlait sous l'effort. Son chagrin était si intense qu'elle crut étouffer. Dans le conduit obscur, elle ne voyait rien. Elle ne pouvait que ressentir.

Et entendre.

Dans le hall d'entrée, les voix masculines excitées se muèrent en exclamations de fureur lorsque les hommes découvrirent le cadavre au crâne défoncé. Leurs conversations animées se rapprochaient et s'éloignaient tandis qu'ils inspectaient le bureau et la bibliothèque, à la recherche des coupables.

Pippa frémit lorsqu'ils s'approchèrent de la cheminée. La terreur faisait mollir ses membres.

Comme s'il l'avait senti, Declan la serra contre lui. Il tremblait lui aussi, mais elle n'aurait su dire si c'était à cause de la peur ou de l'effort qu'il devait fournir pour les soutenir tous les deux.

L'oreille collée contre le torse de Declan, elle se concentra sur le staccato frénétique de son cœur, qui oblitérait tous les autres bruits. Lorsqu'elle sentit qu'il retenait son souffle, elle en fit autant.

Elle n'avait pas tout perdu. Il lui restait ce garçon, ce battement de cœur contre sa joue. Il possédait la force et la bonté d'un héros mythique.

Elle n'en avait jamais douté et, désormais, tout le monde le saurait également.

Car il lui avait sauvé la vie.

Elle n'aurait su dire combien de temps ils restèrent immobiles, à retenir leur souffle, figés dans le conduit de cheminée. Plusieurs minutes, peut-être des heures. Lorsque les hommes se furent éloignés et que le silence revint, Declan approcha sa bouche de son oreille.

— Ferdinand..., chuchota-t-il d'une voix brisée. Tu les as vus ? Tu as vu ce qu'ils lui ont fait ?

Elle hocha la tête, revoyant malgré elle le corps de son ami se contorsionnant sous les sabots des chevaux.

— Et Francesca... a-t-elle pu s'enfuir ?

Pippa ravala plusieurs sanglots avant de décider qu'elle n'avait pas la force de répondre.

Elle n'en eut pas besoin. La tension dans les muscles tremblants de Declan et son souffle saccadé alors qu'il luttait contre les larmes lui indiquèrent qu'il avait déjà compris.

— Où... où est mon papa ? demanda-t-elle.

Elle savait déjà que tout espoir était vain. Son père ne les aurait jamais laissés, même pour sauver sa propre vie.

Declan resta silencieux un long moment avant de répondre d'une voix chargée d'ombres et de douleur :

— Ton père... il... il a été le premier à tomber. Ils l'ont poignardé. Ç'a été bref. Je... je suis désolé. C'est lui qui m'a envoyé te chercher.

— Je suis orpheline, à présent ? murmura-t-elle.

— Oui.

— Comment fais-tu pour le supporter ?

Il resserra son bras autour d'elle et pressa son visage contre sa chevelure.

— Je ne peux pas te le dire. Pour moi, c'était différent.

— Comment ?

— Parce que... parce que je n'ai pas perdu de bons parents, Pip. Les miens n'étaient pas comme les tiens.

Elle releva la tête et essuya ses larmes sur le dos de sa main.

— Je n'ai jamais pensé que tes parents étaient bons.

— Je ne t'en ai jamais parlé.

— Tu étais déjà triste quand tu es arrivé chez nous. Cette tristesse ne t'a jamais quitté... et maintenant, elle ne te quittera peut-être plus jamais.

Il ferma les paupières, des larmes perlant dans ses longs cils noirs.

— Pip, ce genre de tristesse ne part jam...

Il s'interrompit en se raidissant et inspira profondément.

— Tu ne sens rien ? demanda-t-il.

Elle huma l'air. Il y avait une odeur de brûlé.

Ils baissèrent les yeux en même temps vers l'âtre vide sous eux. De petites volutes de fumée s'enroulaient dans le faisceau de lumière.

— Ils ont mis le feu au manoir ! s'exclama-t-il.

— Quoi ? Pourquoi ?

— Pour masquer leurs crimes, je suppose. Pour brûler les corps. Peux-tu descendre toute seule, Pip ? Nous devons sortir d'ici.

Lorsqu'elle le sentit s'écarter, elle fut prise d'un élan d'angoisse et s'accrocha à lui.

— Ne me laisse pas !

Ne pouvaient-ils rester cachés ici pour l'éternité ? Elle voulait se laisser bercer par les battements de son cœur jusqu'à ce que leur rythme étouffe sa détresse.

— Qui sont ces gens et pourquoi nous tuent-ils ? gémit-elle.

— Je l'ignore, Pip, dit-il doucement. Je sais seulement que nous devons partir d'ici, et vite. Suis-moi et, quoi qu'il arrive, ne lâche pas ma main. D'accord ?

— Je ne la lâcherai jamais, promit-elle. Je te le jure.

Elle s'accrocha à lui tandis qu'il l'entraînait à travers des pièces remplies de trésors et de souvenirs qu'elle mémorisait au passage. La fumée semblait provenir de partout, envahissant les espaces. Le temps qu'ils parviennent devant la salle de la chaudière, ils devaient avancer penchés en avant pour ne pas suffoquer.

Le corps de Francesca avait disparu. Pippa tomba à genoux devant les taches de sang, incapable de retenir ses sanglots.

— Viens, Pip, insista Declan en la tirant. Je sais, je sais, mais nous devons partir. Nous aurons toute une vie pour pleurer nos morts plus tard.

Pippa le laissa la hisser debout et le suivit en chancelant. Dans la salle de la chaudière, elle saisit des torchons sur une étagère afin qu'ils les plaquent contre leur nez et étouffent leurs toux. Declan ouvrit la trappe à charbon, s'assura que la voie était libre puis la fit passer devant lui.

Ils coururent vers la forêt, la fumée cachant leur fuite.

Du moins le crut-elle jusqu'à ce qu'un cri retentisse derrière eux, donnant l'alerte.

Declan lâcha un chapelet de jurons qu'elle ne connaissait pas encore et la tira derrière les arbres juste au moment où résonnait le premier coup de feu. Une pluie de fragments d'écorce retomba sur eux.

Elle courut de toutes ses forces. Ses poumons menaçaient d'éclater, ses cuisses lui brûlaient.

Une deuxième détonation fit fuir les oiseaux et les autres habitants du bois de Mont-Claire. Une douleur cuisante se répandit dans son mollet, et elle tomba à plat ventre, s'écorchant les genoux et les paumes.

Declan s'agenouilla près d'elle.

— Ma jambe ! gémit-elle.

Il l'examina fébrilement et poussa un soupir de soulagement.

— La balle t'a juste éraflée, Pip, lui assura-t-il. Peux-tu marcher ?

Elle hocha la tête et essuya les larmes chaudes qui ruisselaient sur ses joues. Puisque Declan était si courageux, elle le serait aussi.

Sa cheville se tordit dès qu'elle reposa son poids dessus, et elle s'effondra de nouveau avec un gémissement de douleur.

Declan lança des regards paniqués autour d'eux tandis que les hommes à leurs trousses se rapprochaient. Puis, soudain, il se décida. Prenant Pippa sous les aisselles, il la traîna dans une petite ravine, l'installa entre les racines de l'un de ses arbres préférés et la recouvrit de branchages.

— Presse cette feuille sur ta plaie pour qu'elle ne saigne plus, recommanda-t-il.

— Reste avec moi, l'implora-t-elle en s'écartant pour lui laisser de la place.

— Non.

Il releva la tête et écouta le fracas de branches brisées et de pas lourds sur les feuilles mortes.

— Ne bouge pas d'ici. Je vais faire diversion et les éloigner.

— Tu ne peux pas ! s'affola-t-elle. Ils te trouveront !

Il se pencha vers elle, son regard sérieux et effrayant.

— Je parviendrai plus facilement à les semer si je suis seul. Tu ne risques rien ici, fais-moi confiance.

Elle l'embrassa sur la bouche. C'était un baiser désespéré, au goût de larmes salées et de cendres.

— Je t'aime, lâcha-t-elle.

Il battit plusieurs fois des paupières et ouvrit la bouche. Un bruit sur sa droite attira soudain son attention.

L'instant suivant, il avait disparu.

Les bruits de pas, presque sur eux, le suivirent dans le sous-bois, de beaucoup trop près. Pippa s'enfonça dans sa cachette entre les racines, les deux mains plaquées sur sa bouche.

Plusieurs coups de feu retentirent, suivis d'un cri de victoire. Elle reconnut la voix de l'Américain appelant ses complices.

À plusieurs reprises, elle se retint de bondir de sa cachette pour aller se jeter sur le corps de Declan. La douleur et la peur la paralysaient, la plaquant au sol. Elle se contenta donc de se recroqueviller sur elle-même et de pleurer en silence.

Au bout d'un moment, un bruissement de branches l'alerta. Elle rouvrit les paupières et découvrit un visage sombre et aimé.

Serena.

Pippa se jeta dans les bras de la Roumaine, enfouit son visage dans le creux de son épaule et s'abandonna à son désarroi.

— Nous devons fuir, dit doucement Serena en lui caressant les cheveux. Maintenant.

— Mais Declan...

— Ma chérie, il est mort. Ils… ils lui ont tiré dans le dos.

Les yeux noirs de Serena brillaient dans la lueur rose des flammes que reflétaient les nuages bas.

Anéantie, Pippa se laissa porter jusqu'à un cheval qui attendait non loin. Si ses poumons et sa jambe l'élançaient, ce n'était rien comparé à la douleur dans son âme.

Serena la percha sur la monture puis grimpa derrière elle à califourchon, comme un homme.

Elles restèrent un moment immobiles sur l'animal qui piaffait et contemplèrent l'incendie qui ravageait le manoir de son enfance. Tous ceux que Pippa connaissait et aimait se trouvaient dans cette maison. Elle les imagina se consumant et revit en pensée les différents gibiers que sa mère avait fait rôtir, les flammes léchant la chair, la peau se racornissant et grésillant en libérant son jus.

Elle eut un haut-le-cœur.

— Pourquoi ? murmura-t-elle à travers un brouillard de rage et de douleur. Pourquoi suis-je encore en vie et pas eux ?

Les bras de Serena se resserrèrent autour d'elle.

— Peut-être n'as-tu pas survécu.

Une légère brise agita le feuillage aussi doucement qu'une biche avançant d'un pas prudent.

— Peut-être que… Pippa Hargrave est morte avec ses parents dans les flammes et que seule Francesca a survécu. L'héritière du titre et de la fortune des Cavendish. La seule qui puisse réchapper à cette tragédie avec suffisamment de moyens pour obtenir réparation.

Pippa se contorsionna pour pouvoir regarder Serena, se demandant si elle avait bien entendu.

— Je ne ressemble en rien à Francesca. Elle était… délicate.

— « Délicate » est un euphémisme pour « fragile ». Toi, tu n'es pas faible. Dès l'instant où tu es née, j'ai

24

su que, comme le dragon, tu avais le feu en toi. Je n'imaginais pas qu'il serait allumé aujourd'hui, par une telle tragédie.

Une étrange lueur brillait au fond des yeux de Serena tandis qu'elle dévisageait gravement Pippa, le reflet des flammes illuminant ses iris.

— Tu as survécu parce que les crimes atroces commis aujourd'hui avaient besoin d'un témoin. Parce que ton destin est de punir ceux qui t'ont pris les êtres que tu aimais.

— Mais... je ne suis qu'une enfant.

Le soupir de Serena contenait toute la tristesse de plusieurs vies vécues en l'espace de quelques décennies.

— Je crois que tu n'es plus une enfant. Si tu le veux, je trouverai ceux qui t'apprendront à devenir une femme qui saura obtenir justice.

— Je ne sais même pas ce que signifie « justice », murmura Pippa à travers ses larmes.

— Et « vengeance », tu comprends le sens de ce terme ?

Pippa réfléchit. Le mot « vengeance » résonnait en elle, chargé d'un nouveau sens, allumant une étincelle que le chagrin et la douleur transformèrent rapidement en brasier.

Vengeance. Cela signifiait que tous les responsables de ce massacre brûleraient à leur tour.

Elle réserverait le pire de ses châtiments à celui qui lui avait pris Declan Chandler.

2

Londres, 1892
Vingt ans plus tard

Lady Francesca Cavendish contempla avec dédain l'homme nu étendu dans le lit.

Elle aurait du mal à faire oublier cette petite aventure. La bonne société serait outrée. *Pourquoi une femme aussi jeune, riche et titrée perd-elle son temps avec un homme aussi vieux et odieux que lord Colfax ? Est-elle désespérée à ce point ?*

Allait-elle trop loin ? Ses ennemis verraient-ils clair dans son jeu ?

Elle ôta encore quelques épingles de sa chevelure avant d'évaluer son aspect dans le miroir doré de la chambre de lord Colfax.

Elle avait l'air d'une dévergondée qui venait de s'offrir une nuit de luxure débridée – pas du tout le genre de nuit qu'avaient vécu d'autres malheureuses victimes de lord Colfax.

C'était un débauché et un pervers notoire, un homme qui détruisait les réputations et exploitait les femmes.

Il méritait amplement ce qui l'attendait.

Elle fronça les lèvres et poussa un soupir d'exaspération. Que pouvait-elle changer à son allure pour rendre la supercherie encore plus crédible ? Son corsage doré retombait d'un côté, la dentelle de sa manche arrachée. Sa cape gisait étalée sur le tapis en une flaque de soie. L'un des rubans de sa jarretière avait disparu. Sa coiffure pendait mollement sur la gauche, la moitié de ses épingles éparpillées dans la pièce. Ses mèches rousses, qui résistaient obstinément au fer à friser, paraissaient plus emmêlées qu'ébouriffées.

Néanmoins, elle n'était toujours pas satisfaite. Elle ne paraissait pas encore suffisamment défaite.

Elle souffla sur la frange qui lui retombait sur le front. Le vieux Colfax ne remarquerait probablement rien. Les hommes étaient d'une incurable vanité. Ils avalaient n'importe quelle sornette tant qu'elle confortait leurs ego démesurés.

Toutefois, comment pouvaient-ils ne pas la soupçonner de les duper ?

Une femme sexuellement comblée avait un teint radieux, les paupières mi-closes, le regard voilé par le contentement. Ses lèvres étaient souvent enflées, et la peau autour de sa bouche rosie par le frottement abrasif d'une barbe.

Parfois, elle portait d'autres marques. Dans le cou, sur les clavicules…

Plus bas.

Francesca essaya d'adoucir son regard d'émeraude et battit des cils en prenant une pose alanguie. Oui, c'était mieux…

Un ronflement sonore fit tinter les pendeloques en cristal des appliques murales qui flanquaient le grand lit.

Elle se retourna et observa son prétendu amant pour s'assurer qu'il dormait toujours. Son pouls s'accéléra légèrement en dépit de ses efforts pour maîtriser les battements de son cœur.

Lord Colfax était plus imposant que la plupart des hommes avec lesquels elle pratiquait ce genre de sport. Sans être particulièrement grand, il était trapu et robuste. Peu d'hommes conservaient une telle force parvenus à la cinquantaine. Mais c'était nécessaire quand on appartenait à une société puissante et corrompue qui comptait de nombreux ennemis. Lord Colfax ne pouvait se permettre de paraître faible.

Il ouvrit la bouche, révélant des dents irrégulières tachées par une vie de vice. Francesca réprima sa révulsion et grimpa de nouveau dans le lit.

Elle aurait beau se frotter la peau et se mordre les lèvres, elle ne parviendrait jamais à créer l'illusion parfaite d'une femme repue de plaisir, ne serait-ce que parce qu'elle n'avait jamais connu le plaisir. Elle n'en avait jamais eu ni le temps ni l'envie.

Dans le cas de lord Colfax, elle n'avait pas vraiment besoin de prétendre qu'il avait été un amant accompli. Les hommes tels que lui ne se souciaient que de leur propre plaisir.

Il suffisait de le convaincre qu'il avait été trop soûl pour se souvenir de leur nuit de passion.

Les effets de sa décoction de belladone, de séné et de quelques autres herbes rares que Serena ne pouvait se procurer que chez des marchands chinois cesseraient dans l'heure. Quelques gouttes vous assoupissaient et vous rendaient sensible à la suggestion. Ce qu'elle chuchotait à l'oreille de ses proies devenait un souvenir qui se gravait dans leur esprit avant qu'elles ne sombrent dans le sommeil.

Puis, pendant que ses amants dormaient, elle découvrait leurs secrets.

Le sort de lord Colfax était déjà scellé par les informations qu'elle détenait sous son corsage et dans les recoins de son esprit. Ses soupçons s'étaient révélés fondés. Lord Colfax était un crapaud qui coassait pour le Conseil cramoisi, une société secrète dont personne n'osait prononcer le nom à voix haute et qui utilisait son pouvoir, son argent et son influence pour faire tourner le monde au gré de ses caprices.

Au fil du temps, ces caprices avaient pris un tour de plus en plus sadique et sexuel.

Perfide.

Le Conseil cramoisi avait massacré tous ceux qu'elle aimait et égorgé des enfants. Chaque décision que Francesca avait prise dans sa vie l'avait été dans le but de se rapprocher de cette société et de démasquer ses membres.

Une vieille haine remonta en elle. Elle déglutit plusieurs fois pour ravaler la bile acide qui lui brûlait le fond de la gorge.

Bien qu'il n'eût rien à voir avec le massacre de Mont-Claire, lord Colfax était coupable d'autres crimes. En outre, il grimpait dans les rangs du Conseil, accroissant son influence grâce à ses relations politiques, usant de son nom respecté et de sa fortune considérable pour que le Conseil cramoisi puisse étendre plus encore sa corruption.

Pendant qu'il était sous l'influence de la drogue, Francesca avait fouillé sa bibliothèque, son bureau, son secrétaire et partout où elle l'avait pu.

Elle avait trouvé des documents prouvant qu'il avait manipulé l'élection du maire de Londres.

Toutefois, son butin le plus précieux était désormais caché contre sa peau, sous son corset. Elle l'avait découvert dans un coffret placé sous le lit.

C'était une invitation à un événement qui se tiendrait dans quelques semaines, signée de la main du lord chancelier en personne et cachetée avec un sceau représentant un serpent à trois têtes. D'après les renseignements qu'elle avait pu glaner, ce dernier n'était utilisé que par la « triade », les trois hommes à la tête du Conseil cramoisi.

Elle possédait désormais la preuve de l'existence de cette triade. Lord Cassius Gerard Ramsay, l'homme que son amie Cecelia s'apprêtait à épouser, avait déjà tranché l'une des têtes du serpent en arrêtant le lord chancelier.

Il en restait deux. À moins qu'elle n'agisse pas assez vite et qu'une troisième tête ne pousse en remplacement de celle qui avait été perdue.

À côté d'elle, lord Colfax remua.

Elle se tourna vers lui et prit la pose qu'elle avait baptisée « la séductrice au repos » : le genou gauche fléchi pour révéler une cuisse ferme et crémeuse, la jambe droite – celle avec la cicatrice de balle – soigneusement cachée dans les plis de sa jupe, la tête posée sur sa main, les yeux papillotant d'un air endormi.

Un nouveau ronflement porcin réveilla lord Colfax en sursaut. D'une main trapue, il essuya un filet de bave sur sa barbe grisonnante et l'aperçut.

— Sacrebleu, lady Francesca ! Vous êtes toujours là ?

Il se racla la gorge, émettant un écœurant son visqueux. Son haleine était rance, bien qu'il n'eût dormi que quelques heures.

— Où voudriez-vous que je sois, chéri ? répondit Francesca avec un sourire enjôleur. Vous m'avez épuisée. Je ne suis pas sûre de pouvoir marcher.

L'esprit embrouillé, il se passa une main sur le front pour tenter de dissiper ce qui était sûrement un atroce mal de tête.

Le séné avait le don de vous déshydrater. Elle s'était assuré de lui en verser une bonne dose dans son vin rouge afin qu'il soit trop affaibli à son réveil pour vouloir forniquer de nouveau.

— D'habitude, elles s'en vont, marmonna-t-il comme s'il se parlait à lui-même. Elles s'enfuient en pleurant ou en braillant. Êtes-vous sûre que nous avons…

Il souleva le drap et regarda son corps nu. Un corps qu'elle avait déshabillé, avec désormais plus de gras que de muscles et des bourrelets de chair qui s'affaissaient d'une manière peu flatteuse.

Elle réprima un frisson.

— Qui pleure, milord ? demanda-t-elle d'une voix sirupeuse. Celles qui n'ont pas eu la chance de partager votre lit ?

— Non, répondit-il lentement.

Il la dévisagea d'un regard brouillé par la confusion et la douleur physique.

— Les femmes qui ont eu la malchance d'attirer mon attention, ajouta-t-il.

Il baissa les yeux vers sa robe froissée, sa coiffure bancale, les marques dans son cou.

— Je ne m'effraie pas facilement, répondit-elle. Je suis plus résistante que la majorité des femmes.

Ce n'était pas un mensonge.

— Je... je ne vous ai pas fait peur ? demanda-t-il. Je ne vous ai pas fait mal ?

— Non, affirma-t-elle en laissant traîner son index sur son torse velu.

— Dommage, dit-il, visiblement déçu. Je m'étonne d'avoir été en état de fonctionner.

En réalité, il avait été plus excité qu'un cerf en rut à l'idée de la malmener. Il lui avait immobilisé les bras et l'avait traînée à l'étage. Fort heureusement, la potion avait fait son effet avant qu'il ait atteint le lit.

Le cœur froid de Francesca se durcit encore un peu. Il était plus dur que la pierre, ou même que l'acier. Aussi dur qu'un diamant, peut-être. Si elle perdit encore un peu de son innocence et de sa bonté, son masque resta en place.

— Vous n'avez peut-être pas obtenu ce que vous vouliez de moi, dit-elle d'une voix glaciale. Pour ma part, j'ai ce que j'étais venue chercher.

Elle roula hors du lit dès qu'il tenta maladroitement de l'attraper.

— Que racontez-vous ? grogna-t-il.

Sans répondre, elle saisit sa cape sur le sol et sortit de la chambre.

Les rugissements de Colfax la suivirent tandis qu'elle dévalait l'escalier et traversait le grand hall.

Elle sortit par le jardin derrière l'hôtel particulier, le traversa et, à la lueur de la lune, ouvrit le portail qui donnait sur l'allée où l'homme de Serena, Ivan, l'attendait avec la voiture.

Il effleura le bord de son chapeau et lui ouvrit la portière.

Une fois dans la cabine, elle sortit les documents de son corsage et les contempla avec excitation.

Elle savait où se trouveraient les autres chefs du Conseil cramoisi. Elle parviendrait peut-être à toucher l'un d'eux... à danser avec lui.

À le séduire et à le détruire.

Ses mains tremblaient. Elle était allée trop loin pour s'arrêter à présent. Elle avait des décisions à prendre, des secrets à protéger, même de ceux qu'elle aimait le plus. Surtout d'eux. Car elle atteindrait peut-être le point de non-retour et, le cas échéant, elle ne voulait pas les impliquer.

Ceux qui s'en prenaient au Conseil cramoisi ne faisaient pas de vieux os.

3

L'obsession.

C'était une arme que le Démon du Dorset utilisait souvent sans jamais y succomber lui-même. Il l'avait vue mettre à genoux les plus puissants des hommes en les détournant de ce qu'ils avaient de plus important à faire.

En tant qu'espion pour les services secrets de la Couronne, il savait que lui aussi avait mieux à faire.

Pourtant, il restait accroupi sur un balcon de St. James's, à épier à travers une fenêtre Francesca Cavendish, comtesse de Mont-Claire, qui dégrafait son corsage. Ses gestes habiles et précis exposaient son décolleté, centimètre après centimètre, et sapaient chaque fois un peu plus son sang-froid. Son pouls s'accéléra et son membre durcit lorsqu'elle laissa glisser le vêtement sur ses épaules minces et laiteuses.

Elle ne portait pas de corset. Scandale ! Non pas qu'elle en eût besoin, observa-t-il en dévorant des yeux son buste légèrement saupoudré de taches de rousseur avant qu'une chemise en soie n'entrave son inspection. Elle était menue, presque androgyne, avec de petits seins fermes. À travers la fine étoffe, il pouvait voir pointer ses mamelons durcis par l'air frais. Elle portait des sous-vêtements simples et sans ornement.

À la manière dont son corps réagissait, on aurait cru qu'il n'avait jamais vu une femme se déshabiller.

Pourtant, Dieu savait qu'il en avait vu. Certaines avaient été des alliées, d'autres des ennemies. Quelques-unes avaient été ses maîtresses. Néanmoins, la plupart des femmes qu'il avait séduites n'avaient été pour lui que des cibles.

Aucune n'était aussi dangereuse que la comtesse de Mont-Claire.

Après avoir suivi lady Francesca depuis Swinton Street, le Démon du Dorset se trouvait légèrement essoufflé, ce qui ne lui ressemblait pas. D'ordinaire, s'introduire dans une boutique, grimper trois étages, se hisser sur la terrasse à la force de ses bras, bondir de toit en toit sous le soleil de midi puis se laisser tomber sur un balcon ne l'aurait pas mis hors d'haleine.

Le balcon lui offrait une vue dégagée sur la comtesse à travers la grande fenêtre du salon d'essayage de la couturière, situé au dernier étage. Francesca Cavendish était accompagnée de ses acolytes, qu'elle éclipsait toutes deux.

Et, en voleuse effrontée, elle lui avait dérobé son souffle.

Les « Rebelles rouges » étaient composées de trois ravissantes rousses avec un sérieux penchant pour les bêtises et tous les passe-temps généralement considérés comme masculins.

Lady Alexandra Atherton, archéologue, bas-bleu et, depuis peu, duchesse de Redmayne, était peut-être réputée pour être la plus belle du trio infernal, mais qualifier de « rousse » sa chevelure acajou était sans doute une exagération, et ses traits étaient bien trop parfaits pour être intéressants.

La voluptueuse Cecelia Teague allait bientôt épouser le redoutable et intransigeant lord juge en chef, Cassius Gerard Ramsay. Aussi douce et décadente que le suggéraient ses lèvres couleur de fraise, c'était une brillante mathématicienne et, désormais, la femme d'affaires la plus riche de Londres. Quant à son futur époux, l'Écossais revêche, il était loin d'être aussi froid qu'il le laissait paraître.

Du moins, dès qu'il s'agissait de Mlle Teague.

En dépit de leurs liens avec différentes enquêtes que le Démon du Dorset avait menées, Alexandra et Cecelia n'intéressaient plus la Couronne ni ses services secrets. Il n'avait donc plus aucune raison de les surveiller.

Il avait juste besoin de la voir, *elle*.

La comtesse de Mont-Claire.

Ne serait-ce que pour se prouver qu'elle existait réellement.

Un gentleman aurait détourné les yeux tandis que la dame continuait à se déshabiller, laissant tomber sa jupe et sa tournure de ses hanches étroites. Il n'aurait pas salivé en voyant ses longues jambes, ni maudit ses culottes informes qui cachaient ses fesses lorsqu'elle se pencha en avant pour aider la couturière à ramasser ses habits.

Le Démon du Dorset n'était pas un gentleman. C'était un voyeur professionnel, aussi impitoyable dans une ruelle obscure que dans une chambre à coucher. Il pouvait accaparer l'attention des convives dans n'importe quelle réception et tenir tout un public dans le creux de sa main, manipulant ses émotions. Il pouvait commettre un assassinat dans une salle remplie de monde sans que personne se rappelle à quoi il ressemblait.

C'était un fantôme, un caméléon, une ombre d'homme dont la vocation était d'être à la fois connu de tous et invisible.

Cette faculté lui était particulièrement utile à présent. Une étroite ruelle le séparait de la fenêtre de la couturière. Avec le soleil qui se réfléchissait sur les toits, les femmes ne pouvaient le voir. Si elles regardaient dans sa direction, elles seraient aveuglées.

Francesca était un fantôme, elle aussi. On l'avait crue morte après que Mont-Claire avait été réduit en cendres. Elle était réapparue ensuite quelque part sur le continent, déclarant être restée inconsciente des jours durant après avoir inhalé de la fumée. Une femme roumaine l'aurait sortie du manoir à temps, et l'enfant n'aurait repris connaissance que quelques jours plus tard dans un hôpital de campagne, à plusieurs comtés de distance.

Comme tout Londres, le Démon du Dorset avait appris sa survie miraculeuse. On l'avait envoyée étudier dans une école pour jeunes filles de bonne famille au bord du lac Léman, puis elle avait sillonné le monde avec ses deux amies célibataires jusqu'à l'âge de vingt-cinq ans.

De l'autre côté de la fenêtre, Francesca refusa du thé, du punch et du champagne au profit d'un verre de scotch. Son chapeau doré reposait à l'envers sur le canapé où elle l'avait lancé. Des reflets rubis dansaient dans ses cheveux relevés qui dévoilaient son long cou de cygne.

Au cours des derniers mois, la comtesse de Mont-Claire était devenue la plus scandaleuse des Rebelles rouges. Elle avait forniqué avec la moitié des célibataires de la haute société et une bonne partie des hommes mariés.

Les doigts du Démon le démangèrent. Il serra les poings, seul signe extérieur de son trouble croissant.

Il voulait briser tous les doigts qui l'avaient profanée, arracher toutes les langues qui l'avaient goûtée, émasculer tous ceux qui avaient pris leur plaisir en elle.

Voilà pourquoi l'obsession était dangereuse.

Cela devait cesser.

Même s'il savait qu'il ne s'en libérerait pas si facilement.

Les premiers temps, le retour de la comtesse de Mont-Claire en Angleterre avait été discret. On l'avait vue à la fête de fiançailles puis au mariage du duc et de la duchesse de Redmayne. C'était juste assez pour susciter l'intérêt. Elle apparaissait rarement sans ses deux amies.

Qu'elle ait collectionné autant d'amants tenait du miracle, et la raison de son comportement était un mystère.

Les récits de ses exploits étaient aussi variés que ses partenaires. Certains de ses amants racontaient qu'elle était douce comme une colombe et avait roucoulé sous leurs caresses expertes. D'autres affirmaient qu'elle était une petite chatte, joueuse et espiègle, miaulant tandis qu'ils l'envoyaient au septième ciel. D'autres encore juraient que c'était une lionne, féroce et passionnée, une chasseresse et une sauvageonne, que sa faim était insatiable et ses rugissements puissants.

Où se situait la vérité ? Se pouvait-il que les goûts et les talents de la comtesse soient aussi vastes et divers que les siens ?

Il mourait d'envie de le découvrir.

Que désirait-elle ? Comment était-elle devenue aussi volage ? La douleur d'avoir perdu les siens l'avait-elle poussée dans des recoins sombres où seuls des ébats lubriques palpitants pouvaient provisoirement combler le vide laissé par la violence ? Cherchait-elle à remplir ce vide à force de baisers dévorants et de pénétrations ?

Se ressemblaient-ils à ce point ?

Il fallait qu'il le sache.

Si le retour de la comtesse avait agité les hautes sphères du beau monde, il avait également remué ses zones d'ombre. Son nom y résonnait aussi bien comme une louange que comme une malédiction.

Que savait-elle de ce qui était arrivé à sa famille ? S'y intéressait-elle encore aujourd'hui ?

Était-elle simplement une séduisante célibataire ou une dangereuse sirène ?

Le Démon du Dorset devait le découvrir, ne serait-ce que pour se libérer de son obsession.

4

Francesca sentit un regard posé sur elle comme on sent la présence d'un fantôme. Ou d'un démon. Les petits poils de sa nuque se hérissèrent. Elle lutta contre le réflexe qui la poussait à se retourner jusqu'à ce que la tension dans son cou devienne trop forte et qu'elle cède enfin. Elle fut aveuglée par l'œil éclatant du dieu Rê.

Elle battit des paupières pour dissiper la tache noire qui s'était imprimée sur ses yeux et se tourna vers ses amies. Elles se déshabillaient, elles aussi, pour le dernier essayage des tenues qu'elles porteraient à l'occasion des fiançailles de Cecelia Teague le soir même.

Elle leur posa la question qui déclencherait la conversation qu'elle brûlait d'avoir depuis le matin.

— Savez-vous quel est le pire ennemi de la femme ? demanda-t-elle.

Cecelia s'immobilisa, son bas déroulé jusqu'au milieu de son mollet élégamment galbé.

— Laisse-moi deviner : tu vas nous dire que c'est l'homme, n'est-ce pas ?

— C'est la soumission, Cecil, corrigea Francesca.

Elle utilisait les surnoms masculins que les trois inséparables avaient adoptés lorsqu'elles s'étaient liées d'une amitié indéfectible à l'institut de Chardonne pour jeunes filles au bord du lac Léman.

— Tu es la personne la plus douce de tout l'univers, reprit-elle, le front soucieux. Je redoute que ton Écossais ne piétine ton cœur tendre avec ses ambitions. Es-tu certaine que ce mariage précipité soit vraiment nécessaire ?

Cecelia acheva d'ôter son premier bas et le replia soigneusement avant de dérouler le second.

— Je sais que tu t'inquiètes, Frank, et cela me touche beaucoup. Néanmoins, Ramsay n'est pas aussi exigeant que tu le penses. Il n'attend pas que je me soumette à lui, uniquement que je le comprenne.

— Oui, mais...

— Je ne suis pas une oie blanche.

Cecelia se redressa de toute sa taille. Même en corset et en culotte, elle ressemblait à une Walkyrie. Belle, forte, intimidante. Sa silhouette était devenue encore plus plantureuse depuis qu'elle s'appliquait à profiter de la vie avec son fiancé, un géant à la détermination aussi colossale que l'était son appétit.

— Tous les hommes ne sont pas des gnomes grotesques comme ceux que tu fréquentes, Frank, railla Alexandra en piochant un chocolat dans une coupe.

— Ce n'est pas que je n'aime pas les hommes, se défendit Francesca. C'est juste que...

— Tu les détestes ? suggéra Cecelia.

— Tu les méprises ? renchérit Alexandra.

Francesca leva les yeux au ciel.

— Je n'ai aucune confiance en eux.

Alexandra ôta un ruban qui s'était pris dans la chemise de son amie et déclara :

— Je te comprends. Toutefois, tu noteras que nous avons toutes été trahies par des femmes, ainsi que par des hommes. Elles nous ont démontré qu'elles pouvaient être deux fois plus perfides.

— Excellente remarque, en convint Cecelia. Si les femmes peuvent être aussi héroïques que les hommes, elles font aussi de formidables félonnes.

Elle se tourna vers le miroir et lissa ses formes voluptueuses.

— J'en profite pour vous rappeler que, lorsque des amies se retrouvent pour des essayages avant un bal de fiançailles, elles discutent de frivolités et non de sociétés secrètes, d'assassins et de complots.

Alexandra rejeta en arrière sa masse de cheveux auburn et pressa doucement le bras de Francesca.

— Nous sommes désolées. N'est-ce pas, Francesca ?

— Oui, marmonna celle-ci.

À cet instant, la couturière revint dans la pièce, accompagnée d'un groupe d'assistantes qui passèrent une robe en soie crème et dentelle par-dessus la tête de Cecelia et l'ajustèrent à sa taille.

— Tu ressembles à une déesse, s'émerveilla Francesca. Je me comporte comme une idiote, pardonne-moi.

Cecelia plissa ses yeux saphir.

— Tu es un ange de t'inquiéter pour moi, lui répondit-elle avec un sourire.

Se tournant vers Alexandra, elle lui demanda :

— Ramsay est ton beau-frère. Tu ne partages pas les inquiétudes de Francesca, n'est-ce pas ?

— Ce n'est pas lui qui me préoccupe, répondit Francesca avant qu'Alexandra ait pu ouvrir la bouche. C'est juste que... Es-tu sûre de vouloir te marier si vite ? De pouvoir conserver à la fois ton époux et l'entreprise qu'il exècre sans qu'il t'oblige à choisir l'un ou l'autre ?

Alexandra fronça ses lèvres parfaitement dessinées dans une moue méditative et lança un regard coupable vers le sol.

— Tu sais, Cecil, tu peux faire durer tes fiançailles aussi longtemps que tu le veux.

Cecelia regarda ses deux amies : Alexandra, qui s'était mariée le lendemain même de ses fiançailles, et Francesca, qui ne dormait jamais deux fois dans le même lit.

— Vous doutez de moi ?

— Bien sûr que non ! s'exclama Alexandra en prenant sa main.

— Je ne doute pas de tes compétences, de ton intelligence ni de ton cœur, ma chérie, précisa Francesca. Je... Nous nous demandons simplement si ton intention de jouir du bonheur conjugal tout en conservant ton indépendance n'est pas un peu... optimiste.

— Vous me trouvez naïve, c'est cela ?

— Ce n'est pas ce que j'ai dit, se défendit Francesca.

— Elle ne l'a pas dit à voix haute, en tout cas, précisa Alexandra.

— Depuis quand l'optimisme est-il devenu synonyme de naïveté ? s'exaspéra Cecelia. Une femme ne peut-elle aspirer au bonheur, à l'épanouissement et à l'amour, tout cela parce que le cynisme est à la mode ?

— Je ne te demande pas d'être cynique, uniquement... prudente, répondit Francesca. En l'espace de quelques mois, tu t'es découvert une tante riche qui détenait le tripot le plus prospère de Londres ainsi que les secrets les plus sombres de la moitié de la haute société. On t'a tiré dessus, on t'a kidnappée, tu as été trahie par une amie proche et ton établissement a été réduit en cendres. Tu t'es fait un ennemi, puis un amoureux de l'un des Écossais les plus maussades, intransigeants et grincheux de l'Empire...

— Sans oublier qu'il est également très séduisant, loyal, riche et généreux, contra Cecelia.

— Et tu as accepté de l'épouser alors qu'il s'oppose toujours à ce que tu reconstruises l'établissement...

— Ainsi que l'école et le programme d'insertion professionnelle des femmes réfugiées, l'interrompit de nouveau Cecelia.

— En outre, l'enquête pour découvrir qui emprisonnait ces filles dans ton sous-sol n'est pas terminée, loin de là. Nous savons qui fournissait les enfants, pas qui payait pour abuser d'elles. Ne penses-tu pas qu'un mariage dans ces conditions est un peu précipité ?

Cecelia secoua vigoureusement la tête.

— Sincèrement, je trouve que ce n'est pas encore assez tôt.

— Que veux-tu dire ?

— J'aime Ramsay et je veux être sa femme, répondit simplement Cecelia. Puisque nos vies sont toujours en danger, ne vaut-il pas mieux que nous nous mariions le plus tôt possible ? Je veux profiter de la vie que j'ai choisie pendant qu'il en est encore temps. Nous aurons bientôt trente ans, Francesca. Si nous voulons nous marier et avoir des enfants, il ne faut plus tarder.

— Mais... nous avions juré de ne jamais nous marier, objecta Francesca.

Elles devaient rester les Rebelles rouges à vie. Les trois inséparables. Vivre des aventures, faire toutes sortes de bêtises, s'accompagner et s'épauler dans ce bourbier qu'était la vie.

Elle se retrouvait désormais seule.

Alexandra posa sa tête sur l'épaule de Francesca.

— Lorsque nous avons fait cette promesse, nous étions des jeunes filles impulsives et traumatisées. Nos situations ont beaucoup évolué depuis, n'est-ce pas ?

Pour elles, peut-être. Alexandra avait trouvé son duc, son héros qui avait terrassé ses dragons, réels ou imaginaires. Quant à Cecelia, elle était convaincue que Ramsay, un Écossais aussi dur qu'elle était douce mais totalement fou d'elle, était l'homme de sa vie.

Que restait-il à Francesca ? Sa vengeance. Elle sentait qu'elle s'en approchait et, pourtant, elle restait hors de sa portée.

Elle occupait tout son temps. Où trouverait-elle celui de développer des sentiments réels alors qu'elle était toujours occupée à feindre l'amour avec des hommes dont elle n'avait cure ?

Que se passerait-il ensuite, si elle survivait à sa quête de vengeance ? Naturellement, les Rebelles rouges resteraient les meilleures amies du monde. Toutefois, leurs priorités avaient changé. L'amour et la famille passaient désormais avant l'amitié. Peu importait qui avait enterré les corps de leurs ennemis, elle savait qu'il y avait désormais un peu moins de place pour elle dans les cœurs d'Alexandra et de Cecelia.

Elle ne l'aurait jamais admis, mais cette idée la remplissait d'une profonde mélancolie.

Cecelia pivota sur l'estrade en lissant sa robe sur ses hanches. Elle paraissait si heureuse que c'était presque douloureux à voir.

— Frank, demanda-t-elle, lorsque tout sera terminé, crois-tu que tu te marieras à ton tour ?

Francesca réfléchit. Elle essaya d'imaginer toutes sortes de vies conjugales et grimaça. Autrefois, elle avait rêvé de se marier, mais… c'était avant. Avant qu'elle perde Declan Chandler.

— Je crois que je ne pourrais jamais être heureuse avec un homme, répondit-elle.

— Pourquoi ?

— Parce que je ne supporterais pas de me soumettre à la volonté d'un époux et que je ne respecterais pas un homme qui se soumettrait à la mienne.

Cecelia se mit à rire.

— Il te faudrait un homme qui aurait le courage de te tenir tête.

— Et la sagesse de te céder, ajouta Alexandra.

— Je vous mets au défi de me trouver un tel spécimen, déclara Francesca, amusée malgré elle.

La couturière et son armée d'assistantes entrèrent de nouveau, les bras chargés de toilettes pour les fiançailles et la semaine de festivités du mariage.

La robe de bal que Francesca porterait ce soir, une tenue vert sauge gansée de noir avec un décolleté plongeant, lui donnait des formes qu'elle n'avait pas. C'était une des raisons pour lesquelles elle s'habillait chez Mme Jacqueline Dupris. Cette dernière modifiait en outre ses toilettes spécialement pour elle, créant par exemple des poches où ranger ses armes, ses fioles et tout ce qu'elle avait besoin de dissimuler.

Une nervosité fébrile la reprit tandis qu'elle signait des reçus puis confiait ses paquets et ses boîtes à chapeau aux valets. Elle vida son verre de scotch cul sec en lançant un regard vers la fenêtre inondée de soleil.

Le picotement sur sa peau n'avait rien à voir avec la température inhabituellement élevée pour cette fin d'été. C'était comme si un regard étranger la touchait, traversait les couches d'artifices dans lesquelles elle se drapait, s'infiltrait sous sa peau et sa chair, voyait le vide noir et froid en elle.

Troublée, elle observa la rue depuis l'angle du Strand jusqu'à la silhouette des immeubles de la City. Elle ne vit rien qui sortît de l'ordinaire. Aucun individu étrange ne rôdait dans la rue ni n'épiait depuis les fenêtres des bâtiments d'en face. Les trottoirs étaient bondés de Londoniens qui, comme elle, vaquaient à leurs occupations.

Pourquoi alors avait-elle cette sensation d'être mise à nu ?

Peut-être était-ce cette ville qui la rendait folle.

Alors que les trois amies descendaient l'escalier qui menait à la rue, Cecelia se rapprocha d'elle, le front soucieux.

— Dis-moi, Frank, tu ne vas pas... comment dire... tu ne vas pas partir avec lord Brendan, n'est-ce pas ? Pas le soir de ma fête de fiançailles ?

— Bien sûr que si. J'approche du but, je le sens. Mon prochain pseudo-amant pourrait bien être celui qui me fournira l'information dont j'ai besoin.

Alexandra s'approcha de l'autre côté en ajustant son chapeau. Lorsqu'elles sortaient ensemble, les Rebelles rouges, en dépit de leur statut social, se passaient souvent de caméristes afin de pouvoir discuter plus librement.

— Frank, tu prends de gros risques avec ces hommes. Si l'un d'eux devenait violent... ou pire ?

— Tu sais bien qu'un individu malintentionné devrait me craindre plutôt que l'inverse.

Francesca lui adressa un clin d'œil et tapota la poche dans laquelle elle gardait un petit pistolet. Elle n'avait pas besoin de rappeler à ses amies qu'elle portait également un couteau dans sa botte et un autre dans sa manche.

— Nous savons que tu es entraînée au combat, chuchota Cecelia en ouvrant son ombrelle. C'est juste que... Je n'ose même pas le dire.

— Dire quoi ?

Alexandra et Cecelia échangèrent un regard, puis la duchesse de Redmayne se jeta à l'eau :

— La rumeur se propage plus rapidement que prévu. On raconte que...

— Que je suis une nymphomane ?

Les joues d'Alexandra rosirent tandis qu'elle lançait des regards furtifs autour d'elle.

— Eh bien... oui.

Francesca haussa les épaules.

— Quelle importance ? Les gens peuvent dire ce qu'ils veulent, m'enlever mon titre et ma fortune si cela leur chante. Leur opinion ne signifie rien pour moi, et ma réputation compte moins que ma vengeance.

Avant que ses amies aient pu répondre, un passant percuta l'un des porteurs chargé de paquets, envoyant valser robes, chapeaux et articles de mercerie dans une avalanche de papiers de soie et de rubans.

Tombé sur le dos, un vieil homme corpulent avec une mauvaise dentition et des cheveux gris crépus sous un chapeau difforme se contorsionnait sur un tapis de chemises et de sous-vêtements en soie en gesticulant et en poussant des cris telle une mouette en perdition.

Ivan, le valet de Francesca, s'avança vers lui pour le chasser en termes peu amènes.

— Voyons, Ivan, le réprimanda-t-elle. Tu ferais mieux d'aider ce pauvre homme à se relever.

Elle s'approcha à son tour et soutint l'homme sous une épaule pendant qu'Ivan, à contrecœur, lui prenait l'autre bras.

— Que vous est-il arrivé ? Vous n'avez rien, monsieur ? Avez-vous besoin d'un médecin ?

Elle n'avait jamais pu surmonter sa manie de mitrailler les gens de questions.

Il était beaucoup plus lourd qu'elle ne l'avait pensé, et il lui fallut puiser dans toute sa force pour le soulever. De son côté, il ne fit rien pour les aider. Les épaules sous les doigts de Francesca étaient rembourrées par des couches de vêtements miteux trop épais pour l'été. Il était impossible d'évaluer sa taille, car il avait une bosse sous son manteau qui emplit le cœur de Francesca de compassion.

— Y a pas de mal, y a pas de mal, dit-il d'une voix traînante.

Il secoua son manteau, faisant monter un nuage de poussière du trottoir.

— Ce sont mes fichus rhumatismes qui me jouent des tours. Vous voulez bien me passer ma canne, ma belle ?

L'ongle de l'index qu'il pointait était maculé d'une substance noirâtre comme le reste de sa main. Francesca préférait ne pas savoir de quoi il s'agissait.

— Bien sûr.

Elle ramassa la canne et la lui tendit en évitant de le toucher.

— Vous êtes sûr de ne pas être blessé ?

— C'est surtout ma dignité qui en a pris un coup, répondit-il d'un air penaud.

Il boitillait en rond, piétinant les quelques articles qui s'étaient échappés de leurs emballages. Francesca s'efforça de ne pas tiquer.

— Ma Mildred, c'est ma bourgeoise, elle me houspille toujours parce que je regarde jamais où je mets les pieds. Je suis plus empoté qu'un manche à balai, qu'elle dit.

Il baissa les yeux vers une paire de culottes désormais sales et portant les empreintes de ses semelles.

— Qu'est-ce que c'est donc que ça ?

Il se baissa et ramassa la soie délicate, puis tira sur un bout de la robe de bal qui, jusque-là, était encore en grande partie dans sa boîte.

Il l'inspecta en ouvrant des yeux ronds, puis se tourna vers elle avec un regard inquisiteur de détective.

— C'est pour aller à un raout huppé ? demanda-t-il. Vous êtes de la haute, n'est-ce pas ? Je l'ai vu tout de suite.

Ce n'était pas difficile à deviner.

— C'est pour un bal, en effet, répondit-elle en s'efforçant de masquer son impatience.

Elle reprit la robe qui avait coûté une petite fortune. La faire nettoyer ne serait pas une mince affaire. Elle devrait sans doute en porter une autre ce soir.

Des badauds commençaient à s'arrêter. Des couples et des hommes d'affaires ralentissaient le pas pour les observer.

Si elle avait été sujette à ce genre d'émotions, Francesca aurait été mortifiée.

Le vieil homme lui adressa un sourire, révélant trois chicots noirs que Francesca ne put se résoudre à regarder.

— Je parie que vous serez la plus jolie fille de la... Hé, attendez un peu ! Je ne vous connaîtrais pas, par hasard ?

— Je ne crois pas que nous ayons été présentés.

Elle commença à reculer vers sa voiture pendant que Cecelia, Alexandra et les valets faisaient de leur mieux pour rassembler et réorganiser les achats.

Il agita son doigt crasseux vers elle.

— Vous êtes célèbre ou quelque chose comme ça, pas vrai ? Je vous ai vue dans le journal ?

— C'est peu probable...

— Mais si, bien sûr ! s'exclama-t-il. Vous êtes cette fameuse comtesse dévergondée. La Mont-Claire, c'est bien ça ?

Il se tapa sur la cuisse.

— Ça par exemple ! Quand je dirai à ma bourgeoise que j'ai été renversé par la royauté !

— Je n'appartiens pas à la fam...

— Si ça peut vous consoler, elle me flanquera une torgnole pour m'être mis sur votre chemin. C'est un vrai brigadier général, ma Mildred. Si je ne me tiens pas à carreau, elle m'écrase les orteils avec ses croquenots. Que Dieu la bénisse !

Cachée derrière Alexandra tandis qu'elles aidaient les valets à fourrer tous les paquets dans la voiture, Cecelia pouffa de rire.

Francesca ouvrit sa bourse et en sortit une pièce.

— Veuillez accepter ceci pour Mildred, ainsi que toutes mes excuses pour vous avoir fait tomber.

Elle ignorait qui était réellement responsable de la chute. Elle était surtout pressée d'en finir avec ce monsieur.

— Vous êtes trop bonne, milady. Trop bonne.

Il lui arracha la pièce des doigts et l'examina avec une circonspection presque insultante.

— Je vous en prie, murmura-t-elle. Bonne journée, monsieur...

— Thatch. Edward Thatch.

Il attrapa sa main gantée avec une rapidité inattendue et la porta à ses lèvres.

— Monsieur Thatch, le salua-t-elle.

Le baisemain durant un peu trop à son goût, elle retira ses doigts.

— Amusez-vous bien au bal, milady, dit-il en effleurant le bord de son chapeau.

— Merci.

Elle repoussa la main du valet qui voulait l'aider à monter à bord et l'envoya s'asseoir sur le banc du cocher avant de grimper sur le marchepied de sa voiture.

La voix râpeuse de M. Thatch s'éleva doucement derrière elle, à peine un murmure.

— Les morts ne parlent pas, mais méfiez-vous des fantômes qui se cachent dans les ombres. Ils livreront tous vos secrets.

Son sang se glaça, et elle resta figée sur place quelques instants avant de faire volte-face.

— Pourquoi dites-vous...

Le vieux M. Thatch avait déjà disparu.

5

Le Démon du Dorset avait beau se frotter, il ne parvenait pas à effacer l'empreinte de Francesca Cavendish de sa peau. Ni de ses narines, ni de ses mains, ni de ses lèvres.

À peine rentré chez lui, à Knightsbridge, il s'était débarrassé de sa perruque et de son faux nez. Il avait nettoyé le cirage noir sur ses dents, puis avait jeté tous ses habits dans un coin avant de s'enfoncer dans un bain chaud.

Elle l'avait à peine touché à travers ses nombreuses couches de vêtements, et il avait simplement baisé sa main gantée. Pourtant, elle était toujours là. Sa fragrance était restée bien après qu'elle était partie. Ce n'était pas un parfum, mais une odeur plus douce et plus authentique : du linge frais et un effluve citronné.

Il songea à sa voix, désabusée et malicieuse, une mélodie au clair de lune teintée par un sens de la dérision peu commun chez une femme.

Et il y avait eu son contact. Non pas qu'il ait eu le temps d'en profiter. Elle l'avait aidé à se relever, ce qui était un exploit dans la mesure où il pesait deux fois son poids. Elle possédait une force surprenante pour une femme aussi fine qu'une branche de saule pleureur.

Quel goût avait-elle ?

Le Démon du Dorset glissa ses longs doigts savonneux sur son torse, sur la crête de ses côtes et descendit plus bas, vers son membre qui se raidissait sous l'eau, comme chaque fois qu'il pensait à elle.

Francesca Cavendish.

Ils s'étaient déjà rencontrés à plusieurs reprises. Il lui avait été présenté plus tôt dans l'année lors du bal de printemps du duc de Redmayne. Il avait baisé son gant, et ce contact l'avait troublé au point qu'il avait presque baissé sa garde... et son masque.

Presque.

Cette fois, il s'était préparé à la rencontre – du moins avait-il cru être prêt. Il s'était efforcé de se guérir mentalement de son attirance. Cette femme ne possédait aucune des caractéristiques sexuelles attribuées aux séductrices. Elle n'avait pas de courbes sensuelles à proprement parler, uniquement de longs membres souples. Elle n'était ni réservée ni soumise, mais souvent inconvenante et rebelle. Son sourire était large, ses mâchoires anguleuses et son regard trop direct. Elle parlait avec conviction et sans mâcher ses mots.

Cela ne correspondait pas vraiment à l'idée qu'un homme se faisait de la maîtresse idéale.

Pourtant, elle passait de lit en lit telle une friandise réservée aux plus chanceux.

Cette pensée libéra aussitôt la pression dans son membre et la diffusa dans son sang en une parodie de... quoi ? De colère ? De possessivité ?

Il serra les poings.

Francesca Cavendish était une femme dangereuse.

La dernière fois qu'ils s'étaient parlé, il était Vincenzo de Flor, comte Armediano. Les cheveux noirs lissés en arrière, le teint hâlé après avoir passé des mois au soleil, il s'était comporté en digne descendant des gladiateurs et empereurs romains. Outrecuidant et téméraire. Un peu trop, même. Il surveillait alors le fiancé de Cecelia Teague, lord

Ramsay, dans le cadre de son enquête sur le Conseil cramoisi.

Celle-ci avait abouti à l'arrestation du supérieur de Ramsay, le lord chancelier en personne.

Ce soir-là, il avait été diabolique. Il avait flirté avec Cecelia Teague et l'avait scandalisée, faisant enrager Ramsay par la même occasion.

En temps normal, cela l'aurait amusé. Mais pas avec *elle* dans la pièce. Lady Francesca se tenait à quelques pas de lui. Ils partageaient le même air et le même espace. Il était impossible de ne pas se laisser distraire par son rire paillard, franc et peu féminin, qui déclenchait en lui des frissons de plaisir.

Il avait croisé son regard à plusieurs reprises. Ou, plutôt, il l'avait surprise qui l'observait, comme si elle était le soleil et savait déjà qu'il était une masse de glace et d'ombre attendant d'être attirée dans son orbite, d'être touchée par sa chaleur.

C'était étrange, car la comtesse de Mont-Claire, tout en étant connue pour la chaleur de son lit, l'était également pour la froideur de son cœur.

Il tenta de puiser dans sa réserve de calme intérieur afin d'éteindre le brasier qu'elle avait allumé en lui.

Mais il y avait une chose qu'il ne pouvait oublier : elle n'était pas celle qu'elle prétendait être, il en était convaincu.

Le meilleur moyen d'en avoir le cœur net était de la voir nue et d'inspecter chaque centimètre de son corps svelte.

Ragaillardi par cette idée, le Démon du Dorset se leva, sortit de son bain et saisit une serviette pour s'essuyer.

Qui serait-il pour elle, cette fois ? Qui désirerait-elle ? Qui aurait la chance de l'approcher ?

Il parcourut mentalement la liste des hommes qui affirmaient avoir forniqué avec elle. Le plus récent était lord Colfax.

L'idée de ce vieux porc fourrageant entre les cuisses de la comtesse lui soulevait le cœur.

Qu'avait-elle pu lui trouver ? Quelques semaines plus tôt, lorsqu'elle avait quitté un déjeuner au Savoy au bras de Terence Folsom, cela lui avait paru logique. Folsom était un sémillant jeune homme aux manières élégantes et au sourire avenant.

Qu'elle jette ensuite son dévolu sur George Randle l'avait légèrement surpris, en raison de la corpulence de Randle. Toutefois, l'esprit vif et la fortune de ce dernier semblaient faire de lui le chouchou des dames comme des débutantes.

Personne n'avait cru l'impénitent libertin Henry Blankenship lorsqu'il avait prétendu avoir passé la nuit avec elle, jusqu'à ce qu'il se mette à échanger des comparaisons avec Percy Morton sur les différents sons qu'émettait la comtesse pendant l'amour. La haute société en était restée ahurie, car tout le monde supposait que Morton était un inverti qui ne s'intéressait qu'aux hommes.

Après cela, la liste des amants de la comtesse devenait toujours plus variée et bizarre.

Il y avait de quoi vous couper l'appétit. Et cela ne rendait sa tâche que plus difficile, car comment séduire une femme aux goûts aussi imprévisibles ? De toute évidence, elle ne privilégiait pas un type physique. Elle ne semblait pas non plus avoir une préférence pour les jeunes ou les vieux, les hommes pâles ou les basanés.

Si la plupart de ses amants étaient des lords, tous ne possédaient pas un titre. L'un était officier, un autre était banquier et connaissait un spéculateur qui affirmait avoir partagé la comtesse avec son frère jumeau.

Tous avaient cependant un point en commun : ils exerçaient une influence considérable dans leurs sphères respectives. Une influence qui, généralement, dépassait leurs mérites.

Lady Francesca Cavendish aimait-elle le pouvoir ?

Or, en matière de pouvoir, il s'y connaissait.

Le Démon du Dorset se plaça devant le miroir et contempla son corps musclé. Il savait bien sûr que le pouvoir était beaucoup plus que la force brute. Le pouvoir, c'était le contrôle, la discipline, la richesse, l'influence, le charisme. C'était l'art de se maîtriser soi-même et de contrôler les autres. Le pouvoir, c'était la peur et l'amour ; l'envie et l'adoration.

Il savait l'incarner sous toutes ses formes.

La question était de savoir comment éveiller l'intérêt de la comtesse. Quels signes extérieurs de pouvoir le distingueraient des autres ?

Il contempla ces traits qu'il détestait, cette chevelure qu'il cachait toujours, ces yeux qui le hantaient dans des cauchemars étouffants.

Il haïssait l'homme dans le miroir autant qu'il détestait celui de ses souvenirs.

Tout était sa faute.

Chassant ces pensées morbides, il se mit au travail.

Devenir un autre n'était pas sorcier. Les accessoires et les prothèses, bien qu'utiles, ne pouvaient faire illusion bien longtemps. Tout résidait dans l'art du détail. La manière d'avancer la mâchoire, la forme et les mouvements des sourcils, la tension dans les lèvres et les joues. Des muscles trop petits pour avoir un nom entraient en action pour créer une personne différente. Lorsqu'on croisait une personne connue, ce n'était pas que son visage que l'on reconnaissait ; c'étaient aussi son attitude, ses mouvements, son ton et ses inflexions de voix, son énergie indéfinissable.

Que préférerait la comtesse ?

Devait-il avoir une bouche ferme, nerveuse et intransigeante, ou souple et aimante ? Devait-il être né puissant ? Un lord, peut-être, qui se pavanait comme si tout lui était dû ? Ou avait-il gagné son pouvoir, tel un politicien ou un magistrat intrigant lorgnant vers la Haute Cour de justice ?

Mmm... un juriste pouvait poser des questions sans paraître suspect, ce qui aiderait sa cause. Par ailleurs, un lord pouvait boire à sa guise...

Sa décision prise, il saisit la poudre blanche afin d'éclaircir son teint. Il n'avait pas encore perdu le hâle qu'il avait acquis durant les mois où il s'était préparé à incarner un comte italien. Il remarqua qu'il restait du noir sous certains de ses ongles. Ses mains étaient encore celles d'Edward Thatch, le vieux coquin de l'East End à la langue bien pendue et aux oreilles traînantes.

Alors qu'il se récurait méticuleusement les ongles, il croisa son regard dans le miroir. Si seulement il avait pu changer ses yeux comme le reste de son apparence ! Ils étaient marron, avec des éclats verts et or. Ils étaient son seul handicap, son seul détail reconnaissable. À travers eux, le Démon du Dorset observait toujours le monde.

Il pouvait ressembler à n'importe qui et à personne, mais ses yeux demeuraient toujours les mêmes.

Une question le traversa.

Qui es-tu ?

La réponse était toujours la même. *Je suis un imposteur, car je ne peux être celui que j'ai été.*

Francesca Cavendish avait été une fille douce et sensible...

Ce n'était plus le cas. Cependant, elle s'était montrée gentille envers Edward Thatch.

Une gentille mystificatrice dont la bouche déversait des bontés.

Une bouche qu'il aurait aimé voir engloutir son sexe.

Fichtre ! Il détourna le regard pour ne pas briser le miroir.

Il avait toujours su garder la tête froide. Où était passée cette aptitude ? Il en avait besoin pour la démasquer et la briser. Il doutait fortement qu'elle soit celle qu'elle prétendait être. Il lui manquait un détail. Francesca Cavendish avait eu un grain de beauté au-dessus de la commissure gauche des lèvres. La femme qui prétendait être Francesca ne ressemblait en rien à la jeune fille de ses souvenirs.

Il irait au bal de Cecelia Teague et percerait le mystère de Francesca Cavendish.

Par chance, deux des hommes dont il avait construit l'identité avaient reçu une invitation. Comme d'habitude, seul l'un d'eux y répondrait. Pour des raisons évidentes, ces hommes ne fréquentaient jamais les mêmes cercles.

La comtesse de Mont-Claire n'était pas la seule raison qu'il avait de se rendre à ce bal.

Cela faisait plusieurs semaines que sir Hubert, l'ancien lord chancelier, était interrogé. Il avait déjà craché le nom du complice qui enlevait et vendait des mineures au plus offrant.

Lord Brendan Murphy, un général dans une armée invisible, avait été lui aussi invité à la petite soirée de Mlle Teague. De nombreuses questions trouveraient des réponses ce soir, lors d'une soirée philanthropique pour la protection des femmes et des enfants sans défense.

Très à propos !

Lord Brendan étant irlandais, le Démon du Dorset choisit d'être écossais. Un marquis, donc plus élevé dans l'échelle sociale, avec un penchant pour le vice et l'infamie.

Après tout, c'était dans le vice que le diable recrutait ses disciples. Lady Francesca était bien placée pour le savoir.

Le Démon du Dorset avait porté bien des noms au cours de sa vie. Il avait choisi de n'être personne et pouvait donc être n'importe qui. Un spectre dans le noir, et un homme qui ne manquerait à personne lorsqu'il serait enfin rattrapé par ses péchés.

Pour Francesca Cavendish, il avait été autrefois Declan Chandler. Les quelques années qu'il avait passées à Mont-Claire avaient été les plus belles de sa vie.

Elle n'était plus la fille qui avait volé son cœur d'adolescent toutes ces années plus tôt. Néanmoins, il pouvait encore séduire un fantasme avant de détruire une imposture.

6

Francesca donna un coup de coude dans le flanc massif du lord juge en chef de la Haute Cour de Sa Majesté tout en balayant la salle du regard.

— Cessez de couver votre promise des yeux quelques instants et dites-moi lequel de ces messieurs est lord Brendan, ordonna-t-elle.

Cassius Gerard Ramsay, « Ramsay » pour les intimes, se frotta les côtes là où son coude pointu l'avait frappé.

— C'est ce type là-bas, avec la barbiche miteuse et le gilet qui ne lui sied que dans ses rêves.

Il était si peu discret qu'il aurait aussi bien pu le désigner du doigt.

— Ne le fixez pas ainsi, gros balourd, chuchotat-elle, atterrée. Je le vois très bien.

Ramsay fronça le nez d'un air dégoûté, une mimique étrangement juvénile chez un homme aussi impérieux et imposant. À cet instant, Francesca comprit enfin ce que Cecelia lui trouvait. Il était aussi grand et large qu'un séquoia, et était doté d'un sens de l'humour décapant. Ses yeux d'un bleu glacier et sa chevelure fauve qui encadrait des traits sévères, presque sauvages, adoucissaient son allure barbare. Si elle avait eu un faible pour les géants écossais, ce qui n'était pas le cas, elle l'aurait sans doute trouvé très séduisant.

— Vous continuez à le regarder, l'admonesta-t-elle sans desserrer les dents. Arrêtez, sinon vous allez tout gâcher.

— Êtes-vous certaine de vouloir partir avec lui ? demanda-t-il en réprimant un frisson. Il est tellement... laid.

— Je vois qu'on vous a appris l'art de l'éloquence à Cambridge, milord, railla-t-elle.

Elle croisa son regard préoccupé et, mal à l'aise, détourna les yeux.

— Je m'en sortirai très bien, affirma-t-elle. Comme toujours.

— Si vous le dites. Cecelia s'inquiète pour vous.

— Cecelia s'inquiète pour tout le monde. C'est son trait de caractère le plus irritant et le plus attachant.

Ramsay émit un petit rire.

— Pardonnez ma question, comtesse, mais comment comptez-vous séduire un homme qui est porté sur les jeunes adolescentes ? Vous n'êtes pas exactement... Comment dire ?

— Je suis une vieille fille desséchée ?

Il fronça les sourcils.

— Ce n'est pas ce que j'ai dit.

— Ne vous inquiétez pas pour moi. Je sais y faire.

Elle déposa son verre vide sur le plateau d'un valet qui passait par là, saisit une nouvelle flûte de champagne et se dirigea vers sa cible.

Lord Brendan Murphy.

Ramsay et elle savaient qu'il occupait une place importante au Conseil cramoisi. Ils le soupçonnaient d'être impliqué dans la destruction récente de l'établissement de Cecelia. Francesca devait, d'une manière ou d'une autre, lui en soutirer la preuve.

Il figurait sur son carnet de bal pour trois valses. Toutefois, une séduction réussie se préparait avant la rencontre : par un premier contact visuel, des regards flatteurs, des sourires timides et autres fadaises.

Elle contourna la piste de danse, saluant au passage des matrones et des jeunes filles qui faisaient tapisserie, évitant soigneusement de gêner les couples qui virevoltaient.

Cecelia dansait avec un homme assez maladroit que Francesca ne connaissait pas. Il mesurait une tête de moins qu'elle, ce qui ne semblait gêner ni son amie ni son cavalier. À en juger par la mine renfrognée de Ramsay, ce dernier n'appréciait guère de voir le petit homme porter régulièrement son regard sur les seins généreux de Cecelia.

Francesca réprima un sourire et poursuivit son chemin vers Murphy.

Avant qu'elle ait pu atteindre sa proie, un picotement familier sur sa nuque l'alerta. Elle connaissait cet étrange mélange de chaud et de froid sur sa peau. C'était un peu comme le regard d'un dieu ou le souffle d'un fantôme ; une sensation qui, en toute sincérité, lui faisait un peu peur.

Elle se retourna lentement en buvant une gorgée de champagne.

Là-bas, de l'autre côté de la salle, un homme se tenait parfaitement immobile dans la masse remuante des convives et l'observait fixement.

Dans cette salle surchauffée et bondée, ils se retrouvèrent soudain totalement seuls. Elle et le spectre.

Elle battit des cils plusieurs fois pour s'assurer que ce n'était pas un effet de son imagination.

Non, il était toujours là, la fixant du regard.

Déconcertée, elle afficha un air nonchalant. Alors que d'autres auraient battu en retraite, elle leva sa flûte vers l'inconnu.

Je vous vois. Je sais que vous m'observez.

Comment ne l'avait-elle pas repéré plus tôt ?

Ses traits taillés à la serpe contrastaient avec sa tenue impeccable, son élégance et son front imposant. Il avait un nez fort sans être gros et une bouche qui défiait toute description. Elle n'aurait pas dû la trouver aussi attirante. Elle était aussi dure que son regard.

Il semblait être particulièrement athlétique. Pas aussi monstrueusement massif que Ramsay ni aussi grand et longiligne que Redmayne, il était de taille moyenne et se fondait dans la foule.

La pâleur de son teint, la perfection de sa chevelure auburn et lisse et son port altier juraient avec le reste de sa personne. On eût dit un animal sauvage apprivoisé depuis peu. Un sportif de haut niveau, peut-être.

En un mot, l'homme était saisissant.

Il répondit à son geste d'un léger signe de son menton anguleux, puis se dirigea vers elle avec une grâce féline. Il émanait de lui une telle autorité que les gens s'écartaient instinctivement sur son passage sans même s'en rendre compte, comme s'ils étaient déplacés par la force de sa présence dynamique.

Certains semblaient le connaître, et il murmura quelques salutations au passage.

Il ne s'arrêta pas avant de l'avoir rejointe.

Il ne la dominait pas de sa haute taille, comme Ramsay, mais il n'en avait pas besoin. Tout chez lui parlait d'autorité, de pouvoir, de force.

Francesca frémit. Ce n'était pas de la peur, mais une réaction plus féminine. Elle éprouvait l'envie absurde de ronronner, de minauder telle une idiote comme elle le faisait pour attirer les hommes.

Elle abandonna sa flûte de champagne afin qu'il ne voie pas ses doigts trembler. C'était un homme capable de flairer ses faiblesses, et en cet instant, celles-ci commençaient au niveau de ses genoux et se propageaient dans toutes sortes d'endroits alarmants.

— Dansez avec moi, ordonna-t-il.

Francesca n'avait pas l'habitude d'obéir aux ordres. Mais, en l'occurrence, son absence de réaction était due à un mutisme involontaire provoqué par son accent écossais terriblement séduisant. Il avait une belle voix lisse et dangereuse, tel un minerai de fer fondu se durcissant en acier.

— Dansez avec moi, dit-il de nouveau, sur le ton d'un homme qui n'a pas l'habitude de se répéter.

Pour masquer l'effet qu'il lui faisait, elle feignit de ne pas être intéressée.

— Vous n'êtes pas inscrit dans mon carnet, monsieur.

Elle lui tourna le dos et reprit sa marche vers Murphy. Il avait dû prévoir sa réaction, car il se retrouva aussitôt devant elle.

— Ces hommes qui figurent sur votre carnet vous importent-ils ?

Il effleura du pouce le ruban qui retenait son carnet de bal à son gant.

— Pas particulièrement.

Juste ciel, sa voix n'avait jamais été aussi voilée.

— Alors oubliez-les et dansez avec moi.

Il se tenait très près, trop près. Sa proximité menaçait de la submerger. Mais au lieu de reculer, comme son instinct l'incitait à le faire, elle avança d'un pas.

— Qui êtes-vous pour vous comporter avec une telle impertinence ? répliqua-t-elle. Vous ne pouvez ignorer qu'il serait très inconvenant pour moi de danser avec un homme auquel je n'ai pas été présentée formellement.

— Depuis quand vous souciez-vous des convenances, lady Francesca ?

Elle ne s'en était jamais préoccupé, à vrai dire. Elle faisait ce qu'elle voulait quand elle le voulait, et au diable les conséquences.

Elle était désavantagée – il savait des choses sur elle alors qu'elle ne connaissait même pas son nom. Elle n'aurait su dire ce qui la troublait le plus : qu'il l'ait détournée de sa mission, qu'il l'ait invitée à danser d'une manière si péremptoire...

Ou qu'elle soit tentée d'accepter.

Elle le regarda dans les yeux et y vit l'appel d'une aventure comme elle n'en avait encore jamais connu, un flirt d'un genre qu'elle ne s'était jamais autorisé. Lorsqu'on poursuivait avec acharnement un objectif précis, toutes les autres occupations passaient à la trappe. Hormis dans ses rapports avec Alexandra et Cecelia, ses relations avec autrui avaient toujours été calculées. Ses désirs étaient rangés sur une étagère au fond d'elle-même où, oubliés, ils prenaient la poussière.

— Milady ?

Il lui tendait la main, et elle se rendit soudain compte que tout le monde les observait.

Bigre ! L'Écosse engendrait décidément une race d'hommes à part. Sensuels et arrogants. Audacieux jusqu'à l'effronterie.

Ce spécimen en particulier avait un sourire qui aurait désarmé le cœur le plus caparaçonné.

Francesca doubla la garde du sien, y ajouta quelques remparts et une barricade de piques, et même des douves pour faire bonne mesure.

Elle prit sa main et l'entraîna vers la piste de danse alors que les musiciens jouaient les premières mesures du *Beau Danube bleu*.

Lorsqu'elle dansait, Francesca était souvent celle qui menait. Cette fois, elle n'eut d'autre choix que de suivre son partenaire tandis que des bras puissants l'encerclaient fermement. Il l'entraîna dans une impeccable valse fluide. Elle ne contrôlait plus rien et répondait sans s'en rendre compte à la moindre inflexion de ses doigts et de ses hanches, glissant et tournoyant sur la piste avec une grâce qu'elle n'avait jamais eue auparavant.

Qui était donc cet homme ?

— Lord Preston Bellamy, marquis de Drake.

Elle releva brusquement la tête vers lui en se demandant si elle avait parlé à voix haute.

— Je suis…

— Oh, je sais qui vous êtes.

— Pas assez pour savoir que je déteste être interrompue.

Elle avait voulu paraître désinvolte, mais le ton acerbe de sa voix la trahit.

— Toutes mes excuses, murmura-t-il.

Elle crut discerner une lueur d'incertitude dans son regard. Non, c'était autre chose. De l'irritation, peut-être ? Les hommes n'aimaient pas être corrigés par une femme. D'autant plus que celui-ci était un marquis, donc plus haut placé qu'elle dans la hiérarchie nobiliaire.

Ce soudain élan d'émotion s'effaça instantanément, remplacé par une charmante expression d'intérêt.

Ce n'était qu'un masque, assurément. Francesca en avait suffisamment utilisé pour s'en rendre compte. Que lui voulait donc l'intrépide Drake ? Être une comtesse riche et célibataire n'allait pas sans inconvénients. En particulier, elle attirait les coureurs de dot titrés et ruinés. Cependant, elle se targuait de pouvoir détecter leur désespoir à une lieue.

Lord Preston Bellamy n'avait rien d'un désespéré. Il avait le pouvoir d'attirer son attention depuis l'autre bout d'une salle de bal sans même qu'elle l'ait regardé. Si son sourire était généreux, ses yeux étaient aussi changeants que le cosmos, et aussi insondables.

— Êtes-vous un ami de lord Ramsay ? demanda-t-elle.

— Ramsay est connu pour ne pas avoir d'amis.

— Ce n'est pas vraiment une réponse.

S'il fut surpris qu'elle ne se satisfasse pas de sa repartie, il n'en montra rien. Tournant la tête, il chercha Ramsay autour d'eux.

— Disons que personne dans cette salle ne me connaît aussi bien que lord Ramsay.

Il parvenait à paraître à la fois fourbe et sincère, ce qui était un exploit.

— De quelle région d'Écosse venez-vous ? demanda-t-elle.

Sa main glissa dans le creux de ses reins dans une caresse à peine perceptible qui déclencha un frisson tout le long de son échine.

— De cette partie qui vénère les femmes de caractère aux cheveux incandescents lors de rites païens scandaleux.

Encore une réponse qui n'en était pas une, bien que celle-ci évoquât toutes sortes d'images affriolantes et dangereuses.

Prends garde. Avec ses yeux couleur de whisky et de mousse, cet homme et sa polissonnerie charmante ne pouvaient que lui causer des ennuis. Elle aurait mieux fait de quitter la piste de danse sur-le-champ. Elle ouvrit la bouche, prête à prétendre qu'elle s'était tordu la cheville ou avait mal à la tête.

— Comment décririez-vous ces rites, lord Drake ?

La question était sortie de ses lèvres avant qu'elle ait pu la ravaler.

Il se pencha vers elle.

— Je crains de ne pouvoir trouver les mots justes.

— Essayez quand même.

— Sombres, rythmiques, lascifs, fluides et brûlants, murmura-t-il, les mots glissant de sa bouche telle une coulée de miel.

Francesca releva la tête vers lui. Cet homme ne la connaissait décidément pas. Si cela avait été le cas, il aurait compris qu'elle n'était pas du genre à se laisser envoûter par des propos choquants murmurés à son oreille.

Or, il cherchait clairement à la séduire.

Drake interpréta correctement son regard de glace et se redressa avec une mine plus sérieuse.

— Ce sont des fêtes traditionnelles où la musique du tambour domine. Toute la ville y participe, les lords et les ladies comme les paysans et le prêtre. Tous dansent autour de feux de joie. J'imagine qu'une femme comme vous n'a jamais rien vu de pareil.

Elle adorait briser les idées préconçues d'hommes sans imagination.

— Vous vous trompez.

— Vraiment ? demanda-t-il, l'air sincèrement intrigué. Racontez-moi.

— Dans les montagnes des Carpates vit une tribu de nomades. La moitié d'entre eux sont roumains, l'autre moitié est constituée de vagabonds venus des quatre coins d'Europe et de plus loin encore. Ils utilisent toute une variété de grands tambours, et leurs danses ne ressemblent à aucune autre.

Une nuit, ces rythmes nomades l'avaient fait sortir de son corps et avaient réveillé la femme en elle. Elle les sentait de nouveau monter en elle à présent, faisant vibrer des pulsations qu'elle étouffait depuis trop longtemps.

Serena l'avait mise en garde contre les hommes dotés de cette magie masculine. Car ils étaient des tigres, alors qu'elle était un dragon.

Il s'agissait de forces contraires, qui finissaient par se détruire l'une l'autre.

— C'est donc là que vous étiez ? demanda-t-il. Dans les Carpates ?

— Je vous demande pardon ?

— Après avoir quitté l'Angleterre lorsque vous étiez enfant. Quand vous êtes réapparue à Londres alors que tout le monde vous croyait morte depuis des années, la haute société ne parlait que de vous. Les hypothèses allaient bon train.

Ils s'aventuraient sur un terrain dangereux. Elle devait marcher sur des œufs.

— J'ai passé quelques années dans une pension en Suisse. C'est là que j'ai rencontré la duchesse de Redmayne et Mlle Teague. Ensuite, nous avons étudié ensemble à la Sorbonne. Toutefois, la vie universitaire ne me convenait pas. J'ai vécu un temps au Maroc, puis à Alger, à Saint-Pétersbourg et en Extrême-Orient.

— Comme c'est curieux.

— Pourquoi curieux ?

— La plupart des femmes vont à Paris, à Rome ou à Milan. À New York, peut-être. Voire en Égypte, si elles sont d'humeur aventureuse.

Elle releva le menton.

— Je ne suis pas comme la plupart des femmes.

— C'est le moins qu'on puisse dire. Sans vouloir être indiscret, pourquoi êtes-vous revenue en Angleterre ?

— Pour des mariages.

— Dont le vôtre, ai-je entendu dire.

— Certainement pas.

— Pourquoi pas ?

— Je suis plus étalon que jument poulinière, rétorqua-t-elle. Je ne m'encombrerai jamais d'un mari.

Une petite fossette se creusa à la commissure des lèvres de son cavalier.

— Vous préférez galoper librement, crinière au vent, devina-t-il.

— Vous auriez du mal à me suivre, affirma-t-elle.

— Certains hommes ne détestent pas être menés à la cravache, répondit-il sournoisement.

Il resserra son étreinte, tous ses muscles bandés, ses hanches dangereusement proches des siennes. Elle sentait la dureté de son corps à travers les couches de leurs vêtements.

— On m'a dit qu'une nuit avec vous était incomparable, chuchota-t-il à son oreille.

— C'est étrange, on ne m'a jamais rien dit sur vous, rétorqua-t-elle.

Pour la punir, à moins que ce ne fût pour lui démontrer sa force, il la fit virevolter puis l'entraîna dans une série complexe de pas au terme de laquelle ils se retrouvèrent encore plus collés l'un contre l'autre.

Un groupe de convives les applaudit.

— C'est vous, milady, qui m'avez cherché du regard dans la foule, lui rappela-t-il.

— J'ai senti votre présence.

Mince, elle en disait trop.

— J'ai senti que vous me fixiez, rectifia-t-elle.

— Et quelle impression vous ai-je faite ? Avez-vous frissonné de peur ?

Plutôt le contraire, ce qu'elle ne lui aurait avoué pour rien au monde.

— Pourquoi êtes-vous venu à moi ? lui demanda-t-elle.

— Je n'ai fait que répondre à l'invitation dans vos yeux.

— Ne soyez pas obtus.

Elle leva les yeux au ciel et remit un peu de distance entre eux. Elle ne pouvait réfléchir alors qu'il se tenait si près. D'ordinaire, elle n'avait jamais de difficultés à garder la tête froide, mais elle avait la sensation qu'en entamant une joute avec lord Drake, elle serait vite dépassée et vaincue.

Elle devait se ressaisir, et vite.

— Je me demandais qui vous cherchiez, voilà pourquoi je vous observais, expliqua-t-il.

La sincérité dans sa voix la prit de court. Sans doute parce que c'était la première fois qu'il semblait dire la vérité.

— Qui vous dit que je cherchais quelqu'un ?

— Ce n'était pas le cas ?

— En quoi cela vous concerne-t-il ?

— Était-ce moi que vous cherchiez, Francesca ? demanda-t-il à voix basse.

— Certainement pas.

Elle renversa la tête en arrière et émit un rire qui se voulait insultant. L'avait-elle cherché ? Avait-elle cherché un homme qui ferait dévier l'axe du monde avec une simple danse ?

Non, non, non. Elle ne devait pas se laisser distraire. Ce n'était pas le moment de flirter. Elle avait une mission à accomplir.

— Vous vous montrez beaucoup trop familier, lord Drake. Je ne vous ai pas autorisé à utiliser mon prénom.

— Veuillez accepter mes excuses, milady, répondit-il. Si vous me dites qui vous cherchiez, je pourrai peut-être vous aider...

— Vous me paraissez plutôt du genre à n'aider que vous-même.

— Dans ce cas, permettez-moi de vous surprendre.

Francesca était connue pour toujours tenir son jeu près de sa poitrine. Personne ne réussissait à regarder ses cartes quand elle jouait. Et si, pour une fois, elle pouvait glaner des informations tout en en fournissant ?

— Vous savez que toute ma famille a péri dans un incendie, je suppose ?

En dépit de son air neutre, elle perçut une lueur d'intérêt dans ses yeux.

— Naturellement. De Londres jusqu'au Pérou, tout le monde en a entendu parler, répondit-il.

— Je continue à enquêter sur cette tragédie.

— Vous croyez qu'il s'agissait d'un acte criminel ? demanda-t-il. Personnellement, je l'ai toujours pensé.

— Vraiment ?

— Je me demande aussi comment toute une maisonnée a pu périr dans un incendie en pleine journée sans qu'il y ait un seul survivant. Personne n'a eu le temps de s'enfuir ? De briser une fenêtre ? Cela me paraît improbable.

— Quelqu'un a survécu, murmura-t-elle, soudain accablée par le poids de la culpabilité qu'elle portait depuis des années.

— Comment ? demanda-t-il d'une voix rauque. Comment avez-vous survécu ?

— Ce n'est pas une histoire pour une valse, répliqua-t-elle avant d'ajouter : Vous savez, vous êtes la première personne que je rencontre depuis des années qui ne semble pas être un crétin complet.

— C'est presque un compliment, milady.

Elle releva les yeux vers lui et le dévisagea avec intensité.

— C'en était un.

Il se pencha vers elle, et son parfum de cèdre et de musc submergea ses sens.

— Je tuerais pour en obtenir un autre, dit-il d'une voix dangereusement suave.

Tuer... En était-il capable ? Il était l'image même du lord élégant, et pourtant, il n'était pas difficile de l'imaginer pourfendant ses ennemis à coups de sabre.

Elle chercha un compliment peu compromettant.

— Vous êtes... un excellent danseur.

Il lui adressa un sourire victorieux.

— J'excelle dans tout ce que je fais.

Elle s'efforça de ne pas se laisser charmer par son assurance.

— Sauf en modestie, apparemment, répliqua-t-elle.

— La modestie est une idiotie.

— Vous le pensez vraiment ?

— Oui, la valeur d'un homme se mesure à ses accomplissements. Pourquoi les cacher ou faire comme s'ils ne méritaient pas d'être distingués ?

— Considérez-vous qu'il en va de même pour les femmes ?

— Que voulez-vous dire ?

— On attend de nous que nous soyons modestes, dans tous les sens du terme. Nous naissons avec certaines qualités, mais nous travaillons dur pour en acquérir d'autres. Cependant, s'il arrive qu'on nous en fasse le compliment, nous devons le rejeter. Il nous faut nous comporter et nous habiller avec modestie, sinon nous sommes perdues.

— Ce n'est pas une raison pour rester modeste, répondit-il. Surtout avec moi.

Il la fit tournoyer de nouveau, l'entraînant vers un coin de la piste de danse, puis ajouta :

— De fait, je vous serais reconnaissant d'être l'immodestie même, car je brûle de découvrir toutes vos qualités.

— Seriez-vous en train de me faire la cour, milord ? demanda-t-elle, légèrement essoufflée.

— La cour, peut-être pas, mais des avances, certainement.

— Vous êtes bien hardi.

— Et vous, l'êtes-vous ?

— Ignominieusement.

— Tant mieux.

Dans une virevolte parfaitement cadencée, elle se retrouva hors de la piste. Elle n'aurait su dire par quelle magie il les entraîna à travers la foule de convives sans heurts. En un clin d'œil, ils franchirent une porte-fenêtre et sortirent dans un patio débordant de gardénias, de lilas et d'hortensias, dont les fragrances capiteuses parfumaient l'air frais du soir.

Elle n'eut guère l'occasion de s'extasier, car elle se retrouva presque aussitôt coincée entre un mur et le corps tout aussi dur de lord Drake.

Elle eut à peine le temps de reprendre son souffle avant qu'il plaque ses lèvres sur les siennes.

Francesca s'immobilisa. Naturellement, elle avait déjà été embrassée. Récemment, elle avait embrassé un certain nombre de messieurs car la situation l'exigeait. Elle avait besoin de ce qu'ils avaient à donner. Des informations. Des aveux. Une arme à utiliser contre eux.

Cette fois, c'était différent. En vérité, c'était une première : la première fois qu'elle embrassait un homme pour la seule raison qu'elle en avait envie. Et Dieu qu'elle en avait envie !

La bouche de Drake était à la fois ardente et cajoleuse. Avec une impatience fébrile, il força immédiatement la barrière de ses lèvres. Toutefois, dès que sa langue la pénétra, son baiser se chargea d'une tendresse qui l'excita et la déconcerta à la fois. Il avait glissé une main derrière elle, soutenant sa tête pour la protéger du mur de pierre.

Comment interpréter un tel geste ? Elle avait toujours supposé que la considération et la passion étaient incompatibles. Tous les rapports qu'elle avait eus avec les hommes le lui avaient confirmé.

Pourtant, ce qu'elle ressentait à présent était... extraordinaire.

La langue de Drake la caressait dans une lente exploration soyeuse. Il l'embrassait comme s'ils avaient déjà partagé une telle intimité, comme un amant, un homme qui l'avait déjà possédée par le passé et promettait de la posséder encore.

Francesca ne savait comment réagir. Généralement, c'était elle qui contrôlait le baiser, faisant de son mieux pour empêcher qu'une langue devienne trop invasive ou que des mains tripotent ses seins.

Les gestes de Drake n'étaient ni pressés ni avides. Son haleine était douce et grisante. Son odeur chaude et masculine se mêlait au parfum des fleurs.

Le chaume de sa barbe qui râpait ses joues lui arracha un léger gémissement. Il lui répondit par un son grave qu'elle sentit se répercuter au plus profond d'elle-même.

Par sa bouche et son corps, à travers la pression de ses hanches, il lui insufflait son désir, et Francesca sentit qu'elle perdait totalement le contrôle de la situation. Elle était sur le point de se dégager lorsqu'il glissa une main sous son menton et le maintint tandis qu'il dévorait sa bouche. Toute pensée cohérente disparut de son esprit.

Cet homme était un pillard. Il consumait tout en elle et remplaçait le vide ainsi créé par un désir dévorant. Elle en voulait plus. Plus de lui, plus de sensations, plus d'eux.

Avait-elle perdu la raison ?

Soudain, ses mains furent partout à la fois, et son baiser se fit sauvage. Ses doigts traçaient des chemins incandescents le long de son cou et de ses épaules, la danse avide de sa langue détournant l'attention de Francesca de leur descente vers sa poitrine.

Soudain, elle reprit ses esprits. Elle se trouvait dans un patio fleuri, et non là où elle aurait dû être. Il n'était pas l'homme qu'elle aurait dû embrasser et enjôler, et elle n'aurait pas dû se frotter contre sa cuisse alors qu'il quittait ses lèvres pour laisser une traînée humide le long de son cou.

— Dites-moi votre nom, murmura-t-il avant d'embrasser la peau sensible au niveau de son pouls.

— F-F-Francesca Cavendish.

Bigre, elle en avait presque oublié son nom, tant elle était étourdie par sa bouche qui effleurait sa clavicule, par son souffle chaud qui se diffusait dans tout son buste.

— Non, milady. Dites-moi qui vous êtes réellement.

7

Le cœur de Francesca, chauffé par les baisers et les caresses de Drake, se mua en boule de glace.

— Est-ce pour cela que vous m'avez entraînée ici ? demanda-t-elle.

Elle devait le repousser... et elle le ferait dès qu'elle aurait retrouvé le souffle qu'il lui avait dérobé.

— Des bruits courent selon lesquels vous seriez une usurpatrice, chuchota-t-il à son oreille. Je les ai entendus dans des recoins sombres.

— Je ne doute pas que vous passiez beaucoup de votre temps dans des recoins sombres, milord. Cependant, je m'étonne que vous prêtiez foi aux inepties que vous y entendez.

Il caressa son menton du pouce avant de répondre, sur un ton plus affectueux qu'accusateur :

— Je l'ai connue. Oui, plutôt, j'ai eu l'occasion de rencontrer lady Francesca lorsque nous étions enfants. Elle était douce et charmante, alors que vous...

— Je ne suis ni l'un ni l'autre ?

Il la surprit en embrassant l'endroit qu'il venait de caresser, comme pour effacer ses paroles.

Ce n'était pas la première fois qu'elle avait ce genre de conversation. Elle n'avait jamais eu de mal à démontrer qu'elle était comtesse ; elle avait la grâce et les manières qu'il fallait, ainsi que l'arrogance et l'assurance que l'on attribuait généralement à la noblesse.

Ainsi qu'aux fous.

Cependant, ceux qui avaient connu « la douce et charmante Francesca » se posaient invariablement des questions.

Comment une enfant aussi délicate, gentille et calme avait-elle pu, en grandissant, devenir... *elle* ? Franche au point d'être insolente. Effrontée, indépendante, entêtée, instruite et, comble de l'horreur, célibataire.

Et encore, ce n'étaient pas les pires de ses péchés aux yeux des membres de la bonne société. Ils pouvaient désormais leur ajouter des mœurs légères.

Elle était même tellement débauchée qu'elle prenait plaisir à être interrogée par un homme qui la retenait plaquée contre un mur.

— Elle avait un grain de beauté au-dessus de la lèvre, murmura Drake. Juste là.

Sa bouche effleura un point au-dessus de la commissure de ses lèvres, la faisant frissonner.

— Il s'est effacé avec le temps, répondit-elle en tournant légèrement la tête pour chercher son baiser.

Il s'écarta légèrement, juste assez pour que ses traits restent flous à moins qu'elle ne se concentre sur un détail. Naturellement, elle choisit ses yeux, le miroir de l'âme. Sauf que, dans son cas, ils demeuraient opaques. Même leur couleur était indéfinissable.

— D'après mon expérience, ces marques et ces grains de beauté ont tendance à s'accentuer avec l'âge plutôt qu'à s'effacer, insista-t-il.

Elle posa les mains sur son torse, sans pour autant le repousser. Pas encore.

— Je ne me souviens pas de vous avoir été présentée lorsque nous étions enfants. En outre, je n'ai pas à vous prouver qui je suis.

— Vous pourriez facilement le faire, dit-il.

— Comment ?

— Le jour où nous nous sommes rencontrés, Francesca s'est blessée, se souvint-il. Elle est tombée sur un objet tranchant.

Il avait commencé à relever ses jupes, faisant remonter l'ourlet au-dessus de sa cheville, puis au-dessus de son mollet.

— C'était un couteau de cuisine, qui s'était enfoncé dans sa cuisse assez profondément pour nécessiter des points de suture, poursuivit-il. Je me souviens de l'avoir entendue crier depuis l'autre bout du manoir.

Ces paroles firent remonter à la surface un lointain souvenir. Francesca avait huit ans et Pippa six. Les fillettes avaient profité de ce que leurs parents étaient occupés avec des invités de marque pour faire une descente dans la cuisine à la recherche de friandises. Ces invités étaient-ils écossais ? Elle ne s'en souvenait pas.

Le glissement de son ourlet sur son genou la ramena brutalement au moment présent, lui rappelant la cicatrice de Francesca qu'elle n'avait pas.

— La cuisinière était une écervelée, m'a-t-on dit, poursuivit-il.

Francesca souleva son genou aussi vite qu'elle le pouvait, visant la bosse considérable qui étirait sa braguette.

Jusque-là, elle n'avait jamais rencontré un homme doté de réflexes assez affûtés pour esquiver ses mouvements agiles. Le coup atteignit lord Drake à l'intérieur de la cuisse, ne lui arrachant qu'une légère grimace.

De toute évidence, c'était un homme accoutumé à la douleur.

Francesca ne lui laissa pas le temps de réagir et lui envoya un coup de poing dans le plexus solaire qui aurait dû le plier en deux.

Aurait dû.

Il la libéra avec un grognement et chancela en arrière de quelques pas tout en gardant un masque imperturbable.

— Mme Hargrave était un ange, misérable pédant ! lança-t-elle.

Elle serra les poings et se mit en position de combat, prête à parer ou à encaisser les coups s'il décidait de riposter.

Si cet homme la frappait, elle ne ferait pas long feu. Il avait des poings comme des marteaux, et elle doutait que ses os leur résistent.

— C'est grâce à cette « écervelée » que je suis toujours en vie, poursuivit-elle. Vous respecterez donc sa mémoire et garderez vos commentaires désobligeants pour vous si vous ne voulez pas que je vous arrache la langue.

L'Écossais leva une main dans un geste d'apaisement, l'autre massant sa cuisse là où elle l'avait frappé.

— Pardonnez-moi. Mes propos étaient totalement déplacés.

— Oui... euh..., hésita-t-elle. Ne recommencez jamais.

Elle ne s'était pas attendue à des excuses, surtout après ce qu'elle lui avait fait. Quand elle se tourna pour partir, il la retint par le coude.

— Comtesse... ai-je irrémédiablement gâché nos chances ?

— Nos chances de quoi, je vous prie ?

— De nous.

Elle fut ahurie par son impudence.

— « Nous » ? Qu'est-ce qui vous fait penser qu'il existe un « nous » ? Vous ne croyez même pas que je sois qui je suis. Et je vous connais à peine !

— Vous m'avez embrassé.

— Je vous demande pardon ? s'indigna-t-elle. C'est vous qui m'avez embrassée !

— Il m'a semblé que vous ne vouliez pas que j'arrête, dit-il en s'approchant. Je crois même, comtesse, que vous attendiez plus qu'un baiser.

Il avait raison, mais elle aurait préféré mourir plutôt que de le reconnaître.

— Si vous vous imaginez que je vous laisserai examiner ma jambe pour satisfaire votre curiosité malsaine, vous vous leurrez.

Elle libéra son coude d'un geste sec et se dirigea vers la porte-fenêtre. L'instant suivant, il se tenait derrière elle et la retenait par les bras. Son torse pressé contre son dos lui rappela qu'elle avait affaire à un animal puissant.

En dépit de sa poigne de fer, sa voix, lorsqu'il reprit la parole, avait la douceur du velours.

— En toute sincérité, ma curiosité malsaine s'intéresse de moins en moins aux marques sur vos cuisses et de plus en plus à ce qu'il y a entre elles.

Son souffle chaud caressait son oreille, tandis que ses paroles obscènes se diffusaient en elle telle une coulée de lave.

— Je jure de ne pas lancer un seul regard vers vos jambes si vous les ouvrez pour moi, milady.

Ses doigts s'enroulaient autour de ses bras, son désir rendu flagrant par la tension dans ses membres.

— Pourquoi le ferais-je ? demanda-t-elle d'une voix éraillée.

— Vous avez eu beaucoup d'amants. On me dit qu'être en vous est ce qui se rapproche le plus de toucher les cieux.

— Il ne faut pas croire tout ce qu'on vous dit.

— Mes péchés sont si nombreux qu'ils feraient honte à un démon, comtesse. Une nuit avec vous serait ma seule chance d'entrevoir ce à quoi je n'aurai pas droit lorsque je rôtirai en enfer pour l'éternité.

Il effleura l'arrière de son oreille avec ses lèvres, humant le parfum de sa chevelure.

— Je promets de vous emmener au paradis et de vous y garder avec moi, ne serait-ce qu'une nuit.

Le ventre de Francesca se noua tandis qu'un besoin lancinant palpitait entre ses cuisses. Elle devait refuser, n'est-ce pas ? Aucun de ses « amants » n'avait fait allusion à cet homme dont elle n'avait jamais entendu parler. Il n'avait rien à voir avec le Conseil cramoisi.

Elle ne comprenait pas ce qui lui arrivait et n'avait pas le temps d'y réfléchir. Accepter l'offre de Drake reviendrait à se mettre en position de vulnérabilité, et pas uniquement parce qu'elle n'avait pas de cicatrice sur la cuisse – ce à quoi elle comptait remédier dès qu'elle serait rentrée chez elle.

— Nous le ferons dans le noir, susurra-t-il. Vous pourrez garder vos secrets jusqu'à ce que vous soyez prête.

Il sembla prendre son silence pour un assentiment, car il ajouta :

— Retrouvez-moi cette nuit. Je vous attendrai au pied de l'escalier derrière la maison à 1 h 30.

Il la libéra si brusquement qu'une femme moins agile qu'elle aurait trébuché en avant. Se retenant au mur du patio, elle regarda l'impudique Écossais retourner dans la salle de bal.

Elle s'efforça de reprendre son souffle et de ralentir les battements de son cœur. Son esprit était embrouillé par l'indécision, la peur et le désir. Elle avait toujours considéré les hommes comme des êtres simplets, ridicules, faciles à berner. Ils se laissaient manipuler par la promesse d'un petit moment de plaisir. Mais, pour la première fois de sa vie, elle comprenait que le corps était plus puissant que l'esprit, que le besoin pouvait supplanter la logique, que le désir pouvait excuser le danger.

1 h 30. Au pied de l'escalier.

Elle se mordit la lèvre assez fort pour avoir mal, se ressaisit puis alla se chercher un autre verre.

Chandler s'éclipsa de la salle de bal et se réfugia dans la quiétude de l'aile gauche du manoir. Il s'engouffra dans le premier cabinet de toilette qu'il trouva, s'y enferma à clé, dénoua sa cravate et inspira de grandes goulées d'air.

Jamais il n'avait été aussi excité de sa vie. Son membre était dur comme du marbre, son sang bouillonnait de désir. Il n'avait pas ressenti de telles pulsions lubriques depuis que, adolescent en rut, il avait vu sa première femme nue.

La comtesse de Mont-Claire... Francesca ?

Elle était encore plus belle quand elle était en colère. Ses yeux brillaient tels des diamants coupant des émeraudes, sa peau pâle s'empourprait. Que n'aurait-il donné pour vérifier si cette jolie teinte s'étendait sous le décolleté de sa robe !

Était-ce le désir ou la honte qui l'avait fait rougir ?

Lorsque, après qu'il l'avait accusée d'imposture, elle était redevenue de glace, il avait aussitôt regretté la femme qui avait fondu contre lui, frémissante de désir.

De désir et, probablement, de duplicité.

Il ne croyait pas un mot de ce qu'elle racontait. Si elle avait vraiment été Francesca, il n'aurait jamais pu la séduire de cette manière.

Non seulement elle n'avait pas de grain de beauté au-dessus de la lèvre, mais rien en elle ne correspondait à Francesca Cavendish. La femme qu'il avait embrassée était forte, sûre d'elle et audacieuse. Trois qualités que Francesca n'avait pas.

Ce qu'il avait aimé chez la douce amie de son enfance, c'était sa délicatesse et sa fragilité. Il avait passé sa jeunesse rongé par la culpabilité et le dégoût de lui-même, mais avec Francesca, il s'était senti tel saint Georges, le chevalier servant qui terrassait ses dragons.

Avec cette usurpatrice, il n'avait rien d'un saint. Elle éveillait en lui un désir d'une telle violence qu'il parvenait à peine à le contenir.

En outre, avec elle, il n'en aurait pas besoin.

Chandler agrippa le rebord du lavabo, regarda l'inconnu dans le miroir et se repassa leur conversation mot après mot.

Il y avait en elle quelque chose de vaguement familier, qui agitait de lointains souvenirs d'une enfance qu'ils auraient partagée.

« Le passage du temps nous a tous changés, dit une petite voix désespérée en lui. Si elle était réellement celle qu'elle affirme être ? »

Impossible. Pippa lui avait dit que Francesca avait été tuée.

Pour la millionième fois, il souhaita que Pippa ait survécu afin de pouvoir lui parler, l'interroger, fouiller dans sa mémoire.

Le monde aurait connu sa charmante exubérance.

Il avait tenté de la sauver. Il avait fait de son mieux. Et il avait payé de son sang, de ses cauchemars, de son âme même, le sacrifice qu'il avait fait pour elle.

Les souvenirs n'étaient jamais fiables. Toute sa vie, il avait lutté contre eux. Il ne s'agissait pas uniquement des souvenirs de Mont-Claire.

Il était déjà brisé avant cela.

Les souvenirs de son enfance menaçaient souvent de l'entraîner par le fond dans un courant trop douloureux pour qu'il puisse lui résister.

Mont-Claire avait été son salut. Après ce qu'il avait connu, le petit placard dans lequel il dormait, derrière le poêle de la cuisine, lui avait paru la demeure d'un prince.

Chaque parole d'encouragement du majordome, chaque ration de nourriture supplémentaire donnée par la cuisinière, chaque histoire racontée par la dame roumaine qui leur tenait souvent compagnie était une lueur d'espoir pour son jeune cœur sombre. Ces petits moments de répit étaient comme le scintillement d'étoiles dans une nuit sans lune, brillantes, chaudes... et infiniment lointaines.

Puis il y avait Ferdinand et Pippa, le frère et la sœur qu'il avait toujours voulu avoir. Ils lui avaient appris la joie, le rire ; l'avaient accepté comme l'un des leurs, l'entraînant dans leur univers de fous rires, d'aventures imaginaires et de jeux absurdes.

Quant à Francesca...

Pour lui qui venait d'un monde dur et impitoyable, elle avait été une brillante tache de couleur et de bonté. Parfois, il n'osait même pas la toucher, de peur de souiller de ses doigts vulgaires sa beauté pure et immaculée.

Comment une créature aussi angélique avait-elle pu connaître une fin aussi violente et sauvage ? Comment se pouvait-il qu'elle ne soit plus qu'un amas d'os et de cendres ?

L'actuelle comtesse de Mont-Claire ne pouvait être Francesca Cavendish.

Il le savait.

Elle le savait.

Il ferait son possible pour découvrir qui elle était réellement.

Il la mettrait à nu. Il vérifierait chaque centimètre de son corps. Il trouverait les autres marques, les autres preuves. Elle avait menti, et il la démasquerait.

Après lui avoir soutiré tout le plaisir qu'il pouvait.

Après lui avoir donné tout le plaisir qu'il lui avait promis.

Oui, ils entreverraient ensemble le paradis avant qu'il l'entraîne avec lui en enfer. Il lui ferait amèrement regretter son mensonge. Cette séductrice n'était pas digne de lécher les bottes de Francesca. Jamais elle ne pourrait combler le vide que sa mort avait laissé dans le monde.

Il rajusta sa cravate, puis sortit sur le balcon pour fumer sa pipe et contempler la nuit. Il lui restait un certain temps à patienter avant l'heure du rendez-vous.

Il avait à peine fini sa première pipe quand un bruit en contrebas lui fit baisser les yeux. Il agrippa la rambarde du balcon assez fort pour faire blêmir ses phalanges.

Brendan Murphy aidait la comtesse de Mont-Claire à monter dans sa voiture. Il regarda celle-ci s'éloigner sur les pavés de Londres.

La traîtresse ! Elle n'avait jamais eu l'intention de le retrouver.

Elle s'envolait avec ses secrets.

Mais elle ne perdait rien pour attendre.

8

Deux semaines plus tard

Le téléphone était décidément la pire des inventions humaines, décida Francesca en arpentant de long en large le bureau de sa maison à Belgrave. Lorsque la conversation devenait frustrante, on ne pouvait même pas étrangler son interlocuteur.

Non pas qu'elle eût pu enrouler ses doigts autour du cou massif de lord Ramsay.

— Ne soyez pas buté, Ramsay, s'énerva-t-elle. Conduisez-moi devant le lieu de détention des services secrets, et je m'occupe du reste.

— Navré, milady, c'est trop dangereux pour nous deux, répondit Ramsay, qui avait du mal à cacher son irritation. Je ne suis même pas censé connaître ces lieux ni les cachettes des services secrets. En outre, vous me demandez de vous trouver le lord chancelier. Ne savez-vous pas que, tant qu'il est en garde à vue, il reste intouchable ? Si vous vouliez l'interroger, il fallait le faire avant qu'il soit arrêté.

— Nous ignorions alors ses liens avec le Conseil cramoisi ! rétorqua-t-elle en donnant un coup sur le bord de son bureau. Allez, Ramsay ! Entrouvrez-moi la porte. Mieux, dites-moi simplement où il se trouve. Je me débrouillerai ensuite toute seule. Vous me devez bien cela.

— Je vous dois quoi ?

Son ton menaçant aurait fait décamper de nombreux hommes, mais Francesca n'était pas du genre à se laisser intimider aussi facilement.

— Souvenez-vous : il y a deux semaines, je vous ai donné lord Colfax. Cette inculpation a été une bonne affaire pour votre carrière, ne le niez pas.

— Je n'ai pu inculper Colfax que pour fraude, répliqua Ramsay. Vous ne m'avez rien donné qui puisse le lier au Conseil cramoisi.

— Qu'importe, puisqu'il est en prison ? Bientôt, ils le seront tous. Murphy m'a prouvé que le lord chancelier faisait partie de la triade. Si je n'interroge pas lord Hubert, je n'obtiendrai jamais les réponses dont j'ai... euh... dont *nous* avons besoin.

Le soupir de Ramsay fit un bruit de bourrasque dans le combiné.

— Pourquoi ne me transmettez-vous pas les questions que vous souhaitez lui poser ? Je vous obtiendrai les informations que vous cherchez à travers les canaux appropriés. J'ai un contact aux services secrets, un espion qui m'a aidé à coincer lord Hubert.

— Non, il faut que ce soit moi qui l'interroge.

Elle avait des questions personnelles à poser à cette ordure, des questions qui attendaient depuis vingt ans.

— Lady Francesca, je respecte et admire votre persévérance...

Ramsay s'était mis à parler d'une voix calme, articulant lentement comme s'il s'adressait à une enfant en proie à une crise de nerfs.

— Foutaises, Ramsay ! Ne prenez pas ce ton condescendant avec moi, espèce d'arrogant...

— Et je suis sincèrement désolé de ce que vous avez subi...

— Vous n'avez pas la moindre idée de ce que j'ai subi ! Vous avez votre statut et votre fortune. Vous avez Cecelia. Vous avez une petite fille adorable. Moi, je n'ai que ma cause !

— Je vous rappelle que ma fiancée et ma fille ont failli m'être prises par le Conseil cramoisi. En outre, vous savez pertinemment que vous n'avez pas que votre mission dans la vie. Pas que votre vengeance. Vous avez Cecelia, Alexandra et… nous.

Nous. Parlait-il de lui ? De son demi-frère, Piers ?

— Vous avez *failli* les perdre, Ramsay. « Faillir » étant ici le mot clé. Vous les avez sauvées, et vous vous êtes vengé de ceux qui avaient tenté de vous les prendre. Je ne pourrai jamais ramener ma famille à la vie. En revanche, je peux faire en sorte que ceux qui me l'ont prise soient punis. Bon sang, Ramsay, je ne vous demande pas de violer la loi, juste de regarder ailleurs pendant que je l'enfreins.

Il y eut un autre soupir au bout du fil, celui-ci plus las encore.

— Lady Francesca, le lord chancelier est tout sauf un imbécile. Si nous ne traitons pas son cas en suivant le règlement au pied de la lettre, il pourrait user du peu d'influence qu'il lui reste pour manipuler les juges et obtenir une sentence plus clémente.

— Pff… arrêtez vos salades !

— Il pourrait ne pas payer pour ses crimes. Du moins, pas comme il le devrait. Je m'y oppose catégoriquement. Je ne reviendrai pas là-dessus.

Francesca serra le poing. Comme toujours, l'homme avait le dernier mot.

Elle prit une profonde inspiration pour se calmer. Ni les implorations, ni la logique, ni la colère ne feraient fléchir Ramsay. Elle devait changer de tactique et le désarçonner.

— Je comprends vos préoccupations, Ramsay. Néanmoins, j'ai vérifié, et sir Hubert ne se trouve pas dans une prison. Ce qui signifie qu'il est retenu dans une maison où je pourrai sûrement m'introduire sans être vue. Je lui administrerai ma potion et, le lendemain, il sera convaincu d'avoir rêvé. Personne n'en saura jamais rien.

Ramsay laissa tomber les civilités.

— Francesca, vous ne pouvez pas vous introduire dans un lieu comme Trenton Park House. La demeure est lourdement gardée, et les balcons sont situés au troisième étage. Je suis désolé, c'est tout bonnement impossible. Vous devrez trouver un autre moyen.

— Fort bien. J'espère que vous parviendrez à dormir cette nuit, espèce d'Écossais borné.

Cette fois, ce fut un soupir de soulagement que poussa Ramsay.

— Je transmettrai vos amitiés à Cecelia.

— Vous savez où vous pouvez vous les mettre, vos amitiés.

— Nous nous voyons toujours ce soir pour le dîner ?

— Je serai là à 19 h 30, maugréa-t-elle. Mais uniquement pour vous empoisonner.

— Très bien. Peut-être pourriez-vous venir un peu plus tôt ? Phoebe aurait besoin de vos conseils pour le tir à l'arc.

— D'accord. Alors à 17 heures.

— Excellent. Je me réjouis de votre visite.

Étonnamment, elle aussi. Elle avait hâte de retrouver la fille de Ramsay. Bien qu'elle n'eût pas la fibre maternelle, elle aimait énormément la fillette.

Elle raccrocha le combiné et esquissa une petite danse de victoire. Ramsay, si rusé soit-il, lui avait révélé sans le vouloir où se trouvait le lord chancelier. Elle s'en occuperait dès le lendemain soir. Pour le moment, elle devait se préparer pour aller dîner chez Cecelia. Alexandra serait là également, avec son duc. Apparemment, ils avaient une importante nouvelle à annoncer.

Une grossesse, assurément, à en juger par leur comportement. Redmayne ne pouvait se trouver dans la même pièce que sa femme sans la tripoter. Il était facile d'imaginer ce qu'il lui faisait lorsqu'ils étaient seuls.

Un enfant était toujours une bonne nouvelle, surtout pour Alexandra.

Alors pourquoi se sentait-elle abattue ? Parce que le monde continuait à tourner sans elle ? Même si ses amies lui répétaient qu'elle ferait toujours partie de leur famille, il était naïf de croire que rien ne changerait. Cecelia et Alexandra seraient belles-sœurs, puisque Redmayne et Ramsay étaient demi-frères.

Ils n'avaient pas un autre frère pour elle – non pas qu'elle en eût voulu.

Elle était heureuse pour ses amies, les Rebelles rouges. Leur avenir était plein de promesses.

Naturellement, il y aurait toujours une place pour elle à leurs tables. Cependant... une fois qu'elle aurait terminé de régler ses comptes avec le Conseil cramoisi, que deviendrait-elle ? Qui serait-elle ?

Elle se sentait soudain très vieille. Elle avait visité tant d'endroits, vécu tant d'expériences, tantôt heureuses, tantôt douloureuses. Elle s'était formée auprès de maîtres dans pratiquement tous les arts, avait escaladé des sommets, longé des précipices, franchi d'innombrables frontières et repoussé les limites imposées aux femmes dans presque tous les domaines, sauf un.

Le sexe.

Peut-être était-il temps qu'elle couche avec l'un de ses informateurs involontaires au lieu de les droguer. Elle réfléchit en se mordillant la lèvre. Il faudrait pour cela que ce soit un homme qui vaille la peine d'être vu nu. Que ses mains sachent la caresser, que sa bouche sache l'embrasser.

Qu'il ait un corps digne de la pénétrer.

Où trouver un tel spécimen ?

Naturellement, elle se racontait des bobards.

Chaque fois que son esprit empruntait ce chemin, il débouchait invariablement sur lord Drake. Son baiser avait allumé en elle un feu qui avait mis des jours à s'éteindre et qui l'avait transformée en une masse confuse de désir.

Pour autant qu'elle sût, il n'avait aucun lien avec le Conseil cramoisi et, par conséquent, ne lui était d'aucune utilité.

Sauf qu'il avait promis de l'emmener au paradis.

Elle entendit de nouveau sa voix s'enrouler autour d'elle tel un drap de velours.

Non, non, non. Il valait mieux choisir un amant moins suspect. Son instinct lui disait que l'homme qui se cachait derrière le regard de Drake était trop dangereux, même pour elle.

En outre, il prétendait avoir connu Francesca, une affirmation qu'elle ne pouvait contredire.

Cela le rendait d'autant plus redoutable. Elle toucha la plaie sur sa cuisse qu'elle s'était infligée quelques semaines plus tôt. Elle serait bientôt cicatrisée. Elle s'en voulait encore de l'avoir oubliée, en dépit du soin qu'elle avait pris depuis son enfance à reproduire les caractéristiques de Francesca.

Non, il était plus judicieux d'éviter Preston Bellamy, lord Drake.

Le nom *drake* venait du germain et signifiait « dragon ». Or, il n'y avait de place dans cette ville que pour un seul dragon.

Elle sortit en hâte de son bureau pour appeler un valet et percuta sa vieille amie qui approchait dans le couloir.

— Serena ! s'exclama-t-elle en la retenant par les épaules. Je suis désolée, je ne t'avais pas vue.

La Roumaine était toujours élégante, en dépit des rhumatismes qui l'empêchaient d'être aussi active qu'autrefois.

— Encore distraite par tes machinations, ma chérie ? répondit Serena en lui donnant une tape

affectueuse sur la joue. Ne t'en fais pas, j'ai été bous-
culée par bien pire.

La prenant par le bras, Francesca l'entraîna vers
le grand escalier. Bien que désormais habituée à
vivre dans la demeure luxueuse d'une comtesse,
Serena portait toujours les souliers en peau de bête
que sa tribu confectionnait dans les montagnes des
Carpates. Des chaussures chaudes, légères et totalement silencieuses.

— N'as-tu pas un dîner ce soir ? lui demanda-
t-elle. Veux-tu que je te prépare une potion pour
l'un de tes vilains messieurs ?

— Ce dont j'ai besoin, c'est qu'un valet m'installe
une perche dans le jardin derrière la maison.

Elle brailla le nom de son majordome à travers
le hall d'entrée en marbre. Où était donc passé son
personnel aujourd'hui ?

— Une perche ? s'étonna Serena. Pour quoi faire ?

— Pour m'entraîner, ma chère. Si je rate mon
saut, je m'écraserai sur les pavés.

Serena plissa le front d'un air inquiet.

— De quelle hauteur risques-tu de tomber au
juste ?

— Uniquement de trois étages, répondit Francesca.

Elle aperçut enfin un valet, et ses traits s'illuminèrent.

— Ne t'inquiète pas, poursuivit-elle. Je connais
bien cette partie de la ville. L'espace entre les toits
ne devrait pas être trop grand. D'ailleurs, j'aurais
besoin d'une de tes paires de souliers.

Chandler ne pouvait plus respirer. Ses poumons
étaient remplis d'eau et de plomb, ses membres rete-
nus par des liens en os. Il se débattit. Lorsqu'il cria,
une nuée de papillons de nuit s'échappèrent de sa
bouche, s'envolant haut, toujours plus haut, avec un
raffut aussi assourdissant que des battements d'ailes
de chauve-souris.

Un bruit explosif, percutant.

Définitif.

Le sel de ses larmes lui piquait les yeux. Il flottait une odeur forte... chimique.

Il n'avait rien fait de mal. Pas encore. Alors pourquoi sa peau lui brûlait-elle ? Pourquoi ses péchés devaient-ils être effacés avec des brosses qui semblaient faites de métal et de glace ? Pourquoi devait-il mourir avant même d'avoir vécu ?

L'eau et le feu. Tous deux ne brûlaient-ils pas ? Ils arrachaient la chair des os, détruisaient l'amour et tout ce qu'il aimait.

Cette fois, c'était sa faute. Il avait déclenché le feu qui se propageait à présent dans Mont-Claire, dévorant tout sur son passage. Si seulement il avait eu de l'eau pour l'éteindre ! Pour la sauver.

Pour les sauver.

Francesca. Pippa. Tous les autres.

Il ne pouvait courir plus vite que le brasier qu'il avait allumé. Mais s'il ne l'arrêtait pas, le feu le rattraperait, le consumerait, réduirait toute la ville en cendres.

Les flammes léchaient la plante de ses pieds, les brûlant, racornissant sa peau et...

Boum !

Se réveillant en sursaut, Chandler bondit du fauteuil dans lequel il s'était endormi, les pieds devant le feu de cheminée. Il tenait un poignard dans une main. L'autre était prête à frapper.

Il inspira de grandes goulées d'air, ses membres tremblant légèrement avant qu'il se ressaisisse.

Il lança des regards autour de lui dans la chambre au décor spartiate. Il était seul.

Toujours seul.

Il laissa retomber ses bras avec un soupir. Ce n'était qu'un cauchemar. Toujours le même.

Chandler avait toujours du mal à dormir sous le même toit qu'un monstre.

Un monstre moins monstrueux que lui, mais un monstre quand même.

Bien qu'il occupât l'étage en dessous de celui du lord chancelier, c'était comme si la malignité de ce dernier s'infiltrait dans les poutres du plafond et imprégnait l'énergie de la maison.

Naturellement, c'était au Démon du Dorset que les services secrets avaient fait appel pour organiser la garde de cette canaille pendant qu'ils tentaient de dévider l'écheveau d'actes criminels commis par le lord chancelier.

Chandler était le meilleur.

Ses employeurs ignoraient le rôle qu'il avait joué dans cette affaire depuis le début, les griefs personnels qu'il nourrissait contre le lord chancelier.

Il s'approcha de la cheminée et prit appui d'une main sur le manteau, attendant que la chaleur du feu sèche la sueur froide que lui avait laissée son cauchemar.

Une vieille rage familière monta en lui, telle une marée qui menaçait de le submerger. Il avait passé sa vie à tenter de surmonter cette fureur en se vengeant de ceux qui l'avaient provoquée.

Il devait penser à autre chose, à n'importe quoi d'autre, jusqu'à ce que la tempête se calme et qu'il puisse de nouveau respirer normalement. Jusqu'à ce qu'il redevienne lui-même.

Il avait besoin d'une distraction pour oublier ce vide sinistre qui menaçait souvent de l'engloutir la nuit.

Celle-ci prit la forme d'une chevelure flamboyante et d'yeux couleur des falaises de Moher, de jolies lèvres roses qui se fronçaient sous un nez qui n'était pas tout à fait droit.

La fausse comtesse. Elle était le contraire même des ténèbres. Elle était lumineuse, vibrante, éblouissante, radieuse.

Tellement vive.

Si c'était vraiment Francesca ?

Il fallait qu'il en ait le cœur net. Il devait avoir la preuve qu'elle mentait, afin de tuer dans l'œuf l'espoir qui commençait à poindre en lui.

Il avait besoin de la toucher de nouveau, qui qu'elle soit.

Son instinct lui disait qu'elle n'était pas plus comtesse qu'il n'était le diable, ce qui ne l'empêchait pas de vouloir à tout prix la posséder.

Fichtre, il était vraiment possédé.

« Le Démon du Dorset » était le surnom que les services secrets lui avaient donné. Il n'avait jamais vraiment compris pourquoi. Parce qu'il ressemblait à l'idée qu'on se faisait du diable ? Brun, séduisant, caustique, ténébreux ? Parce qu'il était dépourvu de conscience, de compassion ou d'empathie envers les hommes qu'on l'envoyait punir ?

Ou parce qu'il aimait châtier ceux qui le méritaient ?

Il fallait bien que quelqu'un s'en charge et contrebalance la charge de pourriture et de malveillance qui ne cessait de grandir dans l'Empire et dans le cœur des hommes.

Qui mieux que lui, qui avait tant à expier ?

Boum.

En une fraction de seconde, le poignard réapparut dans sa main. Il avait cru que le bruit faisait partie de son rêve. En fait, il provenait du plafond.

Le lord chancelier était enfermé à l'étage supérieur, mais de l'autre côté de la maison.

Il y avait donc quelqu'un d'autre au-dessus de lui.

Il ramassa son pistolet sur la table de chevet et sortit de sa chambre en le pointant d'un côté et de l'autre. Le couloir était sombre et désert. Au fond, la porte de la chambre de Mme Kochman, la gouvernante et cuisinière, s'entrouvrit.

— Monsieur Alquist ? demanda-t-elle d'une voix tremblante.

— Restez dans votre chambre, madame Kochman. Je vais voir ce qu'il se passe.

Il grimpa l'escalier quatre à quatre et fit irruption dans la chambre au-dessus de la sienne. Personne. Ce n'était qu'une cellule vide attendant le prochain prisonnier d'État ou, parfois, un étranger sur le point d'être extradé. Cette demeure était la version moderne de la Tour de Londres, un bâtiment dans lequel les gens disparaissaient souvent.

À pas de loup, il s'approcha de la geôle du lord chancelier, une pièce qui avait dû être la chambre principale à l'époque où cette partie de la ville comptait davantage de champs et moins d'usines.

Un rai de lumière filtrait sous le battant. Chandler sortit la clé de sa poche et déverrouilla la porte d'une main, l'autre pointant toujours le revolver dans le couloir. Puis il ouvrit la porte d'un coup d'épaule et bondit dans la pièce.

Elle était vide, à l'exception du lord chancelier, qui gisait sur le parquet.

Chandler se précipita vers lui et l'examina, à la recherche de blessures. Il n'avait qu'une entaille à la tête. Il respirait et semblait reprendre connaissance.

— Qui vous a attaqué ? demanda Chandler. Par où sont-ils entrés ?

— Les... les... v-v-vol...

Le lord chancelier scélérat pointa le doigt vers les volets de la fenêtre, puis ses yeux se révulsèrent dans leurs orbites et il s'évanouit de nouveau.

Par le toit ? Impossible. L'une des raisons pour lesquelles un homme du rang du lord chancelier était gardé dans Trenton Park House était que la bâtisse disposait d'un grand balcon où le prisonnier pouvait prendre l'air sans être vu.

Chandler ouvrit les volets et sortit sur le balcon en pointant son pistolet devant lui. Il tendit l'oreille, guettant un souffle, un bruit de pas, une présence.

Un objet cylindrique roula sous son pied. Chandler se pencha et découvrit un très long morceau de bois. Non, pas un simple bout de bois, une perche.

— Bon sang !

Il rentra aussitôt dans la chambre et prit à peine le temps d'enfermer le lord chancelier avant de dévaler l'escalier.

Quelqu'un avait sauté à la perche sur le toit depuis l'entrepôt désaffecté situé en face de la demeure et avait projeté d'utiliser la même méthode pour s'enfuir.

Ce qui signifiait que l'intrus se trouvait toujours dans la maison.

Un cri étouffé lui parvint depuis la chambre de Mme Kochman. Si la fripouille avait fait le moindre mal à la vieille dame, il la réduirait en pièces. La pauvre Kochman avait dû naître avant Waterloo et était aussi aveugle qu'une taupe.

Lorsqu'il ouvrit la porte de la chambre de la gouvernante, une petite voix s'éleva.

— Monsieur Alquist ? Quelqu'un est entré. On m'a fait boire un breuvage, et je... je ne tiens plus debout.

Chandler se précipita vers elle.

— Madame Kochman, êtes-vous blessée ? Vous dites qu'on vous a empoisonnée ?

— Je... je vois des sons dans l'obscurité. Ils sont comme des couleurs. Votre voix est bleue, monsieur Alquist. Comme l'eau, en plus lourd. Vous êtes très agréable à regarder. Je parie que toutes les dames vous le disent. Quand elles vous attirent dans leur lit...

Fichtre, elle semblait plus soûle qu'un Irlandais le jour de la Saint-Patrick. Il vérifia son pouls et ses pupilles. Elle ne semblait pas en danger. Elle n'avait pas été empoisonnée, simplement droguée.

Un léger craquement de plancher lui indiqua où se trouvait l'intrus.

Dans sa chambre.

Il lâcha un juron et se précipita dans cette direction. Maintenant qu'il n'avait plus accès à sa perche, le scélérat cherchait une autre issue.

Il esquissa un sourire de victoire.

La seule autre issue passait par lui.

Dès qu'il se retrouva dans le couloir, une douce odeur familière titilla ses sens. Agrumes et miel.

Il secoua la tête. Ce n'était vraiment pas le moment de penser à elle !

Il avança lentement et sans bruit, comptant ses pas. Dans l'obscurité, un pistolet ne servait pas à grand-chose, à moins que son adversaire n'en ait un également.

Il pressa l'oreille contre la porte de sa chambre. Il perçut le déclic d'un verrou, puis un bruit de bois frottant contre du bois.

Il comprit aussitôt. L'intrus avait découvert l'échelle escamotable cachée dans le plafond, qui permettait de monter à l'observatoire situé à l'étage au-dessus.

Il avait probablement profité de la confusion de Mme Kochman pour lui soutirer cette information. La vieille dame était une légende vivante. Elle avait résisté à la torture à l'époque où elle était espionne. Du moins était-ce ce qu'on chuchotait dans les services secrets.

Chandler ouvrit la porte de sa chambre d'un coup de pied. Dans le clair de lune qui baignait la pièce, il aperçut deux longues jambes fines au sommet de l'échelle pliable.

Il s'élança, attrapa une cheville et tira.

L'intrus s'accrocha juste à temps au plancher de l'étage supérieur, libéra sa jambe et envoya voler le pistolet de Chandler d'un coup de pied.

Chandler sauta, attrapa l'intrus par la taille et, se suspendant de tout son poids, l'entraîna avec lui, le faisant tomber à plat ventre sur le sol. Un genou dans le creux des reins, il lui tordit aussitôt le bras dans le dos, l'immobilisant.

— Qui êtes-vous ? grogna-t-il.

L'intrus, qui cherchait à reprendre son souffle, ne répondit pas.

Chandler sortit son poignard et pressa sa lame contre la jugulaire de l'individu.

— Un seul geste et je vous égorge.

L'autre ne bougea pas. Chandler aurait tout donné pour une paire de menottes, une corde, n'importe quoi. Pour mieux maîtriser son adversaire, il devait lâcher soit son couteau, soit les deux poignets menus qu'il enserrait dans sa main.

Il comprenait à présent comment l'intrus était parvenu à sauter à la perche d'un toit à l'autre. Il ne pesait pas plus lourd qu'une plume.

— Avez-vous une arme ? demanda-t-il.

— Si j'en avais une, vous croyez que je vous le dirais ? répondit une voix essoufflée et distinctement féminine.

Juste ciel ! Chandler se redressa et écarta son poignard. Une femme s'était introduite dans la maison lourdement gardée, avait drogué le lord chancelier ainsi que la gouvernante et était parvenue à le désarmer.

Personne ne le croirait.

En outre, il ne tenait pas à ce que la nouvelle s'ébruite.

Sans lâcher les poignets de la femme, il tendit le bras et arracha le cordon du rideau du baldaquin pour la ligoter.

Cette dame avait quelques explications à lui...

Avec une souplesse surprenante, elle releva brusquement une jambe derrière lui, le déséquilibrant. L'instant suivant, elle s'était dégagée et balayait ses chevilles d'un coup de pied, le faisant retomber lourdement en arrière sur ses fesses. Elle accompagna sa chute, bondit sur lui et s'assit sur son torse tandis que ses genoux se refermaient autour de son cou dans une prise d'étranglement.

Entre-temps, elle s'était emparée de son poignard, dont elle plaça la lame sous le menton de Chandler.

— Je ne veux pas vous blesser, déclara-t-elle. Vous ne faites que votre travail.

Bien qu'elle fût encore légèrement hors d'haleine, sa voix était posée et régulière.

— Personne n'a besoin de savoir que je suis venue ici, ni que je vous ai maîtrisé, ajouta-t-elle.

Il n'avait pas besoin d'entendre son ton suffisant pour la reconnaître. Son corps réagit instantanément.

Francesca Cavendish.

Ou, en tout cas, la femme qui se faisait passer pour elle.

Fichtre, il aurait pu la tuer dans le noir. Il l'avait violentée, lui avait donné un coup de poing dans le ventre.

— Je suis navré de vous avoir frappée, dit-il machinalement.

Elle émit un petit rire cynique et resserra ses genoux. Dans la pénombre, elle ne formait qu'une silhouette sombre. Sa chevelure était relevée sous un bonnet en laine de marin enfoncé jusqu'aux oreilles.

— Vous croyez m'avoir fait mal ? s'esclaffa-t-elle. Vous voulez rire ! C'est vous qui êtes piégé.

— Je ne me dirais pas piégé, milady, répondit-il. Ma position entre vos cuisses est des plus agréables.

Son accent anglais empêchait la comtesse de l'identifier comme lord Drake. Du moins, tant que la pièce restait plongée dans l'obscurité.

En guise de réponse, elle resserra encore les jambes, lui coupant la respiration. Par réflexe, il posa ses mains sur ses cuisses et enfonça ses doigts dans sa chair. Il aurait fallu un pied-de-biche pour les écarter, et il ne voulait pas lui faire de mal.

Elle était diablement forte.

— Allez-vous être un gentil garçon et me laisser partir ? demanda-t-elle. Ou vais-je devoir tacher le parquet avec votre sang ?

Le sang de Chandler quittait déjà tous ses membres pour affluer vers son entrejambe à une vitesse alarmante. Cela expliquait sûrement qu'il se sentît légèrement étourdi.

Ce n'était pas parce que son genou pressait contre sa carotide.

Se demandant pourquoi sa menace de mort lui donnait une érection aussi puissante, il tarda à répondre.

— Vous m'avez entendue ? insista-t-elle en pressant la lame sur son cou. Votre cadavre ne serait pas le premier que j'enterrerais.

Il était intrigué par la matière qui recouvrait ses cuisses. C'était une sorte de pantalon qui moulait ses jambes telle une seconde peau, s'étirant pour accompagner ses mouvements. Du coton, peut-être ?

Cette femme était magnifique. Qui diable était-elle pour incarner Francesca depuis l'école ? Une espionne ? Travaillait-elle pour le Conseil ?

Il espérait que non. Il n'aurait pas aimé voir une femme qu'il admirait autant être pendue pour haute trahison.

— Vous avez échoué, dit-il enfin.

— C'est la meilleure ! Expliquez-moi donc qui est le vainqueur et qui est le vaincu actuellement.

— Que vous ayez eu l'intention de tuer le lord chancelier ou de le sauver, vous avez raté votre coup.

— Pff... les hommes manquent tellement d'imagination !

Chandler pouvait sentir chaque contraction de ses fessiers sur son torse, la moindre tension dans ses cuisses tandis qu'elle maintenait son équilibre, son pouvoir, son contrôle.

— Oh, je peux imaginer un tas de choses, répondit-il.

Dans sa tête défilaient toutes sortes de scénarios qui n'avaient rien à voir avec le lord chancelier, et tout à voir avec l'envie qu'il avait d'enfouir plus profondément son visage entre ses cuisses.

— Ce n'est pas le moment d'être abject et irrespectueux, gronda-t-elle. Dois-je vous rappeler qui tient un poignard sous votre gorge ?

Chandler savait qu'il pourrait facilement la désarmer avant qu'elle lui fasse vraiment mal.

Enfin, probablement.

Dans la mesure où les prouesses physiques de la dame l'avaient déjà surpris plusieurs fois, la prudence était sans doute de mise.

En outre, il appréciait trop sa position sous elle et était trop excité pour avoir les bons réflexes.

— Je vous assure, milady, que j'ai le plus grand respect pour vous. Cela faisait longtemps que personne n'était parvenu à me désarmer, surtout un petit bout de femme.

— Un petit bout ? s'indigna-t-elle. Quel toupet ! Figurez-vous que je suis assez lourde pour avoir maîtrisé bon nombre d'individus… Quoi, vous riez ?

Son ton outragé n'arrangea pas son hilarité.

— Je suis désolé, dit-il entre deux hoquets de rire. C'est la première fois que j'entends une femme se vanter de son poids.

— Vous mériteriez que je vous tue pour votre impertinence, rétorqua-t-elle.

Elle n'en ferait rien. Il était entraîné à repérer les tueurs, et cette femme n'était pas du genre à tuer de sang-froid.

— Dites-moi ce que vous êtes venue chercher, et je vous laisserai partir, proposa-t-il.

— J'ai déjà obtenu ce que je voulais, répliqua-t-elle. Vous me laisserez partir, que cela vous plaise ou non.

— Je vous laisserai partir si vous m'embrassez, proposa-t-il encore.

Il ne vit pas son poing venir avant qu'il percute sa mâchoire avec une force stupéfiante.

Soudain, elle avait disparu, avec la clé de la porte d'entrée qu'elle avait subtilisée dans sa poche sans qu'il s'en rende compte.

Chandler resta étourdi sur le sol, non à cause de la puissance de son coup, mais parce qu'il était en proie à un étrange mélange de douleur et de plaisir.

Dieu qu'elle était magnifique ! Il aurait aimé trouver un autre qualificatif, mais il revenait toujours au même. C'était une magnifique menteuse, créature, délinquante et – il n'en doutait pas – amante.

Elle possédait des qualités physiques peu ordinaires. Il imaginait tout à fait ce que cela donnerait dans un lit... ou dans tout autre endroit où il aimerait la prendre.

Il la laissa partir car, s'il la rattrapait, l'envie de la voir le chevaucher de nouveau risquait d'être trop forte.

Elle était venue chercher des informations auprès du lord chancelier. Il lui suffisait donc d'interroger ce dernier pour savoir ce qu'elle voulait.

9

Moins d'une semaine plus tard, Francesca se retrouva dans les bras d'un autre démon.

Lord Luther Kenway, comte de Devlin, la faisait gracieusement valser dans la salle de bal de la marquise de Davenport et la dévisageait comme si elle était la seule femme au monde.

En revanche, Francesca avait du mal à le regarder dans les yeux, et ce pour plusieurs raisons, la principale étant qu'elle ne pouvait s'empêcher de chercher autour d'elle un certain Écossais fascinant et horripilant.

Hélas, lord Drake n'était visible nulle part.

Sans doute ne fréquentait-il pas des cercles aussi illustres.

— Vous attendez quelqu'un, comtesse ? demanda son cavalier.

Elle se sermonna mentalement pour s'être laissé distraire de sa mission et battit des cils d'un air qu'elle espérait charmant.

— Pardonnez-moi, milord. Je suis tellement surprise par vos attentions à mon égard que j'en perds mes moyens.

— Je n'en crois pas un mot.

Kenway lui tapota le dos dans un geste paternel, puis l'attira plus près de lui dans un mouvement qui l'était nettement moins.

Le comte de Devlin avait cette beauté à la fois attirante et subtilement menaçante qui faisait s'accélérer le pouls des femmes. Même les jeunes débutantes qui en étaient à leur première saison lançaient des regards furtifs dans sa direction alors qu'il devait approcher de la cinquantaine.

Pour mieux se concentrer sur sa tâche, Francesca dressa une liste de ce qu'elle savait sur lui. Il s'était marié jeune avec la fille d'un hobereau de province, une beauté à laquelle il avait fait trois enfants, d'abord un fils puis des jumeaux, un garçon et une fille. Quelques années plus tard, son épouse avait sombré dans la folie et avait noyé leurs trois rejetons. Même après tout ce temps, cette tragédie teintait encore toutes ses relations avec la haute société.

— Quel dommage ! disaient les commères derrière leurs éventails. Épouser une folle et tout perdre ! Cela explique sûrement qu'il ne se soit jamais remarié.

En dépit de ce drame, Kenway, non content d'être extrêmement riche et puissant, était d'une vilenie innommable.

Du moins selon le lord chancelier. Lorsqu'elle l'avait interrogé, il lui avait révélé que Kenway était au sommet de la triade.

Tout prenait un nouveau sens.

Le nom de Luther Kenway flottait dans la périphérie des Rebelles rouges depuis des années. Kenway étant le quatrième dans l'ordre de succession au titre de comte de Mont-Claire, Francesca l'avait d'abord inscrit en bas de sa liste de suspects. Puis, du fait de son passé tragique, de sa réputation de philanthrope et de pistes qui l'entraînaient dans d'autres directions, elle avait cessé de le prendre en compte.

Dire que, tout ce temps, elle avait été si près du but !

Des mois plus tôt, le cadavre d'une adolescente avait été déterré dans le jardin de Kenway. Toutefois, l'enquête avait démontré que le coupable était une personne au service de Cecelia Teague.

Le corps avait été placé chez Kenway pour incriminer cet homme qui tirait les ficelles de trop de marionnettes.

Comment n'avait-elle pas assemblé les pièces du puzzle plus tôt ?

Le lord chancelier avait été lui aussi une tête de la triade. La troisième étant morte récemment, le conclave cherchait un nouveau chef.

Lorsqu'elle avait demandé au lord chancelier si le père de Francesca, l'ancien comte de Mont-Claire, avait fait partie du Conseil cramoisi, il avait éclaté de rire.

— Les Cavendish n'ont pas été tués parce qu'ils appartenaient au Conseil, mais à cause des secrets qu'ils étaient incapables de garder. Chaque personne dans cette maison était devenue un danger et, par conséquent, toutes ont été éliminées.

Elle n'avait pu l'interroger davantage, ayant été interrompue par cet habile... et pervers agent de la Couronne.

Maudit soit-il, qui qu'il soit !

Ce qu'elle ignorait encore n'avait pas d'importance. Elle avait un nom, Luther Kenway, et elle se trouvait dans ses bras. La valse s'achèverait bientôt, et elle n'avait encore rien fait pour le prendre dans ses filets.

Parle, Francesca ! Dis quelque chose de spirituel, de caustique ou d'aguicheur.

Elle n'y parvenait pas. Être dans ses bras lui glaçait le sang au point d'ankyloser ses membres.

C'était l'homme qu'elle attendait de rencontrer depuis près de vingt ans, celui qui était probablement responsable de la mort de sa famille, le criminel impuni depuis si longtemps.

Elle trouva enfin le courage de l'examiner. Il avait perdu ses trois enfants d'une manière atroce.

Peut-être cette tragédie avait-elle fait de lui un monstre. À moins qu'il n'ait été un monstre dès le début et qu'il n'ait poussé sa femme à la folie jusqu'à ce qu'elle commette cet acte aussi choquant que terrible.

Peu importait. Il était l'ennemi.

Quel genre d'ennemi ? Un idéaliste ? Un pervers ? Un tyran ? Était-il à l'origine de la corruption du Conseil cramoisi ?

— Je sais ce que vous pensez, murmura-t-il.

— J'en doute.

— Vous vous dites que nous devrions nous marier.

Francesca aurait trébuché s'il ne l'avait pas entraînée dans une virevolte gracieuse et parfaitement maîtrisée.

Venait-il de la demander en mariage sur le ton qu'il aurait pris pour lui proposer une partie de whist ?

— Je... je vous demande pardon ?

Une expression amusée se peignit sur les traits de Kenway, et de petits sillons se dessinèrent au coin de ses lèvres et de ses yeux, le faisant paraître plus jeune.

— C'est une question de bon sens, répondit-il. Ce serait parfait pour tous les deux.

Francesca, habituée à avoir toujours une longueur d'avance sur ses adversaires, était totalement déconcertée.

— Mais... nous venons à peine de faire connaissance.

— Certes. Néanmoins, nous nous entendons bien, n'est-ce pas ?

— Ce n'est pas une raison pour se marier.

— Je suis deuxième dans l'ordre de succession au titre de Mont-Claire, après vous. Comme nous sommes tous deux sans héritier, il serait opportun que nous en produisions un.

— Je vous croyais le quatrième, ou alors le troisième...

— À la suite de deux décès fort regrettables, il ne reste que moi, ma chère. Il semblerait que je sois votre héritier.

Il ne cachait même pas que ces deux décès étaient pour lui une aubaine.

Ces hommes avaient dû décéder très récemment, car elle n'avait rien entendu à leur sujet. Si elle refusait son offre, serait-elle la prochaine à mourir ?

— Vous ne voulez pas de moi comme épouse, milord, déclara-t-elle en affectant un air modeste. Je ne suis qu'une vieille fille.

Il approcha la bouche de son oreille afin qu'on ne puisse lire sur ses lèvres.

— Je vous trouve terriblement désirable, et on me dit que vos appétits n'ont rien à envier aux miens.

Il s'écarta légèrement afin de lui adresser un sourire totalement artificiel.

— Et j'aime à penser que je ne suis pas sans charme non plus, ajouta-t-il.

— Assurément.

Il débordait de charme, en effet... Un charme qui n'avait d'égal que la répulsion qu'il lui inspirait.

— Je vois que je vous ai surprise, dit-il d'un ton presque tendre.

« Surprise » était un doux euphémisme.

Soudain, Francesca eut du mal à respirer. Son corset semblait avoir rétréci au point que ses côtes lui rentraient dans les poumons. Les lustres étincelants au-dessus d'elle devinrent flous et se mirent à former d'étranges halos sur le plafond.

Elle crut être brusquement devenue sourde avant de se rendre compte, lorsque Kenway la libéra et s'inclina devant elle, que la musique avait cessé.

— Réfléchissez-y, murmura-t-il en l'escortant hors de la piste de danse. Je vous recontacterai.

De l'air. Elle avait besoin d'air.

Alexandra apparut soudain à ses côtés, lui prit le bras et la ramena lentement vers leur cercle d'amis.

— Tu es toute pâle, Frank. Tu te sens bien ?

Les jambes molles, Francesca fit non de la tête.

Alexandra prit un verre des mains de son époux et le lui tendit.

— Tiens, bois un peu d'eau.

— Ce n'est pas de l'eau qu'il lui faut, c'est un bon remontant, déclara Cecelia.

Elle plaça un verre de scotch dans la main de Francesca, qui le vida d'un trait.

— Que s'est-il passé ? lui demanda Cecelia en s'efforçant de ne pas paraître trop inquiète.

Elle ne voulait pas éveiller les soupçons de Kenway, ni faire jaser les convives qui avaient tous observé les deux danseurs sur la piste.

Francesca garda le dos tourné à la salle tandis qu'elle s'efforçait de reprendre ses esprits.

— Je me suis dégonflée, voilà ce qui s'est passé, répondit-elle. Je me suis comportée comme une lâche et ne lui ai soutiré aucune information. Puis il m'a demandée en mariage.

— Il a quoi ? s'étrangla Alexandra en posant une main sur sa gorge.

— Il est désormais le prochain dans l'ordre de succession au titre de Mont-Claire et a laissé entendre que notre enfant serait l'héritier idéal.

Fichtre, elle avait besoin d'un autre verre.

— Vous venez juste de vous rencontrer ! déclara Cecelia en s'accrochant au bras de Ramsay.

— C'est exactement ce que je lui ai dit.

— L'infâme rat ! grogna le duc de Redmayne.

Son teint basané, rendu encore plus exotique par sa barbe d'onyx, contrastait avec la blancheur laiteuse d'Alexandra, celle-ci étant encore plus pâle du fait de son état. Francesca avait vu juste, bien qu'Alexandra et Piers aient décidé d'attendre encore quelques semaines avant d'annoncer officiellement qu'ils seraient bientôt parents. Elle voulait se réjouir pour eux, même si elle savait dans quel monde naîtrait leur enfant.

Et quel genre de monstres il abritait.

Redmayne, qui ne péchait jamais par excès de subtilité, était prêt à en découdre.

— Je vais parler à ce Devlin et, s'il se dérobe, je lui arracherai la langue.

Alexandra le retint par le bras et demanda à Francesca :

— Tu penses qu'il sait ce que tu manigances ?

— Je crois qu'il s'est débarrassé de tous ceux qui étaient en travers de sa route et qu'il aurait déjà tenté de m'éliminer s'il me considérait comme un obstacle.

Elle sentit alors un picotement sur sa nuque, comme un signal d'alarme l'incitant à se retourner pour voir d'où venait le danger.

Elle le savait déjà. Elle l'avait laissé sur la piste de danse quelques instants plus tôt.

Ramsay, moins soupe au lait que son frère, se massa le menton d'un air songeur.

— La vraie question est de savoir pourquoi il s'intéresse à Mont-Claire. Son titre de comte de Devlin vaut plus que le vôtre. Il est déjà très puissant et a toutes les relations politiques que l'on peut souhaiter. Jusqu'à ce soir, il n'avait rien fait pour s'approprier votre domaine, votre fortune ou votre personne.

— En effet, en convint Cecelia. Pourquoi maintenant ?

Francesca poussa un long soupir et ferma les yeux pour ne plus voir l'inquiétude de ses amis les plus chers. Ils étaient tous si brillants, si merveilleux, si précieux…

Elle n'aurait jamais dû les entraîner dans ses histoires. Cela devenait trop dangereux.

Cecelia lança un regard par-dessus l'épaule de Francesca et sourit chaleureusement.

— Oh, monsieur Chandler ! Je ne vous avais pas reconnu dans cette ten...

— Je vous demande pardon, mademoiselle Teague, je crois que vous me confondez avec quelqu'un d'autre.

Après s'être figée en entendant le nom de Chandler, Francesca se sentit fondre en reconnaissant l'accent écossais familier.

— Je suis Preston Bellamy, lord Drake. Un jour, Ramsay et moi avons boxé ensemble en Écosse. Ce fut un match nul, et j'estime qu'il me doit une nouvelle manche.

— En effet, en effet...

L'expression de Ramsay redevint parfaitement neutre tandis que le petit groupe s'efforçait de dissiper la tension de sa précédente conversation afin de ne pas alerter le nouveau venu.

— Ravi de vous revoir, Drake, déclara Ramsay. Permettez-moi de vous présenter le duc et la duchesse de Redmayne. Et vous vous souvenez sûrement de ma fiancée, Mlle Cecelia Teague.

Francesca était surprise. À sa connaissance, Ramsay n'avait jamais été vaincu sur un ring.

— Je ne me souviens pas que Ramsay et toi soyez allés en Écosse récemment, dit-elle à Cecelia.

— Oh, cela doit remonter à bien longtemps, répondit son amie.

Si Cecelia excellait dans de nombreux domaines, le mensonge n'en faisait pas partie. Elle se tourna vers Drake avant que Francesca ait pu l'interroger davantage.

— Connaissez-vous ma chère amie la comtesse de Mont-Claire ? Francesca, voici... euh... lord Drake.

Une onde de chaleur envahit Francesca au souvenir de leur baiser. Elle pinça les lèvres avant de se tourner vers le marquis.

— Nous nous sommes déjà rencontrés, dit-elle en lui tendant la main.

— Rien qu'une fois, répondit-il.

Il saisit sa main avec une force qu'il semblait peiner à contenir. Si son ton était léger et badin, son regard était lourd de sous-entendu.

— J'avais espéré vous revoir avant ce soir, milady. D'ailleurs, nous avions prévu de nous retrouver.

Francesca fronça le nez dans une mimique à mi-chemin entre le sourire et la grimace, puis croisa les regards interrogateurs des deux autres Rebelles rouges.

— Je suis navrée d'avoir déçu vos espoirs, lord Drake, répondit-elle. J'avais d'autres projets ce soir-là et je vous avais déjà laissé m'en détourner trop longtemps.

Il afficha un sourire plein d'arrogance masculine.

— Je suis honoré d'apprendre que je suis capable de vous détourner de vos obligations, ne serait-ce qu'un moment.

Son regard descendit le long de la robe rouge vif de Francesca, laissant une traînée de feu dans son sillage, puis il demanda :

— Puis-je vous emprunter à vos amis pour une promenade dans les jardins, lady Francesca ? Si vous acceptez de vous passer d'elle durant un quart d'heure, ajouta-t-il en s'adressant aux autres.

— Ce ne serait pas convenable…, commença Ramsay, mal à l'aise.

— N'est-ce pas plutôt à Francesca d'en décider ? l'interrompit Redmayne.

Bien que cette dernière n'eût jamais regretté d'avoir annulé ses fiançailles avec Redmayne afin qu'il puisse épouser Alexandra, dans des moments tels que celui-ci, elle se disait qu'ils auraient formé une bonne équipe s'ils n'avaient eu d'autre choix.

— Milady ? demanda Drake d'une voix suave qui chassa la glace que Kenway avait laissée dans ses veines. Voulez-vous bien marcher un peu avec moi ? Il y a un sujet que j'aimerais aborder avec vous.

Elle hésita, puis lança un regard vers Kenway et le surprit qui l'observait avec une grande attention.

Elle le toisa d'un air de défi, comme pour lui dire : « Je n'ai pas peur de vous. » En guise d'illustration, elle saisit la main de Drake et l'entraîna elle-même vers les jardins.

Elle prit la tension dans ses doigts autour des siens pour l'effet de la surprise, jusqu'à ce qu'il la coince dans le premier recoin sombre qu'ils rencontrèrent et plaque ses lèvres sur les siennes.

Toute velléité de résistance la déserta tandis qu'elle succombait à cette bouche qui hantait ses pensées depuis qu'il lui avait volé un premier baiser.

Le cœur de Chandler battait avec une telle force qu'il crut qu'il allait éclater. Il entendit vaguement le hoquet de surprise de la comtesse lorsqu'il pressa son corps contre le sien. Forçant la barrière de ses lèvres, il plongea dans le velours de sa bouche. Il rêvait de ce moment depuis des semaines.

Elle prit vie dans ses bras, lui rendant son baiser avec une curiosité et un plaisir évidents.

Oserait-il penser qu'elle avait attendu ce moment elle aussi ?

Elle glissa les mains sous sa veste et explora les muscles de son torse et de son dos tandis que leurs langues s'entremêlaient dans une danse folle.

Il ne l'avait pas entraînée dans les jardins dans l'intention de l'embrasser. Cela s'était passé… naturellement. Lorsqu'il l'avait aperçue plus tôt dans les bras du démon, il avait été saisi d'une pulsion primitive, d'un besoin irrépressible de marquer son territoire.

Il lui saisit les poignets et les sortit de sous sa veste, puis il arracha ses lèvres aux siennes. Avant d'aller plus loin, il devait savoir…

— Dites-moi que vous n'avez jamais mis lord Kenway dans votre lit.

Plutôt qu'un ordre, cela ressemblait fortement à une imploration.

Le regard de Francesca se refroidit aussitôt.

— Je ne vois pas en quoi cela vous concerne.

Pouvait-elle cesser d'être têtue, ne serait-ce qu'un instant ? Il se redressa de toute sa taille, cherchant à l'intimider.

— Dites-le-moi.

— Je ne vous dois aucune réponse.

— Francesca...

Elle libéra ses poignets d'un geste brusque et glissa sous son bras pour retourner sur la véranda.

— Que vous importe qui je prends comme amant ? Vous avez sûrement entendu dire que j'en ai eu beaucoup, tout comme vous.

Cela lui importait. Terriblement.

— Pas *lui*.

— Je n'ai jamais présumé que vous couchiez avec lord Kenway, répliqua-t-elle avec désinvolture.

— Bon sang, ce n'est pas le moment de plaisanter, s'énerva-t-il.

Dans son agitation, il faillit oublier son accent.

— Est-il votre amant, oui ou non ? insista-t-il. Dites-le-moi ou...

— Ou quoi ?

Le clair de lune faisait chatoyer la soie rouge de sa robe. Avec sa chevelure flamboyante, elle ressemblait à une déesse antique réclamant un sacrifice sanglant.

Il aurait volontiers accédé à son exigence si elle avait été celle qu'elle prétendait être.

Elle s'humecta les lèvres et, le regard rivé sur sa bouche, répéta :

— Ou quoi, lord Drake ?

— Je partirai.

Une telle menace aurait été absurde s'il n'avait vu le désir dans ses yeux.

Elle répondit à son défi par un autre.

— Ne vous retenez pas, la porte est juste là, rétorqua-t-elle.

Incapable de mettre sa menace à exécution, il s'avança vers elle et lui prit le coude.

— Promettez-moi de ne pas partir avec lui.

Pas avec l'homme responsable du massacre de Mont-Claire.

— Je ne vous promettrai rien du tout. En outre, je ne comprends pas pourquoi vous y attachez de l'importance. Nous sommes pratiquement des inconnus, vous et moi, indépendamment de l'intimité que nous avons partagé un instant.

Piégé, Chandler la dévisagea un instant sans répondre. Elle dégageait une énergie électrique qui crépitait autour d'eux et menaçait de l'anéantir. Elle refusait de se laisser séduire, de se laisser intimider. En outre, elle avait un uppercut sacrément puissant pour une femme de sa taille.

Pour n'importe qui, en réalité.

Alors, comment lui faire comprendre ?

Il décida de changer de tactique et adopta une méthode qu'il n'utilisait presque jamais.

La vérité.

— Francesca... vous ne me connaissez pas, mais je suis un monstre, un homme aux relations douteuses, aux protections légales illimitées. Mon pouvoir s'étend dans tous les recoins de cette ville, des bas-fonds les plus infâmes jusqu'à la salle du trône.

Elle hocha la tête sans répondre, attendant patiemment la suite.

Le pouvoir, se souvint-il. C'était ce qui l'attirait, la séduisait.

— Je suis un homme dangereux, ne le voyez-vous pas ? Un homme riche dont la fortune ne se mesure pas uniquement à l'argent, mais également aux secrets et au sang versé. Vous me comprenez ?

— Cessez de me demander si je vous comprends ; je ne suis pas idiote, rétorqua-t-elle en tentant vainement de libérer son bras. Vous essayez de me faire peur ?

— Oui, bon sang ! répondit-il en la secouant légèrement. Parce que vous devriez avoir peur.

— De vous ?

— S'il le faut, oui.

Il la lâcha et allait se passer une main dans les cheveux quand il se souvint au dernier instant qu'il portait une perruque.

— Lorsqu'un homme tel que moi vous dit d'éviter Luther Kenway, vous devez lui obéir.

— Obéir ?

Elle redressa le menton et plissa le front d'un air entêté. Elle serra les poings avec ses petites mains gantées.

— Obéir ? répéta-t-elle, incrédule.

— C'est un criminel, Francesca. Si je suis un monstre, lui, c'est un cauchemar. Le pire que vous puissiez imaginer. Il vous mettra en pièces rien que pour voir ce qu'il y a en vous.

Loin de paraître effrayée, elle semblait intriguée.

— Comment le savez-vous ?

— Il vous dévastera telle une tempête, ne laissant que des ruines dans son sillage. Pour lui, les femmes ne sont pas des êtres humains, elles ne sont que... des insectes. Des papillons, peut-être, à épingler dans une vitrine.

Ne pouvant se retenir de la toucher, il la prit par les épaules. Avec douceur, cette fois.

— Je vous en prie. Même si vous ne suivez jamais les conseils d'un homme, je vous conjure d'écouter celui-ci. Ne restez jamais seule avec lord Kenway. Pas même une minute. Je ne permettrai pas...

— Vous ne permettrez pas ? répéta-t-elle, se tendant de nouveau. Qui êtes-vous pour prétendre me dicter ce que j'ai à faire ?

Il posa son front contre le sien. En dépit des mensonges de cette femme, il ne pouvait la laisser devenir la victime de Kenway comme tant d'autres avant elle.

— Francesca...

— Non, l'interrompit-elle en se libérant. C'est à vous de répondre à mes questions. Que ne me dites-vous pas ? Pourquoi cela vous concerne-t-il ?

— Parce que je veux vous...

Il laissa retomber ses mains, ne sachant pas s'il pouvait lui en dire plus.

— Vous voulez coucher avec moi, oui, vous me l'avez bien fait comprendre.

— Je veux vous protéger, corrigea-t-il. Vous flirtez avec un danger que vous ne comprenez pas.

— Alors dites-moi clairement ce dont il s'agit, répondit-elle en croisant les bras sur son torse. Dites-moi ce que vous savez.

— Tout ce que je peux vous dire, c'est que j'en sais assez pour vous mettre en garde.

Il n'avait jamais été aussi frustré par sa mission, aussi mal à l'aise avec les mensonges qu'exigeait sa position.

— Je souhaite simplement profiter du fait que je suis une comtesse riche et libre dans un monde qui voudrait m'enfermer dans une cage dorée, répliqua-t-elle.

Elle avança vers lui, son regard s'adoucissant soudain.

— Et si vous cessiez pendant deux secondes de me dire ce que je dois faire, je pourrais essayer de séduire un Écossais particulièrement suspicieux.

Il se figea.

— Vous... quoi ?

— Vous prétendez être dangereux et puissant ? Alors prouvez-le, milord. Montrez-moi exactement ce dont vous êtes capable.

10

Dans les yeux orageux de Drake, Francesca ne voyait que des secrets. Des secrets que son instinct lui criait de découvrir.

Fort heureusement, percer les secrets d'hommes qui prétendaient être puissants était sa spécialité.

Toutefois, cet homme-ci était différent. Son pouvoir était réel, il émanait de tous les pores de sa peau.

Il enfonça les doigts dans ses épaules.

— Vous devez être sûre de ce que vous proposez, milady. Même si vous me conduisez dans votre lit, cela ne changera rien.

Elle hésita. C'était la première fois que ses manœuvres de séduction entraînaient une mise en garde, si cryptique fût-elle. Naturellement, cela changerait *tout*, du moins pour elle.

Elle fronça les lèvres en prenant un air faussement timide.

— En fait, j'espérais que ce serait vous qui me conduiriez dans *votre* lit.

— Sacrebleu, jura-t-il.

Il la prit par la main et la traîna presque dans l'escalier du jardin, puis dans l'allée menant à la rotonde où les cochers attendaient de ramener leurs maîtres et maîtresses chez eux à la fin de la soirée.

Francesca avait l'impression de flotter. Tel Icare, elle osait voler trop près du soleil en espérant ne pas tomber du ciel avant d'avoir atteint son objectif.

Or, son objectif immédiat était de découvrir qui était vraiment lord Drake, cet homme « aux relations douteuses, aux protections légales illimitées, dont la fortune ne se mesurait pas uniquement à l'argent, mais également aux secrets et au sang versé ». Cet homme qui connaissait assez intimement Luther Kenway pour la mettre en garde contre lui. Il l'avait fait comme si cela lui importait, ce qui était probablement un mensonge.

Pourtant… elle percevait de la sincérité en lui, dans ses paroles comme dans ses baisers.

La bouche d'un homme mentait souvent ; son corps, rarement.

Il l'embrassait comme s'il ne pouvait s'en empêcher, ce qu'elle comptait bien utiliser contre lui.

Même si son propre corps menaçait de la trahir.

Leurs pas pressés faisaient crisser les graviers de l'allée tandis qu'ils rejoignaient les voitures. Francesca prit le temps de demander à son cocher de présenter ses excuses à Alexandra et à Cecelia, et de leur dire avec qui elle partait.

Elle fit en sorte que lord Drake entende cette mesure de précaution.

S'il lui arrivait quelque chose, les autres Rebelles rouges la vengeraient.

Non qu'elle ne puisse se défendre seule.

Elle portait sur elle sa fiole et ses armes.

Drake la hissa dans la cabine luxueusement aménagée de sa voiture, se glissa près d'elle sur la banquette en velours champagne et l'attira contre lui, plaquant sa bouche sur la sienne avant qu'elle ait pu protester.

Ce qu'elle n'avait nullement l'intention de faire.

Francesca était habituée aux hommes impatients. Voilà pourquoi elle préférait généralement prendre sa propre voiture pour ce genre d'aventure. Cette fois, cependant, elle avait craint que Drake ne lui file entre les doigts.

Ou qu'elle ne flanche au dernier instant.

En toute sincérité, elle avait espéré ce moment, cet homme, cette ardeur. Le danger intensifiait son désir, et l'excitation menaçait de lui monter à la tête.

Sa jupe s'étalait autour d'eux tel un nénuphar rouge sang. Sans lâcher ses lèvres, il la tenait par la taille, les genoux écartés autour de ses hanches, les fesses sur ses cuisses. Son membre frottait contre sa vulve à travers leurs couches de vêtements tandis qu'il ondulait du bassin dans une parodie de coït obscène et enivrante.

Elle aurait dû avoir peur. Peur de leur faim mutuelle, peur de sa propre imprudence. De la force qu'elle sentait dans les épaules auxquelles elle s'accrochait.

Mais il ne lui en laissait pas le temps. Sa langue qui la dévorait, puis battait en retraite pour lécher ses lèvres avant de replonger en elle, accaparait toute son attention. Par contraste, ses mains étaient lentes et langoureuses, caressant son dos tout en la stabilisant sur lui.

Submergée par les sensations qu'il éveillait en elle, elle brisa un instant leur baiser pour reprendre son souffle. Au même instant, ils passèrent sous un réverbère qui projeta sa lumière dorée sur le visage de Drake.

Son cœur fit un bond. Au cours de cet instant fugace, elle surprit ses traits alors qu'il ne s'y attendait pas et, sous le désir sauvage et ardent, elle lut une émotion à laquelle elle ne s'attendait pas.

De l'espoir teinté de nostalgie.

L'espoir d'un être qui aspirait désespérément à retrouver ce qu'il avait perdu sans oser y croire. Qui cherchait de la tendresse sans vraiment s'attendre à en recevoir.

Cela fit fondre son cœur.

Ou le brisa.

— Bon sang, gémit-il d'une voix gutturale. Vous me perdrez.

Uniquement s'il le fallait.

Uniquement s'il méritait d'être perdu.

Elle effleura sa joue du bout des doigts dans un étrange élan de tendresse en se demandant pourquoi son expression lui paraissait si familière, pourquoi elle provoquait des remous dans des recoins en elle qui avaient été réduits en cendres de nombreuses années plus tôt.

Il réagit à sa caresse en reprenant sa bouche dans un baiser vorace, déversant en elle son désir telle une coulée de lave.

Il ne voulait pas de sa douceur, n'avait pas besoin de tendresse. Il roulait des hanches sous elle tandis que ses larges épaules s'enfonçaient dans le dossier de la banquette. Haletant de plaisir, Francesca se trémoussait sur lui. Elle n'avait jamais rien éprouvé de tel, ne s'était jamais sentie aussi nue en dépit de tous ses vêtements, n'avait jamais partagé une telle intimité avec un homme.

Toute pensée cohérente l'avait désertée. Les muscles de son ventre se contractaient tandis qu'elle se balançait rythmiquement sur la masse dure de son érection.

Qui était-elle ?

Dans les bras de Drake, elle ne le savait plus. Elle n'avait encore jamais rencontré cette femme déchaînée, cette femme aussi libre.

Qui était-il pour la mettre dans un tel état ?

Un ami ? Un ennemi ?

Elle devait le découvrir. C'était la raison pour laquelle elle se trouvait dans cette voiture. Elle ne devait pas l'oublier. Elle n'était pas partie avec lui pour son plaisir, mais pour obtenir des informations.

Cependant, elle avait beau tenter de reformer la glace autour de son cœur, son corps s'était tellement échauffé que la glace refondait presque aussitôt.

Bigre, elle était dans de sales draps.

Ils remuaient ensemble en s'entre-dévorant. Le souffle court, il émettait de petits sons, des gémissements de désir qui se muèrent bientôt en grognements exigeants.

Ses doigts trouvèrent ses jarretières. Elle ne s'était même pas aperçue qu'il les avait glissés sous ses jupes.

Elle serra les cuisses et se redressa.

— Non ! Enfin... je veux dire... pas encore. Je ne veux pas que cela finisse aussi rapidement. Pas dans une voiture.

Elle devait s'introduire chez lui.

Il frotta sa joue rugueuse contre la sienne, avant de se pencher sur son cou pour humer son parfum.

— Oh, comtesse, qui parle de finir ? Je compte bien vous faire jouir de nombreuses fois cette nuit. Pourquoi ne pas commencer tout de suite ?

Ses doigts restèrent où ils étaient, caressant la peau sensible à l'intérieur de ses cuisses entre ses bas et ses culottes.

— Je sens votre chaleur à travers le tissu, poursuivit-il en jouant avec son sous-vêtement. Vous allez jouir si vite, si fort... Je vous porterai ensuite jusqu'à mon lit et vous laisserai le temps de vous remettre avant de recommencer.

Francesca dut faire appel à toute la force de sa volonté pour ne pas céder à sa voix enjôleuse. Elle saisit ses poignets, les souleva de ses cuisses et les plaqua contre le dossier de la banquette, lui écartant les bras.

— Je veux attendre, susurra-t-elle. Jouir avec vous. Observer votre plaisir.

Il émit un petit rire.

— Est-ce donc ça que vous aimez, milady ? Regarder ?

— J'aime beaucoup de choses, répondit-elle avant de l'embrasser.

Elle le maintint dans cette position, tel un captif consentant. Il aurait pu facilement se libérer, mais il semblait prendre plaisir à se laisser dominer par elle, ne serait-ce que provisoirement.

Elle comptait bien sur ce plaisir pour se sauver plus tard.

La voiture s'arrêta si brusquement qu'elle faillit tomber à la renverse. Drake la rattrapa de justesse. Elle se redressa et bondit sur le côté de la banquette avant que le valet ouvre la portière.

Le même valet semblait faire office de majordome, car il les accompagna au haut des marches du perron et leur ouvrit la porte de la demeure en briques rouges.

— Merci, Howard, lui dit Drake avec un salut de la tête.

Francesca se garda de faire remarquer à voix haute que le marquis habitait non loin de chez elle. Il la fit entrer dans une grande entrée sombre dominée par un escalier en marbre.

Des draps blancs recouvraient tous les meubles, donnant à la demeure l'allure d'une maison hantée. Francesca s'arrêta sur le seuil d'une salle à manger meublée uniquement d'une table.

— Depuis combien de temps habitez-vous ici ? demanda-t-elle.

— Je n'y réside que pour de brefs séjours, répondit-il. Je rentrerai bientôt à Édimbourg. À moins d'avoir une raison de m'attarder à Londres.

Le regard qu'il lui lança était chargé de sens... et d'un message.

Un message si opaque qu'elle ne put le déchiffrer.

« Ne te laisse pas berner, se sermonna-t-elle. Tout ceci n'est pas réel. »

Son corps ne semblait pas de cet avis, surtout lorsqu'il la souleva dans ses bras et la porta dans l'escalier, grimpant les marches deux par deux. Ses pas résonnaient tels des coups de feu dans le silence de la maison. Non, ce n'était pas du silence. C'était du vide. D'instinct, elle sut qu'ils étaient totalement seuls. Aucune femme de chambre, aucun valet ne dormait sous ce toit.

Personne ne l'entendrait crier.

C'était une idée à la fois érotique et inquiétante, tout comme la manière dont il ouvrit la porte d'une chambre d'un coup de pied, la déposa sur un lit monumental et se glissa entre ses jambes avant même qu'elle ait pu penser à l'arrêter.

Étendu sur elle, il captura ses lèvres, l'embrassant si fougueusement que son esprit se vida de toute pensée tandis que son corps s'embrasait de nouveau.

Succomber à un désir aussi puissant était-il vraiment un péché ?

La bouche diabolique de Drake, tantôt douce, tantôt passionnée, la rendait folle. Si Francesca avait été seule, elle se serait giflée pour briser l'envoûtement qu'il exerçait sur elle.

Mais elle ne pouvait pas arrêter.

Pas avant de savoir qui il était.

Pas avant d'être sûre de ce qu'il n'était pas.

— Attendez, murmura-t-elle.

Elle exerça une simple pression des mains, et il se redressa aussitôt. Cela la rassura.

Au moins, il l'écoutait. Il n'insista pas. Beaucoup d'hommes n'auraient pas entendu ses paroles. *Attendez. Non. Arrêtez. Ne faites pas ça. Pas encore.* Elle avait dû s'entraîner à être agile, forte et sournoise pour éviter bien des situations pénibles.

En revanche, avec une seule parole, une pression de sa main... Drake s'était arrêté.

Il attendit.

C'était un très bon point pour lui.

— Il... il fait trop sombre, déclara-t-elle.

— C'est dans le noir que j'opère le mieux.

Elle n'en doutait pas.

Il baissa la tête, déposa une ligne de baisers dans son cou et descendit le long de son décolleté plongeant avant qu'elle ait eu le temps de fouiller le désordre dans sa tête à la recherche d'un autre prétexte.

— Mais... il fait froid. Vous n'avez pas froid ? Ne pourrions-nous pas allumer un feu dans la cheminée ?

Elle sentit sa perplexité plus qu'elle ne la vit sur ses traits, et s'efforça d'ignorer la pression de ses mamelons qui l'élançaient sous son corsage.

— Vous avez froid ? murmura-t-il. Ne vous inquiétez pas, je vais vous réchauffer. En outre, l'exercice physique que nous allons...

— Allumons une lampe, alors, insista-t-elle. Ou deux. Je veux vous voir. Comme je vous l'ai dit... *nous* voir.

— Dans ce cas...

Cette idée sembla le séduire. Il se redressa et se leva du lit pour aller chercher les allumettes sur le manteau de la cheminée.

Elle glissa une main dans sa poche et toucha sa fiole. Le verre était aussi lisse qu'un mensonge efficace.

— Puis-je sonner pour qu'on nous apporte à boire ? demanda-t-elle.

— Inutile, nous avons tout ce qu'il faut sur la console, répondit-il.

Francesca s'assit sur le lit et attendit le grattement et la flamme de l'allumette pour examiner son environnement.

Lorsqu'il alluma la première lampe, elle vit la console sur laquelle étaient posés quatre carafes et des verres. Elle se leva à son tour et leur servit un whisky à chacun, ajoutant à celui de Drake une généreuse dose de somnifère.

Lorsqu'elle se retourna, il avait allumé une lampe sur la cheminée et une autre sur la table de chevet.

La chambre était décorée dans un style purement pratique, aménagée avec de grands meubles masculins dans des teintes mornes. Seul le grand lit avait un certain charme, avec des colonnes qui avaient dû être sculptées à une époque où les Écossais et les Anglais étaient encore considérés comme des ennemis.

Il agita l'allumette plusieurs fois pour l'éteindre et la jeta dans la cheminée avant de revenir vers elle avec la grâce d'une panthère.

La lueur des lampes faisait ressortir les stries de ses iris, leur donnant une couleur ambrée très proche de celle du liquide dans le verre qu'elle lui tendait.

— Prenez des forces, marquis, dit-elle d'un ton ludique. Je n'ai pas l'intention d'être douce avec vous.

Il prit le verre et le fit tinter contre le sien avant de le vider d'un trait.

— Je devrais être surpris. Or, je ne le suis pas, dit-il.

Elle perçut une note sinistre dans sa phrase. Francesca – la vraie – avait été douce. Était-ce ce à quoi ils pensaient tous deux en ce moment ?

Il ne lui laissa pas le temps d'y réfléchir.

— Buvez, comtesse. Vous en aurez besoin pour baisser vos propres défenses.

Elle but une gorgée en l'observant attentivement, puis posa son verre sur la table de chevet et s'avança vers lui. Elle mit les mains sur son torse et le fit reculer jusqu'à ce que l'arrière de ses jambes touche le bord du lit, le forçant à s'asseoir.

Elle releva ses jupes et grimpa sur lui en veillant à ce que la poche contenant son pistolet soit hors de sa portée. Prenant son visage entre ses paumes, elle pressa doucement sa bouche sur la sienne. Ses mâchoires, qui avaient été si lisses en début de soirée, étaient à présent couvertes d'un chaume noir.

D'une noirceur qui contrastait avec sa chevelure auburn.

Elle l'embrassa longuement, doucement, en se demandant si elle aurait jamais une autre occasion de l'embrasser ainsi. Si c'était là l'adieu à un fantasme charmant avant qu'elle découvre quel genre de monstre il était.

Ne pas le savoir était à la fois un délice et une torture.

Peu à peu, elle sentit les muscles de Drake se détendre. Les mouvements de ses lèvres devinrent moins coordonnés, puis ses mains retombèrent sur le lit.

Il s'écarta légèrement et la dévisagea d'un air perplexe.

— Que... que m'avez-vous...

Elle glissa les mains derrière sa nuque et l'accompagna tandis qu'il tombait lentement à la renverse, sa colonne se déroulant vertèbre après vertèbre jusqu'à ce qu'il soit étendu sur le matelas, ses pieds toujours sur le sol.

Inconscient.

Elle le contempla avec une pointe de remords. Ou peut-être était-ce du regret. Elle espérait que son instinct ne la trompait pas. Car s'il était innocent, c'était elle la méchante.

Autant le découvrir le plus rapidement possible.

Elle s'écarta de lui, tout son corps protestant contre cette séparation. Sans la chaleur de son corps, il faisait frais dans la chambre, et ce tout au long de l'année.

Il ne lui fallut pas longtemps pour inspecter toute la maison. Ce qu'elle ne trouva pas lui en apprit davantage que ce qu'elle trouva.

C'est-à-dire pratiquement rien.

La bibliothèque était remplie de livres qui n'avaient jamais été ouverts. La cuisine n'était pas seulement impeccable : elle était vide. Il n'y avait rien dans le garde-manger. Elle regarda sous les meubles, en quête de cadavres ; ouvrit tous les placards, à la recherche de squelettes.

Rien. Rien que des boules de naphtaline et une vague odeur de désolation.

Le temps qu'elle arrive dans le bureau, elle avait déjà acquis une certitude : si Drake possédait cette demeure, il n'y vivait pas. Certes, certains gentlemen célibataires, lorsqu'ils venaient en ville, préféraient dormir dans leur club, où la présence permanente du personnel leur évitait de se déplacer avec leurs domestiques.

Ce n'était pas le cas d'un marquis. Un homme de ce rang ne voyageait pas sans son train ordinaire, et une demeure de cette taille nécessitait un entretien constant. Il fallait tenir les comptes, s'occuper des registres et des factures. Les maisons de ce genre étaient souvent dirigées par un intendant, quelqu'un pour se charger de la paperasse, même si le marquis en question s'était appauvri.

Le bureau était aussi vide que le reste de la maison.

Frustrée et intriguée, Francesca remonta lentement dans la chambre.

Drake était toujours étendu sur le lit. Endormi, il avait un air presque angélique. Elle s'adossa à la colonne du baldaquin et étudia l'énigme devant elle.

Elle n'avait jamais remarqué que ses mâchoires étaient perpétuellement crispées jusqu'à ce qu'elle les voie détendues dans le sommeil. Bigre, il était diablement beau, tout en angles et en muscles longs.

Elle n'aurait pas dû l'admirer ainsi. En outre, elle n'aurait pas dû s'attarder. Elle ne le redoutait que parce qu'elle le désirait ardemment. Il était plus âgé qu'elle ne l'avait d'abord pensé. Il avait des ridules au coin des yeux qu'elle n'avait pas remarquées plus tôt, peut-être en raison de la lumière flatteuse ou parce que... Mais qu'est-ce que...

Elle saisit la lampe de chevet et l'approcha du visage de Drake.

Ses paupières tressautaient et, à en juger par son front plissé, ses rêves étaient troublés. Toutefois, ce n'était pas ce qui avait attiré son attention.

Elle toucha du bout de l'index les sillons au coin de ses yeux, puis examina son doigt. De la poudre. Du genre que les dames mettaient pour cacher des taches ou des imperfections.

Était-il vaniteux à ce point ? Ou...

Il laissa échapper un grognement, comme une protestation venant du fond de sa poitrine, puis un cri bouche fermée, étouffé par son sommeil.

— Rien ne pourra réparer ça, marmonna-t-il. Rien ne les fera revenir. Je te tuerai pour ce que tu as fait... pour me les avoir pris. Je me vengerai...

Francesca glissa une main dans sa poche, sortit son pistolet et le pointa sur sa tempe. Son doigt caressa la gâchette. Toutefois, sa main tremblait trop pour viser juste.

Peu importait, il méritait de mourir.

Et elle méritait une médaille pour avoir eu raison.

Dans le sommeil, l'accent écossais de Drake avait disparu pour laisser place à un parfait accent anglais.

Ce qui signifiait qu'il n'était pas lui non plus celui qu'il prétendait être.

11

Chandler avait la sensation qu'une créature avait rampé jusque dans sa bouche et y était morte. Il déglutit péniblement, la langue sèche, puis pressa ses mains sur son crâne dans une vaine tentative pour faire cesser le martèlement. Il puisa dans toutes ses forces pour parvenir à soulever les paupières.

Quand s'était-il endormi ? Quelle heure était...

Francesca.

Il ouvrit brusquement les yeux, la conscience lui revenant comme un coup de poing dans le ventre. Il remarqua d'abord le canon du pistolet, puis la ravissante femme dont le doigt était posé sur la gâchette. Son regard alla de l'un à l'autre, enregistrant autant d'informations qu'il pouvait.

Sa garde-robe avait été fouillée, ainsi que ses tiroirs. Sa perruque était suspendue à l'accoudoir du fauteuil qu'elle avait approché du lit et où elle s'était assise, pointant son arme vers son entrejambe.

Crénom, il avait été démasqué.

— Dites-moi qui vous êtes, ou je ferai exploser d'une balle cette chose qui fait de vous un homme.

Elle tendit le bras pour bien lui montrer ce qu'elle visait.

Chandler lutta contre le réflexe de serrer les genoux.

— Vous m'avez drogué ? demanda-t-il d'une voix râpeuse.

— Oui, répondit-elle calmement. Vous devez avoir l'impression que la mort s'est faufilée dans votre crâne.

Elle n'avait pas tort.

— Que m'avez-vous donné ? demanda-t-il.

— Une substance que vous ne connaissez pas, rétorqua-t-elle. Et vous pouvez abandonner votre accent, je sais qu'il est faux.

Il hésita, cherchant dans ses idées confuses une raison pour justifier qu'il ait porté une perruque.

— J'ignore ce que vous savez...

— Vous parlez dans votre sommeil, l'interrompit-elle.

Il se figea. Jusqu'à ce jour, il avait toujours veillé à ne jamais s'endormir auprès d'une femme. Qu'avait-il dit ? Qu'avait-il révélé malgré lui ?

— Qui êtes-vous ? répéta-t-elle.

Chandler resta un moment sans voix, rendu muet non par la peur, mais par l'admiration. Elle était encore plus magnifique lorsqu'elle était en colère. Sa peau de porcelaine était étirée par la tension et la détermination sur une structure osseuse parfaite. Ses yeux étincelaient tels des diamants. Aucune trace de peur ne se lisait dans son regard. La main qui tenait l'arme était stable et ferme.

Si elle avait eu un arc, elle aurait pu être Athéna. Svelte, forte et dangereuse.

Il se redressa lentement sur les coudes pour mieux la voir.

— Je suis comme vous, répondit-il en retrouvant son accent habituel. Je suis un mensonge, un spectre. Je suis qui j'ai besoin d'être.

Elle émit un son de dérision auquel il ne s'attendait pas, puis rejeta sa chevelure en arrière.

— Si vous persistez à me donner des réponses aussi évasives, je vous tirerai une balle dans la tête. Quelqu'un finira par venir vous chercher et je n'aurai qu'à l'interroger.

— Personne ne vous répondra. En outre, nous sommes entraînés à résister aux interrogatoires. Qu'ai-je dit dans mon sommeil ?

Le regard de Francesca s'adoucit légèrement.

— Vous avez parlé de vengeance, de perte. Que vous a-t-on pris ?

— Ce n'était que des inepties.

Il remarqua au passage qu'elle n'avait pas réagi lorsqu'il l'avait accusée d'être aussi menteuse que lui.

— Cela n'y ressemblait pas, dit-elle.

— Vous ne faites jamais de cauchemar ?

Elle redressa le menton, et une ombre douloureuse passa sur son visage avant de disparaître.

— Toute ma famille est morte, répondit-elle sèchement. N'est-ce pas un cauchemar suffisant ?

Elle n'avait pas tort.

— Dites-moi... qui... vous... êtes.

Dans le silence qui suivit, le déclic du chien du pistolet résonna tel un dernier avertissement.

— Je ne vous reposerai pas la question, ajouta-t-elle.

Elle était capable de tirer, il le lisait dans ses yeux. C'était une vision étrange et troublante sur une aussi belle femme. Se pouvait-il que la vérité réside dans cette douleur ? Pouvait-elle être la fille qui avait vu un jour des hommes masqués massacrer toute sa famille ?

La glace autour de son cœur se craquela légèrement, laissant entrevoir une lueur intérieure à laquelle il avait renoncé depuis bien longtemps. De l'espoir.

— Je n'ai pas menti en disant que j'étais un fantôme, déclara-t-il d'un ton désinvolte un peu forcé. Selon les registres officiels, je suis mort. Deux fois, même. Une troisième fois ne fera pas grande différence. Tirez donc, s'il le faut.

— Vous voulez dire que vous ne manquerez à personne ?

— C'est souvent le cas des hommes qui exercent ma profession.

— Et de quelle profession s'agit-il, au juste ? Appartenez-vous au Conseil cramoisi ? Est-ce pour cela que vous m'avez mise en garde contre Luther Kenway ? Travaillez-vous pour lui ?

Elle se pencha en avant, visiblement excitée.

— J'approche trop de la vérité ? insista-t-elle.

C'était le cas. Elle était trop proche de... beaucoup de choses. De lui, notamment.

— Si c'était le cas, ne mentirais-je pas ? répliqua-t-il.

Elle sortit une lame d'un fourreau caché sous son corsage.

— Vous allez me dire la vérité, croyez-moi.

Elle se leva, le pistolet dans une main, la dague dans l'autre, telle une déesse des ténèbres, de la guerre et du désir. Elle s'approcha et pressa ses deux armes contre ses rotules.

— Vous me la direz gentiment, ou dans la douleur. Peu m'importe.

Bigre, il sentait son membre se raidir. D'ici quelques minutes, son érection deviendrait visible sous sa braguette.

— Certains hommes aiment la torture, la provoqua-t-il. Votre amie maquerelle – Cecelia, c'est bien ça ? – pourra vous le confirmer. C'est un service sexuel qui se vend très bien dans son établissement. Illégalement, cela s'entend.

— Ne mêlez pas Cecelia à vos histoires, cria-t-elle.

Elle le frappa au visage avec la crosse de son pistolet. Sa tête partit sur le côté, et une entaille à l'intérieur de sa joue déversa dans sa bouche un goût métallique.

— Si vous la menacez, je jure de vous envoyer en enfer en pièces détachées, vous m'avez comprise ?

Chandler essuya le sang sur sa lèvre en la dévisageant, pantois. Magnifique. Impressionnante.

Brillante. Les mots lui manquaient pour décrire la créature éblouissante devant lui.

Il décida de lui dire enfin la vérité, du moins en partie.

— Je n'appartiens pas au Conseil cramoisi. Comme vous, je le chasse.

— Pourquoi ? Et pourquoi vous faire passer pour un marquis écossais ?

— Pour la même raison que vous quand vous prétendez être une comtesse. Cela ouvre des portes.

Elle s'apprêta à le frapper de nouveau, puis hésita.

— Pourtant, les gens au bal de Cecelia vous connaissaient, déclara-t-elle. Ils vous reconnaissaient comme lord Drake. Comment avez-vous...

— Je suis lord Drake...

— Mais...

— Je suis également lord Andrew Barton, des Barton de Cambridge.

Elle fronça les sourcils et abaissa son arme vers sa poitrine.

— Le baronet reclus qui n'apparaît que pour siéger au Parlement ?

— Je suis aussi Nathaniel Butler, marchand à Drury Lane, ainsi que James Lancaster, habitant de l'East End. Et vous reconnaîtrez celui-ci...

Il ferma un œil et se mit à parler du coin de la bouche.

— Ma bourgeoise, Mildred, vous remercie pour votre générosité.

Les traits de Francesca s'illuminèrent. Mais, en dépit de sa stupéfaction, ses mains qui tenaient ses armes ne bougèrent pas.

— Edward Thatch ! Je n'arrive pas à le croire !

— Merci, dit-il modestement. Oserais-je vous demander un peu d'eau ? Je meurs de soif.

Elle rangea sa lame sous son corsage et recula jusqu'à la console. Elle saisit une cruche pleine et la déposa sur la table de chevet avant de reculer de nouveau, son pistolet toujours pointé vers l'entre-jambe de Chandler.

Ce dernier but à grandes gorgées, puis s'essuya la bouche sur sa manche. La tête lui tournait toujours autant.

— Vous vous considérez comme un pirate ? demanda-t-elle.

— Je suis un espion, répondit-il.

— Vous avez choisi des noms de pirates célèbres, objecta-t-elle.

— Des corsaires, corrigea-t-il. En outre, je pouvais difficilement choisir des noms d'espions, n'est-ce pas ? S'ils sont connus, c'est qu'ils ne faisaient pas bien leur travail.

Francesca éclata de rire.

Le monde entier s'arrêta pour l'écouter.

Chandler la contempla. La tête renversée en arrière et inclinée sur le côté, exposant la colonne blanche de son élégant cou, son expression passa en un instant de sombre à adorable.

Ce rire émut Chandler, déclenchant en lui un élan de tendresse comme il n'en avait pas ressenti depuis qu'il était enfant, durant les seules années d'insouciance qu'il avait connues avant que le sort s'acharne de nouveau sur lui.

Se pouvait-il que...

— Qui d'autre êtes-vous ? demanda-t-elle.

— Quelques autres personnes, répondit-il sincèrement. Des étrangers, pour la plupart. Un officier allemand, Klein Heinzlein, ou un comte italien... un comte en relation avec un certain duc balafré.

Elle ouvrit grand la bouche et, l'espace de quelques instants, resta sans voix.

— Le comte Armediano ? chuchota-t-elle enfin.

— *Al tuo servizio, signora.*

— Jésus, Marie, Joseph ! Dire que je vous ai rencontré à de nombreuses reprises sans jamais rien soupçonner !

Elle abaissa son arme de quelques centimètres. Son expression admirative la faisait paraître plus jeune de quelques années.

— Vous êtes incroyable ! souffla-t-elle.

Il esquissa un semblant de sourire. Son compliment le touchait plus que les nombreuses félicitations officielles qu'il avait reçues au fil des ans.

— Ce sont juste des personnages que je crée et que je fais vivre à l'aide de paperasse, de résidences et de contacts mondains.

Il avait conscience de se vanter, mais ne pouvait s'en empêcher. Pourquoi tenait-il tant à l'impressionner ? Se pouvait-il qu'il commençât à la croire ?

Elle secoua la tête d'un air incrédule, avant de déclarer :

— Il faudrait que je sois folle pour vous croire. Il ne m'a pas échappé que vous ne m'avez toujours pas dit qui vous étiez réellement.

— Vous m'avez connu autrefois, murmura-t-il.

Son cœur cessa de battre un instant tandis qu'il réfléchissait à ce qu'il s'apprêtait à faire. Si elle échouait au test ?

Si elle réussissait ?

Elle plissa les yeux d'un air suspicieux.

— Vous m'avez dit que nous nous étions rencontrés lorsque nous étions enfants. Je suis désolée, je ne me souviens pas de vous.

Chandler aurait aimé que ses doigts tremblent moins quand il tendit une main vers elle, la paume vers le ciel.

— Et maintenant ? demanda-t-il.

12

Francesca fixa sa paume durant quelques secondes qui semblèrent durer une éternité. Sa vue se troubla. Elle entendit vaguement quelqu'un appeler son nom et laissa son bras retomber le long de son corps.

Elle ne sentait plus ses membres. Une nuée de fourmis semblait grouiller sur son visage et son cuir chevelu, avant d'envahir tout son corps, lui donnant la chair de poule.

Vous m'avez connu autrefois.

Un soir, Declan et Ferdinand s'étaient glissés hors de la maison pour une escapade nocturne dans la forêt. Francesca avait eu trop peur pour les accompagner.

En revanche, Pippa ne demandait qu'à y aller. Bien que les garçons eussent promis de l'emmener, ils étaient partis sans elle. Ils avaient joué à être des loups-garous en hurlant à la lune. Ils avaient entaillé leurs paumes et mélangé leurs sangs, solidifiant leurs liens fraternels.

À son réveil le lendemain matin, Pippa avait été verte de rage. Elle s'était entaillé la main pour les imiter et s'était trompée, se blessant à la main gauche au lieu de la droite. Lorsqu'elle avait exigé de savoir pourquoi ils ne l'avaient pas attendue, ils lui avaient répondu qu'elle était trop jeune, trop bavarde, et qu'elle aurait révélé leur sortie à toute la maisonnée. En outre, en tant que fille, elle n'était pas la bienvenue dans leur confrérie. Ferdinand avait ajouté qu'elle devait apprendre à se comporter comme une vraie lady. Si elle voulait être aimée, elle devait changer.

Bien qu'il ne fût pas d'accord, Declan n'avait rien dit pour ne pas contredire le jeune héritier de Mont-Claire.

Ce jour-là, Pippa avait compris pour la première fois que sa personnalité pouvait la priver d'une chose aussi essentielle que l'amour. Qu'elle devrait choisir entre sa vraie nature et ce qu'on attendait d'elle. Car les filles, les dames n'agissaient pas comme elle. Elles n'avaient pas ses ambitions, ses goûts, ni sa curiosité.

Du moins, elles n'étaient pas censées les avoir.

Cela avait été le pire jour de sa jeune vie.

Jusqu'à celui du massacre.

Pour combler le silence assourdissant, Chandler déclara :

— Vous souvenez-vous que, le jour où Ferdinand et moi avons fait notre pacte de sang, vous étiez consternée et dégoûtée ? Vous avez pansé nos plaies sans cesser de nous sermonner.

Non, pas elle, Francesca. C'était Francesca qui avait été dégoûtée.

Pippa, elle, avait été fascinée et jalouse.

— Declan ? murmura-t-elle.

Juste ciel, combien de fois avait-elle prononcé ce prénom dans le noir, priant et pleurant ?

— Ce... ce ne peut pas être vrai. Vous avez été abattu d'une balle dans le dos.

Elle se rendit compte que ses yeux étaient pleins de larmes. Elle les essuya rageusement, car elles l'empêchaient de voir clairement la petite cicatrice sur sa paume. Une cicatrice sacrée à ses yeux.

Elle serra le poing, qu'elle pressa contre sa propre cicatrice sur sa paume gauche.

— C'est surtout mon épaule qui a été touchée, expliqua-t-il. J'ai pu m'enfuir dans le noir. Plus tard, on m'a extrait les balles de plomb. J'en avais dans tout le flanc.

Elle rangea son pistolet dans sa poche, prit sa main, tomba à genoux et embrassa encore et encore les lignes sur sa paume. Elle goûtait le sel de ses propres larmes, de sa peau, de sa douleur.

Peu lui importait d'abandonner sa dignité, sa vanité et ses secrets. Peu lui importait s'il était bon ou mauvais, il était…

Vivant. Declan était vivant !

Même en pensée, ce prénom la submergeait d'émotion.

Elle releva les yeux vers l'homme qui l'observait avec une expression incertaine. Ne voulant pas que son désir la trompe, elle l'étudia avec la précision d'un détective.

Ses cheveux étaient plus sombres que lorsqu'il était adolescent. Ils étaient coupés court pour cacher leur tendance à boucler. Elle n'aurait jamais imaginé que le garçon svelte deviendrait aussi grand et aussi large d'épaules. Sa peau pâle s'était assombrie. Il était arrivé à Mont-Claire avec des ombres sous les yeux, et celles-ci s'étaient répandues sur tout son visage. Dans la faible lumière de la chambre, ses yeux tiraient davantage sur le marron que sur le vert.

Le pli cruel de sa bouche, comme s'il était toujours sur le point d'esquisser un sourire sarcastique, était nouveau. Enfant, il avait été bon et, bien qu'enclin à la mélancolie, il avait toujours eu un sourire sincère.

En revanche, le front fier et la mâchoire têtue n'avaient pas changé.

Comment ne l'avait-elle pas reconnu plus tôt ?

Il avait été le fantôme qu'elle sentait dans la pièce.

Elle se redressa et l'enlaça, le serrant contre elle dans une étreinte qu'elle n'aurait crue possible que le jour où elle l'aurait rejoint dans la mort.

— Declan Chandler, je n'en crois pas mes yeux…

Il referma ses bras autour d'elle avec les gestes empruntés d'un homme peu habitué aux manifestations d'affection. Puis, au bout d'un moment, il l'attira sur ses genoux et la berça doucement.

— Francesca…

Sa voix était devenue plus grave, chargée d'une émotion contenue.

Elle éprouva une pointe de regret. Ce n'était pas son nom. Il serait dévasté de l'apprendre.

Elle devait le lui dire.

Mais elle voulait savourer sa proximité, son estime pendant un petit moment encore. Durant son enfance, elle aurait tant voulu être Francesca à ses yeux !

Ne pouvait-elle en profiter encore quelques minutes ?

Il déposa un baiser sur le sommet de son crâne et jura :

— Crénom, j'ai refusé de vous croire jusqu'à présent. Pourrez-vous me pardonner ?

Ravalant un nœud de tristesse et d'angoisse, elle pressa son visage contre son torse et inhala son odeur chaude et masculine, gravant ce moment dans sa mémoire, imprimant en elle cette sensation de se trouver enfin dans les bras de la seule personne qu'elle ait jamais vraiment aimée. Elle aurait pu écouter ainsi le battement de son cœur jusqu'à la fin des temps. Ce rythme percutant qui l'avait maintenue en vie autrefois, qui lui avait donné la force de lutter dans le pire moment de sa vie.

— Declan… je ne suis pas la fillette que vous avez connue. Je suis…

— Non, vous êtes une femme à présent.

Il glissa un doigt sous son menton et releva son visage vers le sien. Il sonda ses yeux, regardant au-delà des larmes prises dans ses cils, fouillant son âme.

Ce qu'il y vit sembla l'appeler, et il posa ses lèvres sur les siennes.

Sans quitter sa bouche, il la souleva et l'étendit à ses côtés avant de s'allonger doucement sur elle. Cette fois, leur baiser était différent. Encore meilleur, si cela était possible. Il était empreint d'une tendresse nouvelle qui la faisait fondre d'émotion et menaçait de déclencher une nouvelle crise de larmes.

Quand avait-elle pleuré pour la dernière fois ? Elle ne s'en souvenait plus. Naturellement, lorsqu'il l'embrassait ainsi, elle ne se souvenait plus de rien, même pas de son propre nom.

Son nom ! *Pippa*. Pippa Hargrave. Pas Francesca.

Elle devait interrompre ce baiser avant que cela aille plus loin. N'est-ce pas ?

Haletante, elle le repoussa doucement, se libérant de son étreinte.

— Declan, je... Cela fait si longtemps. Il faut que je vous dise...

— Je sais.

Il semblait lui aussi hors d'haleine.

— Pardonnez-moi, reprit-il en se passant une main dans les cheveux. Je... je me suis oublié.

Il l'aida à se redresser en position assise, puis se leva et s'écarta du lit d'un pas incertain.

— Francesca, je veux que vous sachiez que j'ai passé toute ma vie à chercher des preuves de la culpabilité des responsables du massacre de Mont-Claire.

Cette nouvelle la ragaillardit.

— Moi aussi. D'ailleurs...

— Ce sont ces maudits Hargrave. C'est à cause d'eux que nous avons tout perdu.

13

Francesca n'aurait pas été plus choquée si on l'avait aspergée d'eau glacée.

— P-p-pardon ?

— Charles et Hattie, que vous aimiez tant, sont les responsables. Surtout Charles, bien qu'il prît rarement une décision sans avoir consulté sa femme. Ce sont eux qui ont attiré la colère d'hommes très dangereux, et plus particulièrement du Conseil cramoisi. À cause de leur stupidité...

— C-c-comment le savez-vous ? demanda-t-elle d'une voix faible.

Les traits de Chandler s'assombrirent, les ombres se resserrant autour de lui comme si sa colère faisait fuir la lueur de la lampe de chevet. Cet homme, ce Declan, était méconnaissable. Il était furieux, mauvais.

Violent, même.

— Ce jour-là, parmi les tueurs, il y avait un Américain, Alfred Tuttle, dit « Alfie ». Je l'ai retrouvé et l'ai interrogé. Ce qu'il ne disait pas, je le lui ai fait cracher avec son sang. Il a fini par avouer. Après quoi, il a été pendu.

— Tant mieux, dit-elle avant de pouvoir se retenir.

Alfred Tuttle avait tué Francesca et sa mère. Au moins, elles avaient été vengées.

— Qu'avait-il à dire contre les Hargrave ? demanda-t-elle en s'efforçant de paraître détachée.

— Il m'a dit que Charles et Hattie avaient envoyé une lettre aux autorités en la cachetant avec le sceau des Cavendish. J'ignore encore s'ils avaient conscience que le Conseil cramoisi possède des antennes dans tous les secteurs civils et privés, y compris à Scotland Yard.

— Ainsi que dans les services secrets ?

Il croisa les bras sur son torse avec un air buté. Toutefois, il fut bien obligé de le reconnaître.

— Si le Conseil cramoisi a infiltré le ministère du lord chancelier, il y a de fortes chances que nous soyons concernés également. Même si, techniquement, nous ne sommes pas encore une branche du gouvernement.

— Donc, vous reprochez aux Hargrave de s'être adressé aux autorités alors même que vous en faites partie ? Savez-vous de quoi il s'agissait ?

— Vous ne m'avez pas entendu, Francesca. Les Hargrave se sont servis du sceau des Cavendish, le sceau de *votre* famille, pour envoyer une lettre frauduleuse qui a entraîné la mort de tout le monde.

— Avez-vous lu cette lettre ?

Elle croisa à son tour les bras sur son torse, essayant de chasser la froideur qui s'était immiscée en elle.

— Je l'ai demandée au travers des canaux officiels, répondit-il. Comme elle tardait à venir, je me suis rendu au bureau des archives de New Scotland Yard, où l'on m'a dit que le dossier avait été mal classé et était désormais dans un entrepôt en ville. Le seul moyen de retrouver la lettre serait d'examiner tous les papiers qui s'y trouvent.

— Alors faisons-le, déclara-t-elle en se levant. Où se trouve cet entrepôt ?

Elle devait savoir la vérité sur ses parents. Bien qu'elle se souvînt d'eux avec une profonde affection, c'était au travers du regard d'une enfant. Elle avait été trop jeune pour connaître leurs péchés. Sans

doute n'avaient-ils pas eu conscience des conséquences de leur acte et, s'ils avaient agi frauduleu-
sement, c'était sûrement pour une bonne raison.

À moins que... ils n'aient pas été aussi bons qu'elle
voulait le croire.

— Comment pouvez-vous être sûr que ce Tuttle
vous a dit la vérité ? demanda-t-elle. Peut-être vous
a-t-il envoyé sur une fausse piste pour protéger le Conseil. Peut-être ce dernier menaçait-il sa
famille ou...

— Francesca..., l'arrêta-t-il d'une voix douce sous
laquelle perçait une note d'acier.

Elle se mordit la lèvre.

— Des documents concernant la mort d'un comte
et de sa famille n'auraient pas été rangés dans un
entrepôt poussiéreux, expliqua-t-il. Ils auraient été
envoyés dans un bureau officiel, voire au palais
royal. Ils auraient été conservés dans les registres
de l'aristocratie britannique afin que les héritiers
puissent les consulter. Ils vous auraient été transmis,
d'ailleurs. Vous me comprenez ?

C'était le cas, même si elle rechignait à l'admettre.

Il se pinça l'arête du nez et soupira :

— Le fait que cette affaire ait été sciemment
étouffée est déjà une réponse en soi.

— Pas forcément, s'obstina-t-elle. Je ne le croirai
que lorsque je verrai le sceau de mon père de mes
propres yeux.

Il s'avança vers elle et s'arrêta à deux pas. Elle
lui en fut reconnaissante. Elle n'aurait pas supporté
qu'il tentât de la réconforter à présent et n'aurait pas
eu la force de le repousser s'il l'avait fait.

— Pourquoi vous obstinez-vous à nier l'évidence,
Francesca ? C'est un pas dans la bonne direction.
Nous touchons au but.

Pourquoi s'obstinait-elle ? Parce que, en l'espace
de quelques minutes, elle avait reçu la nouvelle
la plus merveilleuse suivie de la nouvelle la plus

dévastatrice. Parce qu'elle ne pouvait révéler à cet homme, le garçon qu'elle avait aimé, sa véritable identité s'il croyait ses parents responsables de leur tragédie commune. Parce qu'elle avait besoin de savoir la vérité. Toute la vérité. Parce qu'elle devait comprendre quel homme était devenu Declan avant de lui confier son plus grand secret.

Et sa propre supercherie.

Ne méritait-il pas de la connaître ?

La conscience troublée, elle regarda dans ces yeux qui avaient paru anciens même quand il était enfant. À l'époque, ils étaient chargés de douleur. À présent, ils ne reflétaient plus que la lueur de la lampe.

Ils ne laissaient rien voir au-delà.

Lui dire la vérité valait-il mieux que de se taire ? Elle avait parcouru tant de chemin, était si près d'obtenir justice… Si sa confession ruinait tous ses efforts ? Si, furieux contre elle et sa famille, il la dénonçait aux autorités ou révélait publiquement son identité ? Elle perdrait son titre, ce qui n'était pas si grave. Toutefois, ce dernier reviendrait à Luther Kenway.

Le comte de Devlin le lui avait dit.

En outre, depuis quand croyait-elle sur parole toute autre personne que Cecelia et Alexandra ? Certes, elle avait été amoureuse de Declan Chandler autrefois, mais quel genre d'homme était-il aujourd'hui ?

Un fantôme, comme elle. Un espion.

Un menteur professionnel.

— Ce soir, au bal, Cecelia vous a appelé Chandler, dit-elle. Savent-ils qui vous êtes ? L'ont-ils toujours su ?

Si c'était le cas, elle tuerait Ramsay en premier.

— Personne ne sait vraiment qui je suis.

Encore une réponse qui n'en était pas une.

Elle envisagea un instant de lui lancer un objet à la figure. Il dut le percevoir car, pour une fois, il développa :

— Je ne mentais pas en vous disant que je suis un espion. C'est ma profession. J'ai fait la connaissance de Ramsay lorsque votre amie Cecelia a eu des ennuis avec le Conseil cramoisi. J'ai aidé Ramsay à sauver sa bien-aimée et à arrêter le lord chancelier avant qu'il ait pu tuer Mlle Teague et utiliser son établissement pour vendre des jeunes filles. En fait, je suis un héros méconnu.

Il lui adressa un petit sourire arrogant.

— Est-ce pour cela que je n'ai jamais retrouvé trace de votre nom ? demanda-t-elle. J'ai cherché partout, au cas où vous auriez survécu, où vous auriez eu une famille quelque part, ou même une parcelle familiale où enterrer un cercueil vide. C'était comme si vous n'aviez jamais existé.

— Désormais, je suis Chandler Alquist, répondit-il. C'est mon nom professionnel.

Elle se rendit soudain compte qu'ils se tenaient face à face à quelques mètres l'un de l'autre, chacun les bras croisés sur le torse dans une posture défensive.

Contre quoi, contre qui se défendaient-ils ?

— Il y a tant à dire... Je ne sais par où commencer.

Chandler fut le premier à baisser les bras. Pour la première fois, il paraissait hésitant, légèrement perdu. Elle aurait dû avoir une parole gentille pour le mettre à l'aise.

— Si je vous croyais mort, vous avez dû apprendre que j'avais survécu, dit-elle soudain. Pourquoi n'êtes-vous pas venu me trouver ?

Sa question lui parut plus réprobatrice qu'elle ne l'avait voulu. Toutefois, elle brûlait d'entendre sa réponse.

Les traits de Chandler redevinrent neutres. Il se tourna et se dirigea vers un portemanteau qui montait la garde près de la porte. Il se débarrassa de sa veste, de son gilet et les y accrocha avant de demander :

— L'autre soir, j'ai eu une escarmouche avec une femme qui s'était introduite dans la maison où est retenu le lord chancelier… Vous ne sauriez rien à ce sujet, par hasard ?

C'était donc lui ?

Elle ne le laisserait pas s'en tirer aussi facilement.

— Vous n'avez pas répondu à ma question, répliqua-t-elle.

Lorsqu'il se tourna de nouveau vers elle, son expression n'était plus simplement sombre mais démoniaque, et son regard froid et dur.

— Êtes-vous prête à me donner toutes vos réponses, Francesca ?

Il avança vers elle, sa démarche de nouveau prédatrice.

— Pouvez-vous m'expliquer comment vous avez survécu ? Ce que vous avez vu ce jour-là ? Ce que vous avez appris depuis et par quels moyens ?

Ils se toisèrent. L'espace entre eux était rempli de non-dits qui menaçaient de les séparer.

Elle fut la première à détourner le regard.

— C'était moi, l'autre soir, déclara-t-elle, décidant de lui lancer quelques miettes. Chez le lord chancelier.

— Je ne vous demanderai pas où vous avez appris à vous battre et à sauter à la perche, pas ce soir. En revanche, j'aimerais savoir ce que vous faisiez là-bas.

— Comme vous, je cherchais des réponses.

— Et ?

— Et quoi ?

— Le lord chancelier vous en a-t-il fourni ? s'impatienta-t-il.

Elle choisit ses mots avec soin.

— Il m'en a appris un peu plus sur la structure du Conseil cramoisi. Il est chapeauté par une triade. À l'époque du massacre, l'un des trois sièges était vacant, tout comme aujourd'hui. D'ailleurs, s'il existe une justice et que le lord chancelier est pendu, il y aura bientôt deux places vacantes à la tête du Conseil.

Chandler se frottait le menton d'un air songeur. Sa main large et calleuse, couverte d'un réseau de veines saillantes et de cicatrices, ne pouvait appartenir à un aristocrate. Elle aurait dû le deviner plus tôt.

— Ils ont envisagé de confier le siège vide à plusieurs personnes que nous connaissons. Certaines sont mortes depuis, poursuivit-elle.

— Qui ? demanda-t-il, vivement intéressé.

— La tante de Cecelia, la richissime Henrietta Thistledown, connue de tous sous le nom de Dame Écarlate, par exemple. Ils songeaient aussi à lord Ramsay, puisqu'il était le protégé du lord chancelier.

— Ramsay le savait-il ?

Francesca secoua la tête.

— Il ignorait tout du Conseil cramoisi jusqu'à il y a peu.

— N'est-il pas étrange qu'ils envisagent de choisir pour chef un homme venu de l'extérieur ?

— Ils veulent du pouvoir, et Ramsay en a à revendre.

Il eut une grimace ironique.

— Maintenant que Cecelia est devenue la Dame Écarlate et qu'elle est sur le point d'épouser Ramsay, plus rien ne pourra arrêter ce couple. Que Dieu nous protège !

Francesca en convint avec un sourire attendri. Puis une idée lui vint.

— Est-il possible que Cavendish, mon père, ait fait partie du Conseil ? Qu'il ait voulu siéger dans la triade ?

— Votre père ?

— Le lord chancelier m'a dit qu'à l'époque du massacre, le Conseil avait l'œil sur deux candidats pour le troisième siège de la triade. Il a laissé entendre que l'un d'eux aurait pu être le comte de Mont-Claire.

— Et le second ?

— Kenway. C'est pourquoi je le cherchais ce soir.

— Cette ordure de Kenway !

Avec la fulgurance d'une vipère qui attaque, Chandler saisit le verre sur la table de chevet et le lança dans la cheminée. Il explosa dans un fracas assourdissant dont la furie se répercuta dans la chambre avant même que les débris soient retombés dans l'âtre.

Francesca ne s'était pas attendue à un tel accès de rage de la part d'un homme si mesuré. Elle refoula l'élan qui la poussait à aller vers lui, sentant qu'il avait d'abord besoin de se ressaisir. Au bout d'un moment, elle demanda :

— Se peut-il que les Cavendish n'aient pas été assassinés à cause des Hargrave mais parce qu'ils contrariaient les ambitions de Kenway ?

Il prit deux grandes inspirations, puis expira longuement avant de tourner la tête sur le côté pour la regarder par-dessus son épaule.

— C'est une théorie, répondit-il simplement.

— Une théorie que vous êtes prêt à creuser ? demanda-t-elle en s'efforçant de masquer l'espoir dans sa voix.

— Disons que j'y réfléchirai.

Elle fronça les sourcils.

— On dirait que vous voulez absolument qu'ils soient coupables. Hattie et Charles étaient des gens adorables. Ils avaient le cœur sur la main et étaient toujours prêts à rendre service. S'ils ont eu quelque chose à voir avec le massacre, ce ne peut pas avoir été intentionnellement. Je vous rappelle qu'ils ont été tués, eux aussi.

Elle soupira avant d'ajouter :

— Je m'étonne que le lord chancelier n'ait fait aucune allusion à eux.

— Je sais que vous les appréciiez, ainsi que Pip. Moi aussi. Néanmoins, s'ils n'avaient rien dit, toute la famille serait encore en vie. S'ils savaient ce qu'était le Conseil, ils savaient également que le mentionner revenait à jouer avec le feu.

— Cela fait beaucoup de « si ».

— Faites-moi confiance. Je sais ce que je dis.

« Fais-moi confiance. » Elle avait déjà entendu cela. Il l'avait poussée entre les racines d'un gros arbre et lui avait demandé de lui faire confiance.

Ils avaient perdu vingt ans.

— Je vous ai donné les informations que vous m'avez demandées, dit-elle. Maintenant, à vous.

— À moi ?

— À vous de me faire confiance. Dites-moi ce que vous savez.

Il se tourna vers elle et effleura sa joue du bout des doigts.

— Je ne fais confiance à personne, répondit-il comme à regret. Une déformation professionnelle, sans doute.

— Mais… vous me connaissez. Je suis votre amie.

— Je ne peux pas me permettre d'avoir des amis.

Elle aurait dû être furieuse ; pourtant, elle le comprenait. Bien qu'elle sût pouvoir toujours compter sur ses Rebelles rouges, elle ne leur disait pas tout, loin de là. Pour leur bien.

— Disons alors que je suis l'ennemie de vos ennemis, ce qui fait de moi…

— Quelqu'un qui pourrait quand même me trahir.

— Jamais ! s'indigna-t-elle.

— Même vous, vous n'imaginez pas jusqu'à quelles bassesses vous pourriez sombrer. Je ne tiens pas à ce que vous le découvriez. Je refuse de vous attirer dans mon monde.

Elle était parfaitement consciente de ce dont elle était capable. Elle avait enterré plus de cadavres que n'importe quelle comtesse, à l'exception, peut-être, d'Elizabeth Bathory.

— J'en fais déjà partie, répliqua-t-elle. Ce n'est pas à vous de décider ce que je peux ou ne peux faire.

Il la jaugea du regard, puis déclara d'un ton approbateur :

— Le fait est que, jusqu'ici, vous n'avez cessé de me surprendre.

— Ce qui veut dire ?

Zut, elle avait de nouveau croisé les bras sur sa poitrine.

— Francesca, si je ne vous dis rien, c'est pour votre bien.

— Mon bien ? Vous plaisantez !

— Il s'agit d'une enquête officielle. Vous n'imaginez pas ce que je vais devoir faire.

— Alors expliquez-le-moi, Declan.

— Je ne suis plus Declan. Je ne l'ai jamais vraiment été.

— Fort bien. Soyez qui vous voulez, vous pourrez toujours compter sur moi. Nous ne sommes pas comme les autres et ne l'avons jamais été. Nous portons notre douleur comme une armure, n'est-ce pas ? Nous y puisons notre force.

Elle se rapprocha de lui et posa les mains sur son torse, laissant sa chaleur se diffuser dans ses doigts glacés.

— Nos souvenirs communs peuvent purifier notre lien. Ce même objectif que nous partageons guérira peut-être nos plaies. Peu importe que vous ne soyez pas Declan. Je ne suis pas vraiment Francesca non plus. Je suis…

— Non !

Il écarta ses mains et les maintint fermement le long de ses flancs.

— Cela ne fonctionne pas ainsi. Je ne travaille pas de cette manière.

— Puisque je vous dis que cela n'a pas d'importance.

— Cela en a pour moi, bon sang ! J'agis dans l'ombre en commettant des actes terribles. Des actes qui vous donneraient des cauchemars et qui me font me demander si je ne deviens pas comme ces monstres que je chasse depuis si longtemps. C'est le prix que je paie pour huiler les rouages de cet Empire et maintenir le Conseil cramoisi à distance.

Lorsqu'elle ouvrit la bouche pour répondre, il la fit taire d'un geste.

— Dans ces ténèbres, j'entretenais une lumière venue de mes souvenirs, poursuivit-il. Vous, Francesca. Vous étiez si douce, si bonne... vous étiez la pureté pour laquelle je me battais. Il m'est douloureux de voir cette pureté perdue.

— Perdue ? répéta-t-elle.

En le voyant détourner les yeux, elle se sentit faiblir.

— Je répondrai à une de vos questions, dit-il. Si je ne suis pas venu vous trouver durant toutes ces années, c'est parce que je ne croyais pas que vous existiez toujours. Je ne voulais pas voir celle qui se faisait passer pour vous. Maintenant que nous nous sommes...

Il s'interrompit et poussa un soupir qui semblait chargé de tous ses rêves anéantis.

— Vous avez vos propres ténèbres, reprit-il. Je ne veux pas y ajouter, et je ne peux vous regarder sombrer davantage. Vous êtes devenue cette... cette...

Elle sentit la moutarde lui monter au nez et ravala un chapelet d'insultes.

— Cette quoi ? demanda-t-elle, les dents serrées.

— Eh bien..., fit-il avec un petit geste brusque. Vous avez été dépouillée de votre innocence, ou vous l'avez donnée. À cause de votre vengeance, votre réputation est en lambeaux, et votre lit a vu défiler tant d'hommes que...

Elle le gifla, non pour qu'il se taise, mais pour lui faire honte de ce qu'il avait dit.

— Comment osez-vous ? J'ai vu à quoi ressemble une fille dont l'innocence a été volée. J'ai vu celles qui renoncent à leur pureté par cupidité, dépit ou malveillance. Je n'ai aucune raison d'avoir honte, et ceux qui pensent le contraire peuvent aller se faire pendre. Vous y compris.

Elle se tourna vers la table de chevet, saisit son verre de whisky et le vida d'un trait. Revigorée, elle se tourna de nouveau vers lui.

— Je ne suis plus une enfant qui a besoin d'être protégée. Je suis une femme en quête de réponses. Une menteuse professionnelle comme vous. Je m'y suis entraînée toute ma vie. J'ai renoncé à tout pour la vérité, et j'obtiendrai justice pour ceux qui sont morts avec ou sans votre aide.

Elle releva ses jupes et le contourna en ajoutant :

— Il nous suffira d'éviter de nous mettre dans les pattes l'un de l'autre.

— Francesca, attendez...

Il voulut la retenir par le bras, mais elle l'esquiva. Alors qu'elle s'approchait de la porte, elle ajouta :

— Je crois que vous confondez virginité et pureté. Peu importe combien d'hommes j'ai connus, je suis aussi pure que la première neige, et je ne laisserai personne dire le contraire.

Elle enfouit ses mains dans ses poches pour se retenir de le frapper et lui tourna le dos.

— Francesca ! l'appela-t-il en se précipitant derrière elle.

— Ne me suivez pas !

— Je ne vous laisserai pas partir avant que vous ayez entendu...

— Entendez ça !

Elle sortit son pistolet de sa poche, pivota sur ses talons et pressa le canon à quelques centimètres de son oreille. Puis, comme si cela ne suffisait pas, elle rangea son arme et lui envoya un coup de ses deux poings serrés dans le plexus solaire, lui coupant le souffle et l'assourdissant.

Le temps que cesse le bourdonnement et qu'il ait pu de nouveau remplir ses poumons d'air, elle était déjà loin.

14

Francesca s'efforça de ne pas grimacer lorsque la flèche d'Alexandra atterrit plus près du centre de la cible que la sienne. Soit son acuité visuelle baissait, soit la duchesse de Redmayne s'était entraînée en douce.

Il y avait probablement un peu des deux.

Les Rebelles rouges s'étaient octroyé quelques jours de vacances hors de Londres. Elles avaient pris le train pour le Dorset où, telle une vieille sentinelle, le château des Redmayne surplombait Maynemouth, un charmant village de pêcheurs devenu une destination touristique sur la côte du Devonshire. Les trois amies se tenaient près des ruines d'un vieux fort construit par les ancêtres de Redmayne après leur victoire aux côtés de Guillaume le Conquérant.

Elles avaient installé leur cible dans la cour abandonnée afin de profiter des derniers jours de beau temps avant que l'été cède la place aux fraîcheurs de l'automne. Les murailles du fort les protégeaient de la brise marine pendant qu'elles s'entraînaient au tir à l'arc. Le galop depuis le château à travers la lande verdoyante de Maynemouth Moore avait revigoré Francesca sans pour autant chasser son humeur sombre.

Elle n'avait pas revu Declan Chandler depuis des jours.

Elle abaissa la voilette de son chapeau pour se protéger du soleil, en espérant que les nuages qu'elle apercevait au loin se rapprocheraient afin qu'elle puisse cesser de plisser les yeux. Les cris des mouettes lui portaient sur les nerfs, et elle ne ressentait que du dégoût pour les puissantes odeurs de brise marine, d'algues et de chevaux.

Tout ce qu'elle aimait habituellement.

Le monde refusait de se conformer à la grisaille qui embrumait son esprit. Bien qu'elle eût ardemment désiré le beau temps et le bonheur de ses chères amies, elle ne parvenait pas à feindre de se réjouir.

Elle vivait dans un monde où Declan Chandler était vivant et, au lieu que ce soit une joie, c'était un brouillard au travers duquel elle ne voyait plus rien. Un mur d'obstacles érigé par des hommes maléfiques, par des forces qu'elle ne pouvait contrôler...

Et par sa propre supercherie.

— Ton projet d'assister à la réception de lord Kenway m'inquiète, Frank, déclara Cecelia.

Elle saisit une flèche dans le carquois posé dans un coin et l'encocha avec des doigts maladroits. C'était une femme gracieuse et brillante... jusqu'à ce qu'elle se trouve dans une situation de compétition. Elle perdait alors tous ses moyens et n'avait guère plus de coordination qu'une motte d'argile. Son teint rougi par l'effort et le soleil faisait ressortir ses yeux saphir.

Francesca avait confié à ses amies avoir reçu une invitation à une réception très privée au domaine de lord Kenway le samedi suivant.

— Bien sûr que tu t'inquiètes, répondit Francesca en saisissant une flèche à son tour. Je suis convaincue que te faire du souci pour nous est ta seconde vocation.

— C'était ma première avant que je devienne une tricheuse professionnelle.

Cecelia lui adressa son doux sourire désarmant avant de pouffer de rire.

— Ton Chandler ne t'a-t-il pas dit que Kenway était plus dangereux que tes filous habituels ?

— Ce n'est pas « mon » Chandler.

Alexandra, qui avait rejoint Cecelia pour l'aider, lui lança un regard de biais sous sa voilette bleu-vert en se gardant d'intervenir.

— Qui que soit ce Chandler – j'ignore toujours s'il s'agit d'un prénom ou d'un patronyme –, je me demande s'il ne serait pas sage de l'écouter dans ce cas précis, insista Cecelia.

Francesca pinça les lèvres.

— Tu n'imagines pas à quel point cela me ferait mal d'écouter un seul mot qui sort de cette bouche.

Cette fois, Cecelia et Alexandra échangèrent un regard surpris. Francesca vérifia la tension de sa corde en faisant mine de n'avoir rien vu.

— Il fut un temps où cet homme était la personne la plus importante de ta vie, remarqua Cecelia. Une seule conversation ne peut avoir changé cela.

— En effet. Vingt ans l'ont changé. *Nous* ont changé.

Francesca déposa son arc sur un muret et ôta sa veste d'équitation dans laquelle elle était en train de cuire.

— Ce n'est pas le garçon que j'ai connu, reprit-elle. Ni l'homme que je pensais qu'il deviendrait.

Elle tira sur sa cravate et dégrafa les premiers boutons de son col montant.

Sa remarque valait aussi pour elle. Peut-être était-ce mieux ainsi. Il avait bien fait de ne pas venir la trouver plus tôt, car il avait raison sur un point : elle n'était pas celle qu'elle prétendait être.

Lui dire la vérité aurait causé leur perte à tous deux.

— Avant que j'apprenne que Chandler était toujours en vie, Kenway était ma cible. Il l'est toujours. Je ne dois pas me laisser distraire de ma mission.

Elle banda son arc et décocha. Sa flèche atterrit dans le troisième anneau, un tir encore pire que le précédent.

— Non, bien sûr que non, en convint Cecelia d'un ton conciliant.

Elle souffla sur sa voilette avant d'ajouter :

— Néanmoins, aller seule à une réception réservée aux membres du Conseil cramoisi me paraît... imprudent. Peut-être devrais-tu juste prévenir Chandler que tu t'y rendras. Par mesure de sécurité.

— Je danserai une gigue irlandaise nue sur la tombe du prince Albert avant de demander l'aide de cet homme.

Francesca savait qu'elle aurait dû au moins réfléchir à la proposition sensée de Cecelia, mais sa fierté la rejetait aussi violemment qu'une mauvaise huître. Cette nuit-là, lorsqu'elle avait frappé Chandler, elle ne lui avait pas fait de mal. Il l'avait laissée partir. Il aurait facilement pu la rattraper ou venir la trouver les jours suivants.

Il aurait pu s'excuser de s'être comporté comme un goujat.

Peut-être même lui aurait-elle présenté des excuses elle aussi.

Peut-être.

Alexandra tendit l'arc avec la flèche déjà encochée à Cecelia, corrigea la posture de cette dernière et l'aida à viser. Cecelia, pourtant toujours convenable, lâcha un cri de victoire peu féminin lorsque sa flèche atterrit dans la marge de la cible au lieu de s'écraser contre le mur en pierre comme cela avait été le cas tout l'après-midi. Cecelia était du genre à célébrer ses propres victoires plutôt que celles qu'elle remportait sur les autres. Elle se sentait toujours coupable de gagner une compétition et s'assurait généralement de perdre.

La duchesse tira sur ses gants et déclara enfin :

— Il me semble que Chandler et toi poursuiviez un même objectif. Maintenant que les esprits se sont apaisés, ne serait-il pas plus avisé d'en discuter avec lui, voire d'envisager un plan B au cas où les choses tourneraient mal ?

— As-tu oublié ce qu'il m'a dit ? s'indigna Francesca en reprenant son arme. Je refuse de m'associer à un homme qui calomnie mes parents, me traite avec condescendance, puis me reproche ma réputation avant même de m'avoir demandé si ses présomptions étaient justifiées !

Elle sortit une flèche du carquois avec une telle brusquerie qu'elle se brisa.

Alexandra tordit les lèvres dans une grimace désabusée qui fit froncer son nez, la faisant paraître dix ans plus jeune.

— Ce n'était guère habile de sa part, admit-elle.

— Cela dit, la plupart des hommes en auraient fait autant, déclara Cecelia.

— Ne me dis pas que tu le défends ! s'énerva Francesca. Tu ne supporterais jamais que Ramsay te traite de cette façon, et Redmayne n'oserait pas dire de telles choses.

— Touché, concéda Alexandra.

— Loin de moi l'idée de vouloir l'excuser, se défendit Cecelia. Mais… que veux-tu, les gens disent souvent des horreurs lorsqu'ils sont jaloux. Des choses qu'ils ne pensent pas.

— Il pensait ce qu'il a dit, grommela Francesca.

— C'est juste que je trouvais tellement… romantique que vous vous soyez retrouvés après toutes ces années. Comme un signe du destin, ajouta Cecelia d'un ton nostalgique.

— Nous ne croyons pas au destin, lui rappela Francesca.

— Mais nous croyons aux secondes chances. En outre, vous avez en commun une telle histoire, tous les deux !

Cecelia saisit l'outre remplie d'un délicieux viognier et en but délicatement quelques gorgées avant de la tendre à Francesca.

— J'ai toujours détesté l'histoire, maugréa celle-ci.

Elle dégusta le breuvage qui sentait la pêche et les étés dans le sud de la France avant de passer l'outre à Alexandra. Celle-ci tint prudemment le vin hors de sa portée avant de rétorquer :

— Les gens qui disent cela sont ceux qui détestent leur propre histoire.

Si la flèche suivante de Francesca rata sa cible, la remarque d'Alexandra, elle, fit mouche.

— Notre histoire est bâtie sur des mensonges, se lamenta Francesca. Chandler croit mes parents responsables du drame qui nous a volé notre enfance, et il me prend pour Francesca.

Alexandra vint se poster sur sa droite et Cecelia sur sa gauche. Souvent, lorsque l'une d'elles était désemparée, les deux autres l'encadraient ainsi, la protégeant de leur soutien et de leur dévotion indéfectibles.

— Nous savons toutes les trois ce que c'est que de vivre avec d'indicibles secrets...

Alexandra songeait sans doute à l'homme qui l'avait violée lorsqu'elle avait dix-sept ans, qu'elle avait tué puis enterré avec l'aide de ses deux amies.

— Cela ne fait pas de nous des monstres, acheva-t-elle.

— Il croit que je suis une catin.

À sa surprise, Cecelia haussa les épaules.

— Ramsay me prenait pour la putain de Babylone. À présent, il respecte les femmes qui travaillent pour moi. Ce n'est donc pas un obstacle insurmontable. Les cœurs et les esprits peuvent changer ; il suffit de savoir s'y prendre.

Francesca secoua vigoureusement la tête.

— Je refuse de lui prouver ma virginité.

Cecelia se mit à rire.

— Il ne s'agit pas de ta virginité, ma chérie, mais de son point de vue sur le sujet. Que tu aies eu des amants ou pas ne devrait pas lui importer. Il n'est guère resté chaste, lui.

— Comment le sais-tu ?

Francesca se retint de secouer son amie par les épaules afin de lui soutirer tout ce qu'elle savait. Avait-elle entendu des rumeurs ? Chandler avait-il fréquenté son établissement ? Connaissait-elle une femme qui avait partagé son lit ?

Cette idée lui retournait les entrailles, ce qui l'irritait d'autant plus.

Cecelia regarda au loin, comme si elle observait Chandler en personne.

— Il ne manque pas d'assurance, n'est-ce pas ? Il marche comme un homme qui a comblé de nombreuses femmes, qui aime le faire et en est fier.

Francesca plissa le front.

— Tu vois tout cela à la démarche d'un homme ?

— Bien sûr que non. Toutefois, je m'intéresse au langage corporel. Ma profession actuelle de Dame Écarlate m'a beaucoup appris, et il se trouve que je suis très douée pour déchiffrer les hommes, leurs goûts et leurs penchants. Je sais quand refuser l'entrée à un client, ce qu'un autre attend et qui lui présenter.

— Si je comprends bien, il peut déambuler comme un coq alors que je dois marcher tête basse, couverte de honte ?

— Oui, bien sûr, puisque tu es une femme.

Francesca arracha rageusement ses gants d'archer. Elle n'avait plus le cœur à s'entraîner.

— Cela ne me va pas du tout.

— Nous nous éloignons du sujet, Frank, dit Alexandra. Tu t'apprêtes à infiltrer une société secrète qui n'a aucun scrupule à abuser de fillettes et à assassiner des familles entières pour protéger ses intérêts. Notre principale préoccupation est ta survie.

— C'est votre préoccupation, pas la mienne, rétorqua Francesca. Je suis déterminée. J'irai jusqu'au bout, quitte à y laisser ma peau. Acceptez-le ou écartez-vous de mon chemin.

Cecelia sursauta comme si elle avait été giflée. Alexandra resta de marbre.

Francesca regretta aussitôt son élan d'humeur. Toutefois, ses lèvres refusaient de formuler des excuses. Des larmes de fureur lui piquaient les yeux, et elle tourna le dos à ses amies pour les leur cacher.

Alexandra posa doucement une main sur son épaule.

— Ma chérie, tu as survécu à l'impensable. On ne sort pas indemne d'une telle épreuve. Elle te brise ou te transforme. Elle te forme, te façonne, t'aiguise comme une arme, mais...

— Ma décision est prise, l'interrompit Francesca. Je ne vous ai pas révélé mon plan pour que vous me dissuadiez de le mettre à exécution, mais au cas où...

— Tu serais tuée ? déclara Cecelia en levant les mains au ciel.

— Je ne serai pas tuée.

— Tu n'en sais rien. S'ils te démasquent ? S'ils savent déjà qui tu es ? Tu pourrais te jeter dans la gueule du loup sans le savoir.

— Ils pourraient également m'avoir invitée sans rien savoir sur celle qui entraînera leur perte. Merci pour votre confiance !

— Nous ne doutons pas de tes talents, Frank, lui dit Alexandra.

— Cela ne signifie pas que tu doives les affronter seule, renchérit Cecelia.

— Si nous y allions avec toi ? proposa la duchesse. Redmayne et Ramsay ont tous deux été courtisés par le Conseil...

— Vous n'avez pas été invitées, la coupa Francesca. Cela éveillerait leurs soupçons.

— Nous pourrions t'envoyer une protection.

— Je n'en ai pas besoin.

— Tu l'as fait pour nous.

— C'était différent.

Alexandra émit un son caustique.

— En quoi était-ce différent, exactement ?

— Dans vos deux cas, la menace qui pesait sur vos vies se terrait dans l'ombre. La mienne a un visage, un nom, une raison tangible de s'en prendre à moi. Je sais où je mets les pieds.

C'était un mensonge éhonté, mais... quand le vin était tiré, il fallait le boire.

— Certes, mais tu ignores leurs motivations à ton égard ainsi que les informations qu'ils détiennent sur toi.

— C'est bien ce que je compte découvrir, et si vous m'aimez, vous ne ferez rien pour m'en empêcher.

Tournant les talons, Francesca partit d'un pas martial vers le portail de la cour, de l'autre côté duquel leurs montures étaient attachées.

Ses deux amies la regardèrent en silence monter en selle, puis s'éloigner au galop en direction des collines.

Alexandra poussa un long soupir.

— Doux Jésus, elle serait capable de déclencher une dispute dans une pièce déserte.

— Ne devrions-nous pas... faire quelque chose ? En parler à quelqu'un ?

— Elle ne nous le pardonnerait pas.

— Mieux vaut qu'elle soit fâchée que morte.

Alexandra réfléchit un moment, puis son visage s'illumina.

— Dis-moi, la résidence de lord Kenway ne jouxte-t-elle pas les ruines de l'École de Mlle Henrietta pour jeunes filles cultivées ?

Cecelia suivit le fil de sa pensée et sourit à son tour.

— En effet.

— Elle est convaincue de pouvoir entrer dans la fosse aux lions et d'en sortir indemne. Nous ne réussirons pas à l'empêcher de s'y rendre, mais nous pouvons toujours organiser des renforts.

Leur décision prise, les deux Rebelles rouges rassemblèrent leurs affaires afin de rentrer au château.

Elles avaient des dispositions à prendre en secret.

15

Francesca remarqua que le majordome de Luther Kenway avait les yeux bandés avant de se rendre compte qu'il était également nu comme un ver. Elle resta figée sur le seuil, frappée de stupeur.

— Je...

Elle en avait oublié pourquoi elle était venue. En fait, elle avait même oublié son propre nom.

— Soyez la bienvenue, madame la comtesse. Je vous en prie, entrez.

Aussi altier qu'un hallebardier de la garde royale, le majordome recula d'un pas pour ouvrir grand la porte et indiqua d'un geste l'intérieur de la demeure de Kenway.

S'efforçant de masquer sa nervosité, Francesca souleva ses jupes et entra.

Elle n'aurait su dire ce qui la troublait le plus : la nudité de cet homme élégant, quoique légèrement bedonnant et plus de la première jeunesse, ou sa propre tenue, une cape chatoyante rouge sang et un masque en porcelaine finement ouvragé et peint par un maître artisan. Il représentait une tête de renard.

Francesca s'arrêta dans le grand vestibule et contempla l'abondance de curiosités autour d'elle. Elle n'avait su à quoi s'attendre tandis qu'elle traversait la nuit londonienne en suivant l'itinéraire précis indiqué sur le carton d'invitation. C'était une heure très tardive pour une réception.

Un bal masqué à minuit, apparemment.

Dévotion. C'était le seul mot inscrit sur le carton sur lequel le plan avait été imprimé.

À son arrivée, un homme en robe noire l'avait accueillie au portail et conduite dans une tente sombre où son costume l'attendait, drapé sur un étrange mannequin. Conformément aux instructions, elle l'avait enfilé après avoir abandonné ses affaires dans un vestiaire improvisé. Sa tenue en mousseline comportait une longue traîne et un haut à col raide orné d'une broderie qui aurait fait pâlir d'envie la reine Elizabeth. Une capuche recouvrait ses cheveux, offrant un cadre parfait à son masque.

Elle s'était sentie légèrement ridicule en remontant la grande allée dans ce déguisement. Enfant, elle aurait été enchantée. En femme adulte approchant la trentaine, elle avait simplement été soulagée de pouvoir s'orienter grâce à l'unique lampe qui brûlait sur les marches du manoir et qu'elle avait suivie telle la fameuse lumière au bout du tunnel.

Vers une destination inconnue. Redoutée. Peut-être un dénouement.

— Milady, vous pouvez passer dans le grand salon, murmura le majordome. Barclay et Smythe vous offriront des rafraîchissements et tout ce que vous désirez.

Francesca déglutit, la gorge sèche. Barclay et Smythe étaient deux sentinelles silencieuses encadrant l'entrée du grand salon. Ils étaient, eux aussi, entièrement nus, à l'exception du bandeau qui leur couvrait les yeux. Ils étaient également plus jeunes que le majordome et nettement plus athlétiques.

Elle aurait des courbatures dans le cou avant la fin de la nuit à force de se retenir de baisser les yeux.

Au-delà des gardes, des silhouettes dans des capes rouges similaires à la sienne conversaient sous des lustres qui ne comptaient que quelques chandelles pour les illuminer. Les lampes à gaz étaient éteintes.

Les convives ressemblaient à des spectres écarlates, leurs capes traînant derrière eux sur le parquet telles des flaques de sang dans le clair de lune.

Objectivement, la scène était aussi belle que bizarre.

Elle se tourna vers le majordome.

— N'allez-vous pas m'annoncer ?

— Une dame de votre renommée n'a pas besoin d'être présentée, milady, répondit-il en s'inclinant. Amusez-vous bien. Permettez-moi d'être le premier à vous dire que nous sommes ravis de voir la lignée Cavendish réintégrer le Conseil.

Le sang de Francesca se figea à ces mots, et elle sentit tous les poils de sa peau se hérisser.

Incapable de parler, elle le remercia d'un signe de tête, puis détourna rapidement les yeux lorsqu'il pivota, lui présentant un derrière d'une pilosité considérable.

Lorsqu'elle franchit la porte voûtée, elle constata vite que Smythe et Barclay n'étaient pas les seuls domestiques – s'ils en étaient vraiment – à être ainsi accoutrés... ou, plutôt, ainsi privés d'accoutrement.

D'autres hommes nus étaient placés à intervalles réguliers tout autour de la salle. Aussi immobiles que des statues, ils présentaient des plateaux aux invités, certains chargés de coupes, d'autres de canapés et de hors-d'œuvre.

Quelques servantes s'affairaient autour des valets figés, veillant à ce que leurs plateaux soient toujours remplis et leurs bandeaux en place. Sans mot dire, elles reprenaient leurs coupes vides aux convives, leur en offraient des pleines ainsi que des serviettes, le tout avec des gestes gracieux et des regards interrogateurs.

Ces femmes étaient également entièrement nues, à une différence près : elles ne portaient pas de bandeau sur les yeux, mais un bâillon sur la bouche.

À l'intérieur de ses longues manches amples, Francesca serra les poings jusqu'à ce que ses ongles s'enfoncent dans ses paumes.

Elle s'était demandé pourquoi son costume ne comportait pas de gants. Elle comprenait à présent pourquoi. Rien ne devait entraver les sensations tactiles.

Les membres du Conseil ne goûtaient pas seulement les mets présentés sur les plateaux, ils tripotaient aussi tout ce qui leur tombait sous la main. Tous les types de corps imaginables étaient présents. Pâles, olivâtres ou noirs ; sveltes, trapus, doux ou massifs ; élégants ou rustiques.

Francesca ne pouvait s'empêcher de les lorgner. Ces personnes se trouvaient-elles là de leur plein gré ? Les convives, femmes comme hommes, tâtaient les dos et les fesses des valets ou glissaient une main entre leurs cuisses pour palper leurs attributs. De même, les servantes étaient caressées et tripotées. Elles se laissaient patiemment faire, interrompant leur travail pour se rendre disponibles.

Les musiciens d'un orchestre de chambre, perchés sur une estrade dans un coin de la salle, étaient également nus.

De nombreux convives s'étaient tournés vers Francesca lorsqu'elle était entrée dans la salle. Elle comprit aussitôt pourquoi. Tous types d'animaux étaient présents dans la pièce, aucun masque n'étant identique. Elle repéra un ours, une abeille, un cerf, un serpent… Chaque masque était une œuvre d'art, les faciès peints en tons monochromes sur une base en porcelaine blanche. Toutes les capes n'étaient pas d'un rouge cramoisi. Quelques-unes étaient d'une teinte spectrale, entre le blanc ivoire et l'argenté.

Seuls quelques convives portaient la même capuche et le même haut col ouvragé qu'elle.

Ce devait être un signe de prestige qu'elle ne pouvait comprendre.

Savaient-ils qui elle était derrière son masque ? Se connaissaient-ils les uns les autres ? Combien d'entre eux saluerait-elle le lendemain dans la rue sans se douter de ce qu'ils tramaient la nuit ?

Combien, parmi eux, étaient responsables du massacre de Mont-Claire, ou en avaient été avertis sans réagir ?

Elle se rendit soudain compte à quel point elle était seule et réprima un frisson.

Naturellement, Serena savait où elle se trouvait, ainsi que les Rebelles rouges, mais cela ne l'aiderait pas beaucoup si la situation tournait au vinaigre.

Elle avait accepté son sort avant de mettre un pied dans le domaine de Kenway. Il ne lui restait plus qu'une chose à faire : plonger dans la foule comme si elle était des leurs et obtenir ce qu'elle était venue chercher.

Affectant un air supérieur, elle se dirigea vers un valet mauresque qui dépassait les autres d'une tête. Elle n'avait jamais vu une aussi belle peau, parfaitement lisse et soyeuse. Ses épaules et son crâne rasé luisaient même dans la faible lumière.

Elle s'efforça de ne pas baisser les yeux vers son entrejambe et échoua lamentablement. Certes, elle avait déjà vu un homme nu, mais elle avait toujours détourné le regard. En dépit de son audace habituelle, voir ces hommes dans cet état de vulnérabilité la mettait très mal à l'aise.

Elle hésitait. Était-ce manquer de respect que d'être curieuse ? Regarder était-il mal ?

Probablement.

Elle regarda quand même. Elle aurait menti en prétendant ne pas apprécier ce qu'elle voyait. Pas seulement l'Africain au physique impressionnant, mais également l'androgyne pâle et mince à ses côtés, avec sa longue taille fine et son membre tout aussi impressionnant. Il offrait un contraste splendide avec un homme plutôt carré à l'épaisse chevelure, aux muscles ronds et à l'organe beaucoup moins intimidant.

Les femmes aussi l'intriguaient. Elle remarquait leurs différences et leurs similitudes, le placement de leurs hanches et de leurs seins.

Son masque lui procurait un sentiment d'anonymat. Personne ne savait où son regard se portait, ce qui lui offrait une certaine liberté, et elle devait reconnaître que cela l'émoustillait un peu.

Si des pulsions primitives en elle réagissaient à cette situation, elles la rebutaient également.

Les autres convives, environ soixante-dix personnes, la saluaient avec des chuchotements révérencieux. Même si personne ne l'appela par son nom, tous semblaient conscients de son statut de lady.

Elle hochait la tête et répondait aux salutations par des murmures. Elle avait l'impression de se trouver dans une église et ne tenait pas à connaître le dieu que vénéraient ces fidèles, celui qui bâillonnait les femmes et aveuglait les hommes, qui les exposait ainsi et les traitait comme des objets.

Un picotement familier lui hérissa la nuque. Des sonnettes d'alarme retentirent dans sa tête puis dans tout son corps.

Cette sensation s'accompagnait généralement de l'apparition de Chandler, ou de celui qu'il incarnait à ce moment-là.

Était-il présent ? Était-il le danger qu'elle pressentait ?

Elle avait fait de son mieux pour ne pas penser à lui au cours des dernières semaines. Pour refouler l'envie de le revoir et...

Et de quoi ? S'excuser ? S'expliquer ? Avouer ?

Elle chassa cette pensée et prit un verre sur l'un des plateaux. Son masque s'arrêtait au niveau de la lèvre supérieure, lui permettant de boire et de manger.

Elle but une gorgée en examinant la salle.

Les silhouettes en blanc étaient peu nombreuses, environ sept. Certaines semblaient venir vers elle, traversant la foule rouge tels des spectres remontant à contre-courant une rivière de sang.

Toutes portaient le même masque. Des cerfs. De grands bois affûtés s'élevaient de leurs têtes, maintenant leur capuche en place.

Ces convives-là semblaient tous être des hommes imposants. Le service de sécurité, peut-être ?

— Je n'étais pas certain que vous viendriez.

Elle se retourna brusquement, manquant de percuter le valet à qui elle avait pris une coupe. Près de lui se tenait un homme avec un masque de lion. Il portait lui aussi un haut col raide. Sa crinière extraordinaire rappelait un soleil.

Ses épaules s'affaissèrent. Ce n'était pas Chandler, mais Luther Kenway.

— Je n'ai pas lu de mention « RSVP » sur votre invitation. Vous vous êtes néanmoins donné du mal pour fournir un costume à une personne qui ne viendrait peut-être pas.

Elle but une autre gorgée.

Pour un homme aussi riche et influent, il avait un goût atroce en vin.

— J'ai dit que je n'étais pas certain que vous viendriez. Néanmoins, j'avais bon espoir.

Son masque rendait sa voix légèrement caverneuse et grave, comme si une âme de lion habitait réellement son corps.

Plutôt que de lui faire face et de regarder ce masque effrayant, elle se tourna de façon à se tenir à côté de lui.

— Je vous sais curieuse, poursuivit-il. Je me doutais bien que vous ne pourriez pas vous retenir de venir voir de quoi il retournait.

170

Sa réponse l'agaça. Il croyait donc si bien la connaître ?

— Voici donc le Conseil cramoisi, soupira-t-elle.

Elle balaya la salle d'un regard faussement détaché. Elle était enfin dans l'antre du mal.

À présent, comment le détruire irrévocablement ?

— Tout ceci pourrait être à vous, murmura-t-il.

Elle se tourna brusquement vers lui.

— Ma chère comtesse, vous savez sûrement que je ne fais jamais les choses à moitié. Ma proposition était sérieuse. Je crois que nous pourrions beaucoup nous apporter mutuellement.

— Vous voulez dire que je pourrais beaucoup vous apporter.

Il inclina la tête vers elle.

— N'y a-t-il donc rien que je puisse vous offrir ?

Elle haussa les épaules.

— Étant donné que je suis déjà comtesse, votre titre n'a pas d'intérêt pour moi. Bien que vous soyez plus riche, j'ai suffisamment d'argent pour subvenir à mes besoins pendant des générations. Par ailleurs, je ne m'intéresse pas vraiment à la politique. En outre, si je vous épousais, tout ce qui m'appartient vous reviendrait. Alors, en quoi votre offre pourrait-elle me tenter, lord Devlin ?

Au lieu de le fâcher comme elle s'y attendait, sa riposte parut l'amuser.

— Vous êtes une femme privilégiée, en effet, dit-il gaiement. Je suis curieux de savoir ce qui vous a amenée à ma fête.

— Peut-être l'envie de voir ce que vous aviez d'autre à proposer.

Elle battit des cils et constata avec soulagement que sa réponse lui avait plu.

— Milady, je peux vous offrir tout ce que vous désirez. Dites-moi seulement ce que vous voulez.

La vérité. La justice. Non, plus que cela : la vengeance.

— La liberté.

La réponse lui avait échappé.

— Regardez autour de vous, ma chère.

Elle balaya la salle du regard. Ce qu'elle voyait la troublait, l'intriguait et l'écœurait à la fois.

Il posa une main sur son épaule, et elle dut prendre sur elle pour ne pas la chasser.

— La liberté est précisément ce que j'offre. C'est ce que cherchent les adeptes du Conseil.

— J'aurais cru que c'était le pouvoir. Ou la richesse, l'influence politique ou...

Elle s'interrompit en le voyant secouer vigoureusement la tête.

— Notre richesse nous permet d'avoir de l'influence, concéda-t-il, et cette influence nous donne du pouvoir... mais je vais vous confier un secret, petite renarde.

Il inclina sa tête de lion vers elle comme s'il s'apprêtait à l'embrasser.

— Le pouvoir n'est qu'un instrument, une illusion que nous entretenons pour atteindre notre véritable objectif. Un objectif qui rejoint le vôtre.

— Je... je ne vous suis pas.

— La liberté, dit-il d'une voix ardente.

Lui prenant le bras, il l'entraîna vers l'estrade, d'où s'élevait un envoûtant solo de violoncelle.

— Rien dans cette salle ne me parle de liberté, déclara-t-elle.

Elle indiqua du menton une femme bâillonnée s'offrant à un groupe de convives.

Si elle les regardait trop longtemps, elle risquait de se sentir mal.

— Réfléchissez, milady. Depuis des siècles et des siècles, envers quoi devons-nous, nous dit-on, être loyaux ? Songez à l'ordre d'importance.

Comme elle ne répondait pas, il expliqua :

— Dieu, d'abord, puis la nation. Ensuite, la famille, la communauté et, enfin, l'individu.

Il marqua une pause et se tourna vers elle.

— Et où nous mène ce genre de philosophie ?

Francesca plissa le front. Elle n'était pas particulièrement religieuse ni patriote. Elle était anglaise parce que née en Angleterre. Anglicane, peut-être, du fait des traditions de ses ancêtres. Toutefois, elle avait trop voyagé, vu trop de cultures et de spiritualités différentes pour écarter toutes les autres possibilités.

— Je n'en sais rien, répondit-elle. Je ne vis pas de cette manière.

— Je sais, dit-il d'un ton satisfait. Vous ne vivez que pour votre propre plaisir.

— Je ne dirais pas...

— Allons, ma chère. Ici, vous n'avez pas besoin de faire semblant. Vous êtes comme nous. Vivre en cramoisi, c'est vivre sans honte.

— Cramoisi ? répéta-t-elle avec impatience. Pourquoi cette couleur ? Représente-t-elle le diable ? L'Église ? Un dieu païen ou un démon, peut-être ? À moins qu'elle n'ait un rapport avec l'Empire ?

Flûte, elle n'aurait pas dû le mitrailler de questions. Toutefois, loin de paraître frustré ou insulté, il semblait fasciné. Francesca ne savait si elle devait en être soulagée ou s'en inquiéter.

— Pensez au rouge, Francesca. C'est la couleur des extrêmes. Elle capte notre attention et nous prévient du danger. Elle représente tout ce qui est viscéral et primitif. Le sang. Le péril. La violence.

Il s'approcha encore et poursuivit d'une voix plus suave :

— La passion, la séduction, même l'amour. Elle figure sur les drapeaux de la plupart des puissants empires. Parallèlement, dans nos cultures européennes, elle délimite les quartiers dans lesquels nous nous efforçons de contenir nos vices. Lorsque nous sommes amoureux, nous offrons des roses rouges, et nous voyons rouge quand, dans un accès de rage, nous nous apprêtons à prendre une vie. Pourquoi, selon vous ?

Décontenancée, Francesca ne répondit pas.

— Vous l'avez même emprunté pour votre surnom, me dit-on, vous et vos Rebelles rouges.

Francesca refoula un élan de panique. Bien qu'elle n'eût jamais caché sa relation avec les Rebelles, elle ne la criait pas non plus sur tous les toits.

S'il était au courant pour les Rebelles rouges, c'était qu'il la surveillait, qu'il écoutait les rumeurs à son sujet.

Jusqu'à quel point ?

Comme si elle ne le savait pas déjà, elle demanda :

— Pourquoi vous cacher derrière ces masques ridicules si vous ne faites rien de mal ?

Les doigts de Kenway se resserrèrent autour du pied de sa coupe. C'était la première fois qu'elle le voyait manifester une émotion.

— Nos masques ridicules, comme vous dites, nous rappellent que, sous le vernis de la civilisation, l'être humain reste un animal. Or, tous les animaux partagent certains traits primitifs.

— Lesquels ?

Son ton désinvolte masquait son excitation. Allait-elle enfin obtenir des réponses ?

— Notre premier instinct est celui de la survie, déclara-t-il. Ceux qui détiennent le pouvoir convainquent les masses qu'elles survivent grâce à eux, qu'ils les aident, qu'ils sacrifient les intérêts de quelques-uns pour le bien du plus grand nombre et patati et patata... En réalité, ils contrôlent nos vies, nous pressent comme des citrons. Ils nous volent notre essence, ce que nous sommes sous notre forme la plus sincère et la plus brute.

— Et que sommes-nous ? murmura-t-elle.

— Ma chère Francesca, nous sommes le désir.

Déçue, elle laissa échapper un long soupir.

— Le désir ?

— Oui, nous sommes des êtres d'appétits et de besoins.

Francesca serra les mâchoires et les poings.

— Vous parlez de luxure ? Ne me dites pas que vous avez organisé tout ce tralala pour inviter un groupe de pervers à une simple orgie à la romaine.

Elle avait parlé d'un ton désabusé, comme si elle considérait sa venue ici comme une perte de temps, comme si elle avait participé à tant de ces orgies qu'elle en était dégoûtée.

Quel terrible gâchis ! Elle ne pouvait imaginer que tous les habitants du manoir de Mont-Claire aient été massacrés à cause des aventures sexuelles du comte et de la comtesse.

C'était une tragédie risible.

— Il s'agit de bien plus que cela, insista Kenway. Nous avons des pulsions, Francesca. Des instincts que les conventions sociales nous contraignent à étouffer. Que sommes-nous derrière ces carcans qui nous enferment ? Des carnivores impénitents. Des prédateurs. Nous avons soif de pouvoir, de gloire, de sang. Et, oui, de sexe aussi. Nous désirons du plaisir et une descendance. L'immortalité.

Un frisson tempéra la frustration de Francesca.

— Et vous avez convaincu ces gens que vous leur donneriez cette... liberté ? Pour en faire quoi ?

— Non. Ce Conseil existait bien avant que je le rejoigne et me hisse à son sommet. Non, Francesca, mon rôle ne consiste pas à donner à ces gens cette liberté, mais à les entraîner à la prendre.

— Pardon ? demanda-t-elle, atterrée.

— Si je vous désirais, qu'est-ce qui m'empêcherait de vous prendre, ici, tout de suite ? Croyez-vous que ces gens lèveraient un petit doigt pour me retenir ?

Scrutant la salle, elle remarqua que certains des convives faisaient mine de ne pas les voir alors que d'autres les écoutaient sans se cacher.

Glissant les doigts sous sa cape, elle trouva les sangles autour de son bras sous lesquelles elle avait glissé un poignard.

— Moi, je vous en empêcherais, répondit-elle fermement.

Le regard de Kenway s'illumina sous son masque.

— Je sais. C'est pourquoi vous êtes ici.

— Vraiment ?

Elle s'efforça de feindre l'indifférence et de ne pas s'inquiéter du fait que les cerfs blancs s'étaient encore rapprochés.

Kenway se glissa derrière elle.

— Je me demande si vous êtes digne du nom que vous revendiquez.

— Je vous assure que, quand j'en aurai terminé ici, j'aurai pris exactement ce qui me revient.

Elle lui prendrait tout, elle se l'était promis.

— Vous avez déjà tant pris, comtesse. Vous vous êtes forgé une sacrée réputation...

Avec une pointe de tristesse, elle pensa à Chandler et à sa remarque insultante sur le nombre de ses amants. Comme elle l'avait déçu ! Et comme il l'avait déçue...

Kenway se pencha en avant et lui glissa à l'oreille en désignant l'assemblée d'un geste :

— C'est le désir qui vous anime, Francesca. Comme nous tous.

— Vous n'avez pas la moindre idée de ce qui m'anime, rétorqua-t-elle.

— Oh, j'ai ma petite idée.

Il fit signe aux hommes en cape blanche d'approcher.

— J'ai invité la tentation pour vous ce soir, afin de vous montrer à quoi pourrait ressembler votre vie. Si vous étiez mon épouse, je vous autoriserais toutes sortes de libertés.

— Vous m'autoriseriez ? répéta-t-elle d'un ton acerbe.

— Je vous encouragerais, corrigea-t-il. Je vous inciterais à prendre ce que vous voulez, à satisfaire vos désirs, à les partager avec moi. Vous feriez partie d'un mouvement, d'un changement de société si extraordinaire qu'après cela, le monde ne sera jamais plus pareil.

Juste ciel, il n'était pas seulement maléfique, il était fou à lier. Ils l'étaient tous.

— Je n'aime pas… satisfaire mes désirs en public, répondit-elle.

— Vous n'en aurez pas besoin, assura-t-il. Pas après cette petite démonstration de dévotion.

Elle déglutit péniblement.

— Une démonstration ? De quel genre ?

— Pensez à la vie des animaux, comtesse. Vous êtes une excellente cavalière, m'a-t-on rapporté. Vous connaissez bien les chevaux ?

— Un peu, répondit-elle prudemment.

— L'étalon se soucie-t-il de pedigree lorsqu'il monte une jument ? Lui demande-t-il sa permission ? Lui importe-t-il qu'on les regarde pendant qu'il la saillit ?

De plus en plus mal à l'aise, Francesca n'osait deviner où il voulait en venir.

— La plupart des créatures se soucient-elles de pudeur ? poursuivit-il. Se préoccupent-elles des sentiments de leurs proies ? L'aigle se sent-il coupable de dévorer un adorable écureuil ? Le lion ne chasse-t-il pas ses enfants afin que son royaume ne soit jamais remis en question ?

Elle s'efforça de rester calme et de ne pas prendre ses jambes à son cou.

— D'aucuns vous répondraient que nous sommes des êtres plus évolués et que nous nous sommes hissés au-dessus de ces instincts de base, répondit-elle.

Les hommes en blanc sortirent de la masse des convives et s'approchèrent de l'estrade, formant une harde de cerfs.

— Certes, dit Kenway. D'autres diraient que nous sommes les prédateurs au sommet de la chaîne alimentaire. Que, tels des dieux, nous serions capables de prouesses insurpassables si nous n'étions pas entravés par les mythes du passé et par ceux qui veulent nous maintenir à genoux.

— La monarchie, vous voulez dire ?

Il hocha la tête.

— La monarchie, ou les républiques. L'Église. Tous les prophètes, les chefs de guerre ou les prostitués qui exigent qu'on s'incline devant eux. Qu'on s'agenouille.

Il revint dans le champ de vision de Francesca tandis que les cerfs formaient un demi-cercle autour d'elle.

— Quand vous êtes-vous agenouillée devant quelqu'un pour la dernière fois ? demanda-t-il.

Jamais, et elle n'était pas près de commencer.

Il effleura un motif sur son masque du bout de l'index, tel un lion tendre faisant la cour à une renarde.

— Savez-vous qu'il n'y a jamais eu de femme dans la triade qui dirige le Conseil ? Il est temps que cela change.

— Pourquoi me choisir alors que je n'ai jamais suivi personne ? demanda-t-elle. Je ne suis pas l'une de vos adeptes.

— C'est peut-être pour cela que j'ai pensé à vous.

Il lui ajusta sa capuche en laissant ses doigts glisser à travers sa chevelure. Elle se retint de reculer.

— Vous êtes assez intrépide et rompue aux usages du monde pour diriger, et assez jeune pour durer. Ce Conseil stagne car il est peuplé de trop de vieillards. En outre, pour être honnête, j'ai besoin d'un héritier pour le titre de comte de Devlin depuis que le dernier m'a fait faux bond.

Francesca ne put retenir un hoquet choqué. Comment pouvait-il parler de cette manière de ses enfants morts ?

— Vous avez une décision à prendre cette nuit, Francesca. Vous pourriez faire le premier pas pour devenir la comtesse la plus puissante du monde. Ou... la tragédie de Mont-Claire pourrait devenir complète.

Cela avait le mérite d'être clair : accepter son offre ou mourir.

Les êtres maléfiques appelaient ce genre de choix une liberté, et les imbéciles les croyaient.

— Que dois-je faire ? demanda-t-elle.

— Uniquement regarder. Après quoi, vous devrez décider.

Regarder quoi ? Décider quoi ?

Il fit un signe aux cerfs. Deux d'entre eux sortirent du rang pour ouvrir une grande double porte donnant sur un couloir sombre. Un lourd silence se répandit dans la salle. Francesca était persuadée que tout le monde entendait les battements effrénés de son cœur.

Elle n'avait aucune idée de ce qui allait sortir de ce couloir, mais elle ne s'attendait certainement pas que ce soit le lord chancelier.

S'était-il évadé ? Avait-il été livré à cet homme dangereux et puissant par des agents infiltrés dans les services secrets ?

Bien qu'elle méprisât sir Hubert, elle ressentit une pointe de compassion son égard. Non qu'elle lui eût pardonné ses crimes innommables ; il était simplement pitoyable. Voir un homme qui avait occupé un poste presque aussi important que celui de Premier ministre, un homme qui avait imposé son autorité sur toutes les cours de justice de Grande-Bretagne, mis à nu et avili à ce point vous retournait le cœur.

En dépit de son grand âge, il avait un corps de nourrisson, mou et rondelet, avec des plis de chair aux articulations. Il marchait sans chaînes ni menottes. Les cerfs ne le touchaient pas, et il semblait les guider lui-même vers l'estrade. Le Conseil cramoisi s'écarta pour le laisser passer, puis resserra les rangs dans son sillage, telle une mer Rouge formant des remous autour d'un navire qui sombrait.

Francesca était à la fois inquiète et perplexe. Elle toucha de nouveau le couteau attaché à son bras et attendit de voir ce qu'il se passerait.

Le lord chancelier prit la parole le premier.

— En tant que membre de la triade, je me prosterne devant vous et me soumets à la volonté de la nature. Notre vocation est de chasser les faibles, d'écarter de notre présence ceux qui ont failli. J'ai mis en danger le Conseil, j'ai profané ses principes. Ce faisant, j'ai été condamné par les lois du royaume à le payer de ma vie.

— Quel est ton désir ?

La voix de Kenway se répercutait dans la pièce, semblant venir de plusieurs directions à la fois.

— Je m'offre à la place des sept sacrés. Je serai le vecteur de la dévotion, le lien qui unit notre Conseil. Mes actes renouvelleront notre serment au *predonius primus*.

Francesca fouilla dans son latin. « Le prédateur suprême. »

Kenway se tourna vers l'assemblée.

— Les actions de cet...

Il s'interrompit pour lancer un regard méprisant à sir Hubert.

— ... de cet homme nous ont volé nos sacrifices. Le rite de la dévotion a toujours été le sacrifice de l'innocence, un sacrifice de sang. Aujourd'hui, hélas, nous n'aurons que le sang, l'innocence étant hors de votre portée, Hubert. Néanmoins, vous offrez autre chose pour vous racheter.

Vraiment ? Francesca suivait la scène en retenant son souffle. Le lord chancelier ne possédait aucune qualité rédemptrice. Il avait été un rouage dans la machine qui avait provoqué le massacre de

Mont-Claire. Il avait capturé des adolescentes et les avait enchaînées tels des chiens dans des caves sous l'établissement de Cecelia. Durant son mandat, il avait perverti la justice du royaume pour servir ses propres intérêts. Les siens et, vraisemblablement, ceux du Conseil cramoisi.

Qu'il soit pendu n'aurait pas empêché Francesca de dormir.

Alors pourquoi la perspective de le voir mourir lui faisait-elle mollir les genoux ?

— Au lieu d'innocence, vous nous offrez l'influence. Puisse votre sacrifice suffire.

— Qu'il en soit ainsi, murmura Hubert.

Il baissa la tête, et Kenway posa une main sur son crâne, tel le pape bénissant un suppliant.

Francesca se prépara au pire. Allait-il se poignarder ? Commettre une sorte de seppuku devant une assemblée de curieux ?

Kenway allait-il l'assassiner devant tout le monde ?

Elle était censée regarder. Supporterait-elle d'assister à un meurtre ? À un suicide ?

Elle ne pouvait plus reculer, désormais. Elle était totalement seule.

Soudain, Chandler lui manqua. Même s'ils n'étaient d'accord sur rien, il aurait lutté à ses côtés. Elle n'en doutait pas.

Kenway sortit un poignard de sa cape et le tendit au lord chancelier, qui le prit presque avec gratitude.

Francesca rassembla son courage. Elle avait su que cette soirée serait étrange et dangereuse. C'était le moment qu'elle avait attendu et redouté : elle allait être témoin d'un événement qu'elle pourrait plus tard utiliser contre eux. C'était ce que faisaient les infiltrés.

Et elle devait se taire.

Le lord chancelier pressa la lame sur son avant-bras et l'entailla. Certains dans l'assistance eurent un sursaut d'effroi, les autres se contentèrent de regarder sans réagir le sang couler.

Sir Hubert porta ensuite son bras blessé à sa poitrine molle et pâteuse, et dessina avec son sang ce que Francesca identifia comme un serpent à trois têtes. Lorsqu'il eut fini, une jeune servante apporta un bandage avec lequel elle comprima sa plaie superficielle, puis deux cerfs reprirent le poignard au lord chancelier avant de l'escorter jusqu'à la porte.

Ils ne le suivirent pas. Une fois la porte refermée, ils revinrent prendre place dans le demi-cercle devant elle.

« Tu parles d'un sacrifice ! » pensa Francesca en levant les yeux au ciel.

Elle poussa un soupir mi-soulagé, mi-dépité tandis que l'orchestre de chambre se remettait à jouer une mélodie apaisante.

Au moins, elle n'avait pas eu à assister à la mort de quelqu'un.

— Je vous sens déçue, comtesse, lui glissa Kenway à l'oreille. N'était-il pas votre ennemi ?

Francesca se tint sur ses gardes ; une mauvaise réponse pouvait la trahir.

Il lui épargna ce dilemme en poursuivant :

— Que lui auriez-vous fait ? L'auriez-vous remis dans la cage d'où nous l'avons sorti ?

Elle frémit de rage en songeant aux jeunes filles innocentes qui avaient été séquestrées pendant des semaines alors que le lord chancelier était de nouveau libre.

— Auriez-vous voulu qu'il soit pendu ? demanda Kenway avec une joie malicieuse. Qu'il soit placé devant un peloton d'exécution ? Dites-moi, Francesca, quels sont vos désirs les plus sombres ? Voudriez-vous le voir mourir de la même mort que votre famille ?

Avec une pointe de terreur, elle comprit que Kenway savait. Il savait qu'elle s'était introduite dans la prison du lord chancelier et l'avait interrogé. Ce qui signifiait qu'il savait également ce que le lord chancelier lui avait révélé.

Il était plus que jamais crucial qu'elle affiche une totale indifférence.

— Ce qui arrivera à sir Hubert m'importe peu, répondit-elle d'un ton désinvolte. Jetez-le aux chiens si vous voulez. J'ai d'autres préoccupations.

— À savoir ?

Elle désigna d'un geste les serviteurs nus.

— La condition de ces hommes et de ces femmes. Qu'ont-ils fait pour que vous les avilissiez et les rabaissiez ainsi ? Subirai-je le même sort si j'accepte votre offre ? Est-ce ainsi que je devrai montrer ma dévotion ? Si tel est le cas, vous serez déçu.

Il émit un petit rire sans joie sous son masque. Elle aurait aimé le lui arracher pour voir la malveillance dans ses yeux.

— Ma très chère, ces gens seront toujours des proies. Ils s'offrent parfois aux puissants, et nous les tolérons. Ce sont nos aspirants. Ils s'agenouillent de leur plein gré devant nous afin que, lorsque nous prendrons le pouvoir, ils soient à nos côtés plutôt que sous nos pieds. C'est leur manière de manifester leur dévotion. Vous montrez la vôtre en assistant à ce que vous avez vu ce soir et en n'en parlant à personne.

Devant eux, les convives s'agitaient, pris d'une nouvelle excitation. De petits groupes se formaient, têtes rapprochées, échangeant des conciliabules.

Ses parents avaient-ils eu un lien avec ces réunions ? Avaient-ils été comme ces serviteurs ? Cette idée lui soulevait le cœur.

— À présent, ma chère, préparons-nous pour la prochaine nuit, déclara Kenway.

— La prochaine ?

— Pour ce rituel en trois parties, nous nous réunissons trois nuits de suite tous les trois ans. Naturellement, le travail le plus important se fait en dehors de ces murs. Toutefois, trois est un chiffre de bon augure. J'avoue que la deuxième nuit est ma préférée.

Elle osa à peine demander :

— Que se passe-t-il la deuxième nuit ?

Il posa les mains sur ses épaules et la fit pivoter vers le demi-cercle de cerfs en annonçant :

— Le thème de la deuxième nuit est... le désir.

Il fit un geste derrière elle et, sur son ordre tacite, tous les hommes à tête de cerf laissèrent retomber leurs capes blanches à leurs pieds, dévoilant les corps de sept demi-dieux.

Francesca resta sans voix.

Ils étaient tous plus superbes les uns que les autres. C'était une débauche de virilité ; non, un assaut de beauté sauvage. Leurs muscles parfaitement ciselés luisaient dans la faible lumière, créant des sillons et des ombres mouvantes à chaque respiration. Il y en avait des bruns, des blonds. Plusieurs avaient le crâne rasé. Certains étaient grisonnants, avec un corps qui semblait coulé dans le bronze. D'autres, plus jeunes, avaient des formes lisses, comme sculptées dans le marbre. Tous, observat-elle en baissant les yeux, étaient en érection.

À l'évidence, ils la désiraient tous.

Sur un point au moins, Kenway avait eu raison : ce pouvoir était grisant.

Elle avait encore du mal à comprendre ce qui lui arrivait lorsque Kenway la poussa doucement en avant.

— Ils sont là pour vous, comtesse. Pour vous séduire et vous donner du plaisir. Ils montreront leur dévotion en se soumettant à tous vos caprices. Choisissez ce que vous voulez, qui vous voulez et, demain, il sera ou ils seront à vous. Aucune débauche ne vous sera refusée, et si vous ne trouvez pas votre bonheur parmi eux, nous en ferons venir d'autres pour vous. Ceci n'est que le premier d'une...

Francesca leva une main pour l'arrêter.

Il s'interrompit aussitôt.

Le silence retomba dans la salle. On entendait à peine un bruissement de vêtement.

Tout, dans cette soirée, était totalement, profondément aberrant. Ces gens avaient abandonné toute humanité. Leur philosophie était perverse. Cependant, elle devait accomplir sa mission jusqu'au bout.

Elle avait su immédiatement qui elle choisirait.

Qui elle voulait.

Lui. Le troisième cerf en partant de la gauche. Il était celui qu'elle pouvait sentir dans une pièce noire de monde. Il était le picotement dans sa nuque.

Il n'était pas le plus grand, ni le plus musclé. Il était parfait. C'était l'homme de Vitruve aux proportions idéales. Son corps avait été modelé dans une argile différente des autres, peut-être volée sur le mont Olympe. Lorsque les grands maîtres peignaient des dieux et des héros des mythes et légendes, c'était lui qu'ils choisissaient comme modèle.

Pour vérifier son hypothèse, Francesca toucha quelques-uns des hommes devant lesquels elle passait, faisant mine d'admirer la puissance d'une épaule, la fermeté d'une mâchoire.

Chaque fois qu'elle faisait une halte devant l'un d'eux, le cerf qui avait retenu son attention se tendait un peu plus et ses poings se serraient.

Lorsqu'elle s'arrêta enfin devant lui, elle était presque sûre d'avoir vu juste.

Silencieuse, elle laissa courir ses doigts le long du galbe élégant de son bras, puis elle prit sa main.

Il se laissa faire, bien qu'elle sentît son hésitation dans la rigidité de ses muscles.

Elle ouvrit sa paume.

Chandler.

Elle suivit le contour de sa cicatrice du bout d'un ongle, puis releva les yeux vers lui. C'était un bon espion. Il était parvenu à infiltrer la réunion du Conseil. Comme elle.

Pour avoir lutté avec lui, elle savait déjà qu'il était dans une forme spectaculaire. Mais elle ne s'était pas attendue à une beauté aussi parfaite.

Il la fixait d'un regard dur à travers les fentes de son masque recouvert d'une fine étoffe iridescente. Elle n'avait pas peur de lui.

Ils portaient tous deux des masques depuis qu'ils s'étaient retrouvés. Elle ne pouvait jamais lire ses pensées, et il ne devinait rien de ses émotions. En réalité, elle ignorait tout de lui. Tout ce qu'elle savait, c'était qu'elle le désirait.

La peau de Chandler répondait à son contact, sa chair se hérissant sous ses paumes. Ses muscles sursautaient et se réchauffaient partout où ses doigts s'aventuraient.

Lorsqu'elle baissa les yeux vers leurs mains jointes, elle ne put s'empêcher de remarquer un autre appendice. Épais et impressionnant, il se dressait droit vers elle au milieu de hanches étroites bordées de muscles longs.

Maintenant qu'elle l'avait choisi, le lendemain ils devraient...

— Excellent, déclara Kenway en s'approchant derrière elle.

Chandler se tendit encore plus, ses muscles saillant tels ceux d'un étalon prêt à bondir. Il paraissait si menaçant qu'elle faillit reculer d'un pas.

— La sélection est faite, annonça Kenway d'un ton satisfait. Vous recevrez une convocation et une carte pour vous rendre au prochain lieu de réunion.

Francesca lâcha la main de Chandler pour se tourner vers lui.

— Ce ne sera pas ici ? s'étonna-t-elle.

— Non, petite renarde. La coutume veut que le rituel se déroule dans différents lieux.

Elle se contenta de hocher la tête, presque étourdie de soulagement d'apprendre qu'elle allait quitter cette demeure.

Vivante.

Kenway commença à s'éloigner, puis il se retourna et ajouta :

— Vous pouvez en emmener un avec vous, si vous le souhaitez. Pas celui-ci, bien entendu, précisa-t-il en indiquant Chandler d'un mouvement du menton, mais, vous connaissant, vous voudrez un amuse-bouche avant le plat principal.

Il marqua une pause, puis déclara :

— À moins que vous ne préfériez passer la nuit ici. Avec moi.

Chandler faillit sortir du rang. Un son grave lui échappa, et Francesca paniqua. Sa main percuta le torse de Chandler, mais elle adoucit l'impact en laissant glisser ses doigts sur ses pectoraux dans une démonstration de désir qui n'était pas complètement une comédie. Elle lui adressa un regard implorant sous son masque, tout en sachant que cela ne servait à rien.

— Je préfère me retirer pour la nuit, déclara-t-elle. Nous devrions tous prendre du repos afin d'être en forme pour ce qui nous attend demain.

Si Kenway trouva sa réponse étrange, il n'en montra rien.

— Fort bien. Alors à demain, ma comtesse rouge.

Lorsqu'il sortit par la même porte qu'avait franchie le lord chancelier, le Conseil commença à se disperser sans hâte.

Sans un mot, Chandler suivit les autres cerfs qui sortaient à leur tour en file indienne, emportant avec lui l'impression de protection qu'elle avait ressentie en sa présence.

Elle s'attarda un moment, dans l'espoir vain qu'il reviendrait. Puis elle céda enfin à la petite voix en elle qui lui criait de filer et de quitter cet endroit maudit.

Elle suivit un couple qui s'en allait bras dessus, bras dessous dans un long couloir sombre. Un épais tapis étouffait les pas et les voix des convives qui se retiraient.

— Depuis qu'on a retrouvé ces filles, le Conseil est devenu trop secret, se plaignit la femme devant elle. Si tu veux mon avis, il pèche par excès de prudence. Cela va à l'encontre de nos principes, ne trouves-tu pas ?

— Peut-être, répondit son compagnon d'une voix fluette. Cependant, pense à toutes les calamités qui se sont abattues sur nos membres : Colfax, Murphy et bien d'autres. Sans parler du lord chancelier. Personnellement, je me fiche de ce qui lui arrivera. Le sort de ces pauvres filles m'a parfois perturbé, je l'avoue. Assister au sacrifice inutile de ces innocentes est une manière ingénieuse de tester notre dévotion, mais j'ai toujours été soulagé que ce soit bref et indolore.

Les filles dont il parlait avaient été enfermées dans les caves de la maison de jeu adjacente au domaine de Kenway avant d'être sauvées par Cecelia et Ramsay. Les Rebelles rouges avaient toujours pensé qu'elles étaient destinées à satisfaire les perversions d'hommes puissants.

Apparemment, un sort encore pire les attendait. Une mort sacrificielle, peut-être.

— Taratata, le réprimanda son épouse. Ces filles n'étaient que de petites émigrées et des gamines de l'East End. Elles ne valaient rien. Le lord chancelier faisait partie de la triade, lui. S'il peut être expulsé aussi facilement, nous avons du souci à nous faire pour nos têtes.

Francesca se retint d'intervenir. Le lord chancelier avait de la chance de s'en sortir vivant.

Pour le moment. Elle veillerait à ce que tous ces pervers paient pour leurs crimes. Le lord chancelier serait le premier sur sa liste.

— Nous ne protégeons pas nos têtes, ma chère, répondit le mari. Nous sautons à la gorge de nos proies.

— Absolument.

La femme tapota le bras de son époux tandis qu'ils franchissaient une porte étroite donnant sur les jardins au fond desquels le portail était entrouvert.

Francesca était sur le point d'arracher les yeux de cette mégère quand des bruits dégoûtants attirèrent son attention vers une grille sur sa gauche.

Derrière des barreaux en fer forgé, une meute de limiers se disputaient de la chair fraîche.

— Je suppose que nous aurons besoin d'autres sacrifices à l'avenir, déclara la femme en observant le spectacle derrière son masque de blaireau.

Elle se tourna vers Francesca. Son compagnon au masque de faucon l'imita.

— On se demande quelle nouvelle dynamique une femme apportera à la triade, ma chère. Surtout maintenant que notre *primus* vous a choisie et vous a rendu un tel hommage.

Incapable de répondre, Francesca s'approcha de la grille. Elle enroula ses doigts glacés autour des barreaux.

Un hommage ?

Le sang coulait en rigoles entre les pavés. Des crocs arrachaient un dernier lambeau de chair d'un fémur.

Elle dut déglutir plusieurs fois pour ne pas vomir.

Qu'avait-elle dit avec une telle désinvolture lorsque Kenway lui avait demandé ce qu'elle voulait que l'on fasse à l'infâme lord chancelier ?

Jetez-le aux chiens.

16

Encore hébétée par les événements de la nuit, Francesca se changea sous la tente puis sortit du domaine d'un pas chancelant. Sa voiture l'attendait non loin, dans l'allée qui menait aux ruines du manoir de Cecelia. Bien que la reconstruction de l'École de Mlle Henrietta ait commencé, tous les gravats n'avaient pas encore été déblayés.

Londres semblait plus sombre, cette nuit, silencieuse et sinistre, les bruits étouffés par la fraîcheur mordante de l'automne. À moins que ce ne soit son imagination.

Peut-être ne voyait-elle que le paysage en elle. Elle était à la fois tempête et désert. Un orage sans vent.

Pourtant, elle avait atteint son but. Elle avait infiltré l'ennemi et séduit son chef. Si elle tenait bon, elle parviendrait à les briser. À condition de ne pas être brisée la première.

Le halo blafard des réverbères à gaz projetait plus d'ombres que de lumière. Elle tenait fermement le manche de son poignard, sur ses gardes.

Lorsque des mains puissantes l'attrapèrent par les épaules et l'attirèrent derrière le mur en pierre qui ceignait la propriété de Cecelia, elle réagit au quart de tour. En un clin d'œil, son agresseur se retrouva avec une lame sous la gorge.

— Frank, ma chérie, dit doucement Alexandra. Tu me rendrais un grand service en n'égorgeant pas le père de mon futur enfant.

Francesca s'arracha des mains du duc de Redmayne et lui lança un regard noir.

— Je lacérerai le joli côté de votre visage si vous tentez de nouveau de m'attraper par-derrière.

Il lui répondit par un de ses rares sourires et lui montra le poteau en pierre qu'elle aurait percuté s'il ne l'en avait détournée.

— Je vous en prie, dit-il avec un sarcasme appuyé.

Il n'était pas question qu'elle le remerciât tant qu'il affichait cet air satisfait.

Elle se tourna vers les Rebelles rouges, refusant de leur montrer à quel point elle était soulagée de les voir.

— Je vous avais interdit de m'espionner, gronda-t-elle. Et en outre, vous avez amené ces deux brutes ? Si je suis démasquée par votre faute, je vous jure que...

Cecelia la prit dans ses bras comme une sœur perdue de vue depuis longtemps.

— Nous étions tellement inquiètes, Frank. Tous ces gens qui déambulent dans le noir...

Ils se tournèrent tous vers le domaine voisin et observèrent en silence les derniers convives qui s'éloignaient dans la nuit de Mayfair.

— Que s'est-il passé là-dedans ? demanda enfin Cecelia.

Francesca recula et heurta Ramsay, qui s'écarta prudemment. Ramsay, célibataire endurci jusqu'à sa rencontre avec Cecelia, ne touchait jamais une autre femme que la sienne.

Dans la faible lumière qui filtrait entre les nuages, Francesca contempla les quatre visages tournés vers elle qui la regardaient d'un air interrogateur.

Devait-elle leur dire ? Devait-elle avouer à Ramsay que le lord chancelier était mort, sans doute à cause d'elle ?

Ses amis étaient des personnages puissants. Redmayne possédait l'un des titres les plus anciens du royaume. Quant à Ramsay, il siégeait au sommet de la magistrature, et l'on parlait de lui comme du prochain lord chancelier. Alexandra était l'une des rares femmes au monde à détenir un doctorat en archéologie, et Cecelia était une riche et brillante femme d'affaires qui détenait assez de secrets pour faire tomber, à elle seule, le Conseil cramoisi.

Sauf que la douce Cecelia était incapable de faire du mal à quiconque, même sans le vouloir.

Oui, ils étaient redoutables... et, pourtant, ils ne feraient pas le poids face à la foule qu'elle avait vue ce soir. Ils n'avaient pas une armée de fidèles et ne possédaient pas cet instinct de tueur qui vous poussait à assassiner toute une famille sur un coup de tête.

Non, elle devrait s'en charger seule. Elle... et Chandler.

C'était devenu leur destinée de nombreuses années plus tôt, lorsqu'ils s'étaient cachés ensemble dans une cheminée.

— Était-ce le Conseil cramoisi ? demanda Ramsay. Cela ressemble à n'importe quelle soirée se terminant tard dans la nuit.

Francesca hocha la tête.

— Promettez-moi de ne rien faire. Je suis parvenue à m'introduire parmi eux, mais j'ai besoin de temps. Patientez encore un peu.

— Jamais de la vie ! grogna Ramsay.

Cecelia plaqua une main sur les lèvres de son futur époux avant qu'il se mette à rugir, et Francesca s'empressa d'ajouter :

— J'ai découvert quelque chose, dit-elle. Nous pensions qu'ils comptaient exploiter les jeunes filles enfermées dans les caves de l'École de Mlle Henrietta pour satisfaire leurs besoins sexuels. Or, il semblerait que leurs projets soient plus occultes. Peut-être des sacrifices humains.

— Quoi ? s'exclama Cecelia en portant une main à son cœur.

— Ces fumiers ne méritent pas de vivre, s'emporta Redmayne. Donnez-nous des noms, et nous les traquerons. Cette nuit, s'il le faut.

Francesca secoua vigoureusement la tête.

— Ils sont trop nombreux.

Elle se tourna vers Ramsay.

— Je vous dirai tout, mais nous devons attendre demain.

— Que se passera-t-il demain ? demanda Alexandra.

— Une sorte de rituel qui se déroulera ici, dans le manoir de Kenway.

Elle rassembla les Rebelles autour d'elle, comptant sur elles pour contrôler leurs hommes.

— Je sais ce que je fais. Ayez confiance en moi.

— La confiance n'est pas dans ma nature, rétorqua Redmayne. Vous devrez nous donner plus que cela.

Cecelia – cette chère Cecelia, toujours fidèle et vaillante – prit la défense de son amie.

— Vous pouvez vous fier à Frank. Il n'existe pas d'âme plus droite au monde.

Elle se pencha et embrassa Francesca sur la joue. Elle sentait le chocolat, le vin et l'espoir.

— Nous serons ici demain soir, promit-elle.

— Pardon, Ramsay et moi y serons, corrigea Redmayne. Alexandra et vous resterez en lieu sûr, loin de ces individus capables de trucider des fillettes, et de nous, qui devrons peut-être les tuer.

— Jamais de la vie, répliqua Cecelia. Nous viendrons.

— Nous vous enfermerons s'il le f…

Alexandra posa une main sur le bras de son mari.

— Nous n'avons jamais laissé une Rebelle rouge courir un danger sans l'accompagner. Nous n'allons pas commencer maintenant.

Bien qu'elle eût parlé d'une voix douce et calme, son ton était définitif.

— Bien, alors à demain.

Francesca les salua, puis tourna les talons et se dirigea vers sa voiture d'un pas pressé.

Que Dieu bénisse Cecelia pour sa confiance aveugle. Qu'Il bénisse Alexandra pour son indéfectible loyauté.

Car elle venait de leur mentir afin de s'assurer qu'elles ne seraient pas dans les parages du Conseil cramoisi le lendemain soir.

17

Le vent fusait dans les rues de la capitale endormie, soufflant en rafales d'un côté puis de l'autre avec le désordre chaotique d'une bataille. Il charriait les odeurs du fleuve, des usines, des boulangeries et des feux de cheminée. Des effluves tantôt fétides, tantôt agréables.

Tapi devant la demeure de Francesca, le Démon du Dorset les reconnaissait tous.

D'une gaieté presque provocante, la maison se détachait sur la toile de fond morne et austère de la nuit. De petites lampes brillaient derrière les fenêtres qui donnaient sur la rue. Il se demanda si Francesca les avait allumées pour donner l'illusion que la maisonnée se tenait sur le qui-vive.

Bien que dotée d'un jardin spectaculaire, cette maison était modeste pour ce quartier huppé du West End. Elle datait probablement d'avant la dynastie des Tudors et avait été amoureusement entretenue au fil des générations.

Avant d'approcher, il attendit que l'orage imminent lui remette les idées en place. Les gémissements et les rugissements du vent faisaient écho à la tourmente en lui. La fureur et la peur bouillonnaient dans son esprit et ses veines telle une tempête déclenchée par les dieux.

À cause d'elle.

Elle n'aurait jamais dû assister au rituel de cette nuit. Elle n'aurait jamais dû laisser Kenway la toucher. Chaque regard que cette crapule portait sur elle était un blasphème. Chandler se serait damné plutôt que de laisser la vilenie de cet homme la souiller.

Si seulement il pouvait faire comprendre à Francesca...

Ce soir, elle avait entrevu la noirceur de l'âme de Kenway. Cependant, elle ne pouvait imaginer l'ampleur de son abjection. Elle n'en avait jamais été témoin.

Contrairement à lui.

Il ferma les yeux et inspira profondément. Parfaitement immobile, il devint pierre. Lourd, dur, submersible. S'il tombait dans le vert des yeux de Francesca, il sombrerait.

Il se noierait.

En revanche, le vent aurait beau souffler et rugir, il ne le ferait pas bouger d'un pouce.

Pour Chandler, la tempête était moins dangereuse que la demeure de Francesca.

Et pourtant...

Il devait l'arrêter avant qu'elle gâche tout. Avant qu'elle le détourne de son objectif alors qu'il était si près du but.

Machinalement, il frotta son bras là où elle l'avait touché, puis ouvrit la main et examina sa paume à la lueur du réverbère. L'unique cicatrice qu'il n'avait jamais regrettée.

Il n'avait pas pensé qu'elle accorderait une telle importance à cette marque du passé. Peut-être était-ce parce qu'il avait mêlé son sang à celui de son frère Ferdinand, ou parce que cette cicatrice lui rappelait sa mission.

Une mission à laquelle il devait mettre un terme. Cette nuit.

Il lui flanquerait la peur de sa vie. Il lui dirait toute la vérité, s'il le fallait. Si c'était vraiment indispensable.

Qu'il avait été autrefois un innocent sacrifié sur l'autel de Kenway.

Que le Conseil cramoisi ne lui avait pas tout pris une fois... mais deux fois.

Il s'approcha de la demeure et vérifia d'abord les portes et les fenêtres du rez-de-chaussée. Il constata avec satisfaction qu'elles étaient plus inviolables que les culottes d'une religieuse. Francesca n'était donc pas complètement folle. Elle se montrait si audacieuse qu'il avait commencé à se demander si elle n'avait pas perdu tout instinct de survie.

Il contourna la maison et examina la façade. Satisfait, il sortit deux pics d'escalade et commença à grimper, plantant ses pics dans le mortier entre les briques et sous le lierre. Il se hissa à la force des poignets, attendant chaque fois qu'une rafale de vent couvre les bruits qu'il faisait.

Lorsqu'il atteignit le balcon du premier étage, il crocheta la porte-fenêtre et se glissa à l'intérieur en veillant à ne pas se prendre les pieds dans les voilages blancs qui s'enroulaient autour de lui tels des esprits.

Le balcon appartenait à une chambre d'amis. Il traversa la pièce sur la pointe des pieds en évitant les meubles et sortit dans le couloir.

La maison de Francesca avait une odeur à part. Il y flottait des senteurs d'herbes et de terre. S'il avait eu les yeux bandés, il aurait pu se croire dans le repaire d'une sorcière, où des décoctions aromatiques magiques bouillonnaient sur le feu dans une marmite.

Quelques nuits plus tôt, il avait mémorisé les plans de la maison, qu'il s'était procurés au cadastre. Au fond du couloir, il grimpa un escalier. La chambre principale donnait sur les jardins derrière la demeure et possédait son propre balcon, que Francesca avait protégé avec une cage bombée en fer forgé à l'aspect médiéval et hérissé de piques aussi décoratives que dissuasives.

Chandler avait un cœur solide et efficace. Il ne s'emballait pas sous l'effet d'une forte émotion.

C'était pourquoi il trouva humiliant d'être assourdi par ses battements frénétiques lorsqu'il colla l'oreille contre la porte.

Il inspira profondément, abaissa lentement la poignée et entra.

Il attendait que ses yeux s'accoutument à l'obscurité lorsqu'une lampe s'alluma avec un déclic et révéla sa proie.

Ou plutôt, Francesca, les genoux fléchis dans une position de combat, un pistolet dans une main, un couteau dans l'autre.

— Ah ! Je me doutais que c'était vous, dit-elle en abaissant ses armes.

— Vous comptiez me tuer ? demanda-t-il.

Elle déposa ses armes sur la table de chevet et répondit :

— Je n'étais pas sûre. Vous auriez pu être un assassin ou une mauvaise surprise quelconque.

Elle lissa la courtepointe du lit dans lequel elle ne s'était pas encore couchée et la tapota en l'invitant :

— Venez, asseyez-vous.

Il resta debout.

On comparait toujours les femmes à des créatures délicates, à des coquillages ou à des pétales de rose, à des objets que l'on pouvait facilement casser, écraser, jeter. Utiles, décoratifs, éphémères.

Si c'était le cas, Francesca Cavendish était une fleur en acier.

Chandler avait appris si jeune à haïr et à identifier les faiblesses des autres qu'il ne savait plus ce qu'était la confiance. C'était un cynique, un manipulateur et, quand la situation l'exigeait, un monstre.

Il ne regardait pas les gens, il les disséquait. Il fouillait leurs entrailles à la recherche des ficelles qu'il pourrait tirer.

Or il voyait cette femme comme un être entier. Elle était intrépide et sincère. Non contente de lui tenir tête, elle avait souvent une longueur d'avance sur lui.

Elle avait tressé ses cheveux en une natte qui retombait par-dessus son épaule telle une corde de soie. Elle portait une sorte de sarouel en satin vert sous une tunique qu'elle avait dû rapporter d'Extrême-Orient et qui lui donnait une allure à la fois féroce et féminine. L'étoffe ondulait et chatoyait à chacun de ses mouvements, moulant ses longues cuisses.

Chandler en oublia sa colère.

— Ce n'était pas la peine d'escalader mon mur, l'informa-t-elle en rangeant ses armes dans un tiroir. Si vous aviez sonné à la porte d'entrée, je vous aurais ouvert.

— Je voulais vous montrer comme il est facile de vous atteindre. J'avais besoin de vous faire peur.

— C'est votre coiffure qui m'effraie, si cela peut vous consoler.

Perplexe, Chandler lança un regard vers un miroir doré de l'autre côté de la pièce. Le vent avait ébouriffé ses cheveux, les faisant pointer dans tous les sens. On aurait dit qu'il avait enduit sa chevelure de pommade avant de laisser un chimpanzé le coiffer.

Il lissa ses cheveux en grimaçant, puis se tourna de nouveau vers elle d'un air mauvais.

— Comment pouvez-vous plaisanter après ce que vous avez vu ce soir ?

Le masque affable de Francesca glissa juste le temps de lui montrer qu'elle en portait un. L'émotion qu'il vit lors de ces quelques secondes lui suffit, et il passa à l'attaque :

— Allez-vous m'expliquer ce que vous faisiez chez Luther Kenway ?

— La même chose que vous. J'infiltrais le Conseil cramoisi.

Elle s'approcha d'un secrétaire et, cherchant un prétexte pour ne pas le regarder, se mit à tripoter quelques papiers.

Il la rejoignit en trois enjambées.

— Vous aviez omis de me dire qu'ils vous avaient invitée, Francesca.

Elle s'obstina à examiner les feuilles.

— Vous aviez négligé de m'informer que vous y seriez, rétorqua-t-elle.

Il se planta devant elle.

— Pourquoi vous l'aurais-je dit ? Vous n'êtes pas…

— Pas quoi ? l'interrompit-elle en examinant le verso d'un document. Un homme ?

— Un espion.

Il lui arracha le papier des mains et le jeta au sol.

— Bon sang, Francesca, regardez-moi !

Ce qu'elle fit enfin, avant de taper son torse du bout de l'index.

— Je pourrais l'être, vous savez. Je ferais une excellente espionne.

Il n'en doutait pas. Elle excellerait dans tout ce qu'elle entreprendrait.

— Je ne vous laisserais jamais faire.

— Pourquoi pas ?

— Parce que vous seriez terriblement malheureuse. Tout ce que je suis, tout ce que j'ai, est lié à ma profession. Je ne pourrai jamais avoir une épouse, des enfants. Cette possibilité m'a été retirée voici des années.

Les traits de Francesca se radoucirent.

— Je sais. J'y étais. Elle m'a été enlevée à moi aussi.

Non. Ce dont il parlait s'était passé avant Mont-Claire.

Il était né sous une mauvaise étoile. Il la voyait luire dans ses yeux alors qu'elle le dévisageait.

C'était comme une malédiction qui attendait de la lui prendre une seconde fois.

— Il y a sans doute bien des choses qui nous sont refusées, reprit-elle. Toutefois, nous pouvons tous deux nous venger. Ensemble.

Au lieu de reculer, elle avança vers lui et glissa les mains sous sa veste.

— Francesca, ne faites pas ça, l'implora-t-il en sentant aussitôt son corps réagir.

— Nous touchons au but, Chandler. Je le sens. Vous et moi, nous pouvons les abattre. Cela ne vous excite donc pas d'être si proche de la victoire ?

Elle lui caressa les côtes, lui arrachant un gémissement et un frisson de désir.

L'avoir vu nu semblait avoir allumé un feu en elle.

Il s'était demandé ce qu'elle avait pensé en voyant son membre raide dressé vers elle, tel celui d'un cerf prêt à entrechoquer ses bois avec tout autre mâle qui l'aurait désirée. Il aurait même affronté Kenway, et au diable les conséquences.

Que ressentait-elle maintenant qu'elle savait l'effet qu'elle lui faisait ?

Il prit ses poignets, les écarta de lui et les retint prisonniers afin de pouvoir réfléchir de nouveau.

— Vous ne pouvez pas y retourner demain.

— Bien sûr que si, répliqua-t-elle en se libérant. Kenway me prépare pour la triade. Voici l'invit…

Elle ramassa le papier qu'il avait jeté au sol, lui offrant une vue sur le satin de son pantalon étiré sur ses fesses.

Il ne s'était pas encore remis de ce spectacle lorsqu'elle se tourna vers lui en déclarant :

— Sans vouloir être injuste, ma position dans le Conseil est plus solide que la vôtre. Après tout, vous n'étiez qu'un cadeau pour les invités.

Avec un sourire coquin, elle souleva le cylindre du secrétaire et y rangea le papier.

— Vous ne pouvez pas y aller, insista Chandler.

— Pourquoi pas ?

— Parce que vous êtes...

— Parce que je suis une femme ?

— Cessez avec cet argument, Francesca, s'énerva-t-il. Vous n'imaginez pas...

Il lui tourna le dos et se passa nerveusement une main dans les cheveux, se décoiffant de nouveau.

— Vous n'imaginez pas la cruauté de cet homme, les abîmes de perversité dont il est capable. Après tout, il a probablement tué tous ceux que vous aimiez.

Elle plissa les yeux et s'avança vers lui.

— Parce que vous croyez que je l'ai oublié ? Vous vous imaginez être le seul à avoir tout sacrifié pour obtenir justice ? Je dois y retourner, Chandler. Il le faut. Je les hais. Ma haine est tout ce que j'ai et, tant qu'ils n'auront pas payé pour leurs crimes, je ne pourrai jamais tourner la page. Si vous ne vous sentez pas à la hauteur, alors c'est vous qui devriez vous retirer.

Un sentiment d'impuissance montait en lui. Il ne pouvait la contraindre à abandonner... et il ne supportait pas de la savoir en danger. Il caressa la courbe de sa joue du revers d'un doigt.

— Après ce que vous avez vu cette nuit, n'avez-vous pas peur ? demanda-t-il.

La mâchoire sous son doigt se durcit.

— Pas vous ?

— Bien sûr que si.

Sa réponse la surprit et, Dieu soit loué, la laissa un instant sans voix.

— La peur est la plus primitive des émotions, poursuivit-il. En revanche, comme vous le savez, la haine s'apprend. On la vit, on la sent, on la goûte.

Il s'approcha encore et prit son visage entre ses mains.

— Ma haine est plus forte que ma peur, Francesca. Je me suis fondu en elle. Je l'ai laissée courir dans mes veines comme mon propre sang. Ne faites pas de même. Je ne veux pas cela pour vous.

— Il ne s'agit pas de ce que vous voulez.

Son regard s'assombrit. Elle semblait hésitante et parut soudain beaucoup plus jeune.

— Le lord chancelier…, reprit-elle. Après son petit numéro avec la dague, je trouvais qu'il s'en tirait trop facilement. Je croyais…

Elle marqua un temps d'arrêt, en proie à une profonde émotion.

— Avez-vous vu les chiens ? Je ne voulais pas qu'il meure… pas de cette manière.

Il hocha la tête. Il avait vu les limiers et, en dépit de son mépris pour le lord chancelier, ce spectacle lui avait soulevé le cœur.

— C'est ce dont je vous parle, Francesca. Il n'est pas trop tard. Vous pouvez encore sortir de cet enfer. Je vous aiderai en…

Elle se précipita sur lui et plaqua ses lèvres contre les siennes. Ses doigts tirèrent sur sa chemise, arrachant les boutons dans leur frénésie.

— Non…

Chandler ne pouvait croire lui-même qu'il cherchait à l'arrêter.

— Vous voulez m'aider ? demanda-t-elle. Baissez votre pantalon.

Ce n'était pas l'envie qui lui manquait. Toutefois, la fébrilité de Francesca l'inquiétait.

C'était une réaction de peur. Voilà ce dont il s'agissait. Il était venu l'effrayer et y était parvenu.

Alors pourquoi se sentait-il coupable ? Après une vie de mensonges, le moment était sans doute venu de dire quelques vérités.

— Voulez-vous savoir ce que j'ai pensé en apprenant que vous étiez encore en vie ? demanda-t-il.

— Que je mentais.

— J'ai pensé… espéré… que, peut-être, vous aviez enterré le passé. Et moi avec. Je me suis dit que, si vous étiez réellement en vie et heureuse, je pourrais vous rendre visite quand je le voulais dans mes rêves. Tant que vous étiez heureuse, ce que je faisais en valait la peine.

Elle baissa le menton et lui lança un regard furtif avant de détourner la tête. Cela lui rappela la Francesca de sa jeunesse, une enfant timide au sourire adorable et au grand cœur.

— Je n'aurais pas dû attendre pour venir à vous, poursuivit-il. Vous m'avez rappelé ce pour quoi je me bats. Vous me donnez... non, vous me forcez à espérer. Pour conserver cet espoir et faire ce que j'ai à faire, j'ai besoin que vous soyez en vie et en sécurité. Vous êtes une femme rare et incroyable. Vous l'avez toujours été, et Kenway s'en rend compte.

Il caressa sa joue. Elle avait beau avoir une volonté d'acier, son corps était délicat. Sa chair pouvait être déchirée, ses os brisés.

— Je le connais, Francesca. Il veut vous broyer. Il l'a déjà fait. S'il vous arrivait quelque chose, je ne pourrais le supporter.

Elle esquissa un sourire tremblant, comme si elle était consciente que ses paroles auraient dû lui faire plaisir, alors qu'elles avaient l'effet inverse.

— Francesca, dit-il doucement. Écoutez-moi...

— Non, l'interrompit-elle en s'écartant brusquement. C'est vous qui allez m'écouter. Kenway n'est plus l'ennemi numéro un. Ils le sont tous. Faire tomber Kenway serait comme couper l'une des têtes de l'hydre. Il lui en poussera une autre. Nous devons pénétrer au plus profond du Conseil cramoisi, trouver ses racines et les arracher. Vous et moi. Si vous m'aviez cherchée plus tôt, vous m'auriez vue devenir celle que je suis aujourd'hui. Vous comprendriez que Francesca n'existe plus. Elle est morte, enterrée auprès de Chandler sous les cendres de Mont-Claire. Nous devons détruire le Conseil ensemble.

Cette fois, au lieu de venir à lui, elle tendit les mains, l'invitant à la rejoindre.

— Plutôt que de vous opposer à moi, luttez avec moi et je vous montrerai ce dont je suis capable.

Magnifique.

Il ne trouvait pas d'autre mot pour la décrire.

Elle avait été une ravissante petite fille, douce comme du sucre filé et aussi fragile qu'une tasse en porcelaine. Son éclat avait illuminé les ténèbres du jeune Chandler. Il n'avait pas osé la toucher, de peur de laisser des traces d'ombre sur sa perfection. Tout le monde les aurait vues. On l'aurait puni, à juste titre.

Aujourd'hui, tout avait changé. Elle n'était plus une sainte, elle était le péché. Elle n'incarnait plus la perfection mais le plaisir. Elle n'était plus interdite, elle était… le feu.

Elle était devenue l'élément même qui avait détruit son monde.

Soudain, peu lui importait de savoir combien d'hommes l'avaient possédée, car la réponse était : aucun.

C'était elle qui les avait tous possédés.

Elle était née murmure et était devenue cri. C'était une déesse dans un sarouel de satin vert. C'était Kali.

Elle le dévisageait avec un air de défi, affichant clairement son désir.

Dire qu'il avait craint qu'elle ne puisse supporter son poids, sa noirceur, son besoin.

Pour la première fois de sa vie, il avait peur d'une femme. De la faim qui étirait sa peau sur son ossature parfaite. De la promesse dans son regard… de ses secrets.

Il avait toujours cru qu'il valait mieux être dur, lourd, immobile comme une pierre. Il se rendait soudain compte qu'il pouvait aussi être réduit en morceaux. Ou même être remodelé. Car s'il était pierre, elle était eau. Rien n'était plus doux, souple et nourrissant.

Et pourtant, qui pouvait résister à une lame de fond ?

Elle était la force la plus incroyable sur terre. Elle pouvait l'envelopper, l'entraîner vers le large d'où il n'émergerait plus jamais. Du moins, il ne serait plus le même homme. Il se noierait dans ses profondeurs tandis qu'elle le dévorerait, corps et âme. Elle ne laisserait de lui qu'une coquille vide et s'éloignerait renforcée par leur rencontre.

Parce qu'elle était ce qu'il redoutait le plus. À la fois le feu et l'eau.

Malgré lui, il avança d'un pas. Puis d'un autre.

Elle resta parfaitement immobile. Puis, comme à son habitude, elle fit exactement le contraire de ce à quoi il s'attendait. Au lieu de se rapprocher de lui ou d'attendre qu'il la rejoignît, elle souleva sa tunique et la passa par-dessus sa tête, dévoilant les plus jolis seins qu'il eût jamais vus. Puis elle se tint devant lui avec un léger déhanchement, fière, provocante, parfaite.

Ils se jetèrent l'un sur l'autre avec un abandon chaotique et électrique. En enfouissant les doigts dans sa tresse, il n'aurait su dire s'il l'avait capturée, ou si c'était elle qui l'avait attrapé dans ses filets. Elle saisit son visage entre ses mains pour l'attirer à lui et l'embrasser avec une faim avide, comme si elle avait attendu vingt ans ce moment.

Elle tira sur sa chemise, menaçant de l'arracher. Il lui facilita la tâche en ôtant le vêtement avec des mouvements saccadés. Puis il l'enlaça, l'écrasant contre lui. Ses doigts pétrissaient son dos, ses épaules, ses hanches, marquant sa peau.

C'était une rencontre dont ni l'un ni l'autre ne sortiraient indemnes.

Elle enfonçait ses ongles dans les muscles de son dos avec une ardeur similaire. Leurs langues se trouvèrent et entamèrent une danse folle et fébrile.

S'il était un démon, elle était un succube dont il était la victime consentante.

Chandler cessa de lutter et s'abandonna à sa faim. Il renonça à ses sombres désirs pour succomber aux siens.

Non pas qu'il restât passif.

Sans cesser de dévorer sa bouche, il explora chaque recoin de sa peau nue avec ses mains calleuses. Sa peau était lisse par-dessus des muscles longs. Ses petits seins ronds et fermes étaient couronnés de mamelons qui appelaient sa bouche.

Chaque chose en son temps.

Elle enfouit ses doigts dans sa chevelure lorsqu'il la pressa contre lui, l'emprisonnant d'un bras tandis que l'autre main caressait ses fesses couvertes de satin émeraude. Il sentit ses muscles se contracter quand elle leva une jambe et l'enroula autour de sa cuisse.

Hors d'haleine, il parvint à arracher sa bouche de la sienne. Il avait besoin de penser, de respirer.

— Non, haleta-t-elle. Encore.

C'était un ordre.

Auquel il s'empressa d'obéir. Il la souleva contre lui, et elle enroula ses jambes autour de sa taille. En quelques enjambées, il la plaqua contre le mur. Son membre dur roulait contre sa vulve, frustré une fois de plus par la barrière des vêtements.

Sauf que, cette fois, ils finiraient ce qu'ils avaient commencé.

Ce n'était pas une captive patiente. Ses cuisses l'enserraient tel un étau ; ses talons s'enfonçaient dans ses fesses tandis qu'elle le serrait plus fort contre elle. Ses mouvements n'étaient pas ceux d'une séductrice expérimentée ; son corps agité d'ondulations saccadées semblait obéir à des pulsions primitives.

Elle l'embrassait avec une ferveur ardente, telle une femme privée de plaisir depuis trop longtemps, comme si elle avait attendu toute sa vie ce moment.

Ses mains étaient partout à la fois. Dans ses cheveux, dans son cou, sur les colonnes de muscles le long de son échine.

Il s'écarta du mur et la plaqua contre une autre surface dure – l'armoire, peut-être. Comme cela ne lui suffisait plus, il déposa ses fesses sur le bord du bureau. Il la lâcha juste le temps de lui arracher son maudit sarouel en satin et de faire glisser ses sous-vêtements le long de ses jambes interminables.

Son odeur le fit saliver. Lui ouvrant grand les genoux, il enfouit le visage entre ses cuisses, lui arrachant un petit cri de surprise qu'il entendit à peine.

Il fit glisser sa langue le long des plis de chair nacrés. Elle était chaude et moite. Le feu et l'eau. Il la lapa avidement, laissant des traînées de salive brûlante dans son sillage. Il vénéra son sexe jusqu'à ce qu'il la sente trembler et se cambrer.

Les doigts de Francesca étaient crispés dans sa chevelure. Toutefois, elle ne le repoussa pas, pas plus qu'elle ne l'encouragea. Elle se soumettait passivement à son adoration et semblait simplement avoir besoin de se raccrocher à quelque chose pour ne pas tomber.

Jamais il ne l'aurait laissée tomber.

Il aurait voulu le lui dire – il aurait voulu lui dire tant de choses ! Cependant, il ne pouvait la regarder, ne pouvait affronter la tempête dans son regard. Il se concentra donc sur son sexe rose et succulent. Il suça les pétales de chair, captura son petit bouton turgescent entre ses lèvres et le titilla de la langue, s'arrêtant puis recommençant, lui soutirant de petits gémissements d'extase.

Puis elle cessa d'émettre le moindre son.

Tous ses muscles se contractèrent, et elle se cambra si fort qu'il craignit un instant qu'elle ne se brise les reins. Elle tira sur ses cheveux, en arrachant quelques-uns, la douleur ayant un effet étrange et merveilleux sur son érection.

Ce n'était pas un orgasme, c'était une déflagration. Il osa alors relever les yeux, sans pour autant que sa langue cesse de travailler pour prolonger le moment. Elle avait plaqué un bras sur son visage, comme si elle avait peur de regarder.

Il la maintint ainsi au bord du précipice aussi longtemps qu'il le put, jusqu'à ce qu'elle retrouve sa voix et émette de petits halètements plaintifs, qu'elle se trémousse pour échapper à un plaisir trop puissant.

Alors il s'écarta enfin pour embrasser l'intérieur de sa cuisse, puis essuya ses lèvres du revers de la main. Il se redressa, remplaçant sa bouche par son bassin. Son corps tout entier palpitait en rythme avec les pulsations dans son membre.

L'expression de Francesca n'arrangeait rien. Elle le dévisageait comme s'il était un dieu. De fait, alors qu'il se tenait ainsi devant elle, il avait l'impression d'être une divinité païenne qui n'avait que faire des simples mortels.

Il n'existait rien d'autre qu'elle.

Au-dehors, la tempête faisait rage, le vent rugissant en ne cessant d'enfler. Comme son désir.

Comme celui de Francesca.

Elle n'était pas étendue, le corps mou et vidé comme tant de femmes après un puissant orgasme.

Non, les jambes toujours écartées, elle se redressa et saisit la ceinture de son pantalon. En quelques gestes habiles, elle avait ouvert sa braguette suffisamment pour glisser une main à l'intérieur.

Ses doigts se refermèrent sur son membre et le libérèrent. En quelques mouvements des hanches, elle se rapprocha du bord du bureau et, de nouveau, enroula ses longues jambes autour de son bassin.

Elle referma également ses bras autour de lui pour l'attirer plus près, torse contre torse, peau contre peau.

Chandler s'immobilisa. Après la frénésie qui les avait saisis leurs gestes et caresses désespérés, ils semblaient être passés à autre chose.

Une étreinte, peut-être ?

Elle posa sa tête contre son épaule, sa main glissant le long de son dos en lents mouvements répétitifs.

Il n'était pas prêt pour cet élan de tendresse qui l'envahissait, montant du vide en lui.

Ce n'était pas lui ; ce n'était pas eux.

Ce n'était plus du sexe pur et dur, un défoulement libidineux et sauvage.

Il venait juste de s'accoutumer à sa force ; il n'était pas sûr de pouvoir affronter sa douceur.

Aussi fit-il la seule chose qui lui vint à l'esprit.

Il poussa son bassin en avant, enfonçant son membre dans la chaleur de son fourreau.

Ce faisant, il déchira une barrière à laquelle il ne s'attendait pas, arrachant à Francesca un petit cri de douleur qu'il n'oublierait jamais.

18

Francesca tenta de ravaler son cri en se maudissant. Naturellement, elle avait su que ce serait douloureux. Elle n'avait simplement pas imaginé à quel point.

Heureusement, son entraînement au combat lui avait appris à résister à la douleur. Autrement, elle n'aurait pu s'accrocher à Chandler telle une bernique alors qu'il tentait de se retirer.

Lorsqu'il parvint enfin à se libérer, elle dut admettre que son corps lui en était reconnaissant.

— Attendez, n'arrêtez pas, l'implora-t-elle pourtant.

Pour de multiples raisons, ils devaient aller jusqu'au bout.

— Bon sang ! Nom de nom !

Elle attendit patiemment qu'il ait épuisé tous les jurons disponibles, y compris quelques-uns qu'elle n'avait jamais entendus.

Elle inspira l'odeur chaude de sa peau. Elle avait un goût de savon auquel se mêlait une fragrance légèrement terreuse. Du cèdre, peut-être. Ou du pin. *Noël.* Son odeur lui rappelait Noël. Incapable de se retenir, elle le goûta du bout de la langue.

Une pensée absurde lui traversa l'esprit : « Je viens de lécher Noël. » Suivie par l'envie de recommencer.

Il avait un goût enivrant.

— Mais enfin, Francesca... Venez-vous de me lécher ?

Elle emplit de nouveau les poumons de son odeur avant de trouver la force de s'écarter.

— Pour être juste, c'est vous qui m'avez léchée le premier, rétorqua-t-elle.

Et avec quel art !

Étant l'amie de deux femmes aventureuses et sexuellement comblées, elle avait entendu parler de quelques pratiques coquines. En outre, elle n'en était pas à son premier orgasme, s'en étant donné elle-même plus d'un.

Cependant, même dans ses fantasmes les plus fous, elle n'aurait pu imaginer que la bouche d'un homme puisse procurer des sensations aussi exquises, une euphorie si absolue qu'elle en devenait insoutenable.

Mais ce n'était pas la bouche de n'importe quel homme. C'était celle de Declan Chandler.

— Lâchez-moi, ordonna-t-il, au bord de la panique. Je dois m'assurer que vous...

— Non, l'interrompit-elle en l'attirant de nouveau contre elle. Nous n'avons pas terminé.

— Mais... vous étiez... Vous voulez... Mais... comment... comment est-ce possible ? Tout le monde croit...

Elle cacha son sourire contre son épaule. Ce n'était pas tous les jours qu'un homme comme lui était sidéré au point d'être incapable de finir une phrase.

— Plus tard. Encore. Maintenant.

Apparemment, elle était devenue aussi laconique que lui.

Elle glissa une main entre eux et saisit son membre impressionnant, ravie de le trouver toujours aussi dur.

Il ravala son souffle lorsqu'elle enroula ses doigts autour de lui.

— Ne m'obligez pas à vous supplier, dit-elle d'une voix rauque.

— Bon sang, Francesca...

— Je sais.

Elle pressa son front contre le sien, leurs nez se touchant.

— Je vous veux. Je vous ai toujours voulu. Enfant déjà, je savais que vous étiez pour moi. Que ce serait vous, ou personne. Ne vous y trompez pas : vous serez à moi.

Il laissa échapper un petit rire, qui s'interrompit dès qu'elle remua doucement les doigts. Ses hanches réagirent aussitôt, se pressant contre sa main.

— Pas comme ça, dit-il en s'écartant.

— Comment, alors ?

— Le lit.

Il la souleva du bureau et la porta vers le lit, un bras sous ses épaules, l'autre sous ses genoux. Elle se sentit soudain petite et délicate contre lui.

Elle n'aurait jamais avoué qu'elle aimait ça... mais ne pouvait prétendre que cela lui déplaisait.

Il la déposa délicatement sur le matelas, et elle s'enfonça dans sa courtepointe favorite qui sentait la vanille et la fleur d'oranger.

Il s'étendit au-dessus d'elle tel un nuage d'orage géant.

— Vous causerez ma perte, murmura-t-il.

— Vraiment ?

Elle lui ouvrit les bras. Elle avait froid, soudain, et éprouvait une étrange appréhension de jeune fille. Elle avait besoin de le sentir contre elle. Lorsqu'elle était dans ses bras, elle pouvait tout faire.

Il la recouvrit de sa chaleur, de ses muscles et de son désir masculin.

— Oui, vous causerez ma perte, répéta-t-il. Et je ne peux rien y faire.

Cette fois, se redressant sur les coudes, il la regarda dans les yeux, sondant son regard tandis que son sexe cherchait le sien. Puis il s'enfonça en elle en un long et lent mouvement fluide.

Elle ne ressentit qu'une vague gêne, suivie d'une autre sensation. Une palpitation, un besoin, l'ombre de la frénésie qu'elle avait ressentie plus tôt.

Elle l'accueillit lentement, avec l'impression d'avoir été modelée pour lui, par lui. Elle n'en était pas surprise.

Elle appartenait à cet homme depuis toujours.

Avec un étrange détachement, elle admira sa beauté virile, l'angle de ses épaules, la largeur de son torse, le réseau de veines sur ses bras puissants. Cela lui fit oublier les derniers vestiges de douleur.

— Francesca. Francesca, regardez-moi.

Elle s'exécuta, et ce qu'elle vit dans ses yeux lui transperça le cœur.

Elle prit son visage entre ses mains et l'embrassa, goûtant le nectar de ses lèvres.

C'était tout ce dont il avait besoin.

Il se mit à aller et venir en elle. Chaque fois qu'il la remplissait, des volutes de plaisir se déployaient en elle telles des vrilles de lierre au printemps.

Ils cessèrent de parler, et il n'y eut plus d'autre bruit que celui de leurs corps glissant l'un sur l'autre. Ils communiquaient par des soupirs, des halètements et des battements de paupières.

Francesca se concentra sur la chaleur de son membre en elle et sur celle de son corps autour d'elle.

Elle lui dit beaucoup de choses en pensée. Elle lui expliqua à quel point il lui avait manqué, à quel point elle était navrée pour les secrets qu'elle gardait... et plus encore pour ne pas être celle qu'il croyait. Celle qu'il désirait réellement. Elle ferait de son mieux. Pour lui, elle serait tout. Elle serait qui il voudrait. Lui donner du plaisir serait sa plus grande joie.

Elle aurait aimé qu'il l'entendît, qu'il la comprît. Son regard était intense, rempli d'un feu primitif, mais elle y lisait également de la tendresse. De l'espoir, comme il l'avait dit.

Pas d'amour. Jamais. Les dieux n'étaient pas bons à ce point. Elle se contenterait de l'espoir.

L'espoir... était tout.

Elle ne comprit à quel point elle était émue que lorsqu'il se pencha sur elle et embrassa une larme au coin de son œil.

Elle frotta sa joue contre la sienne, savourant le contact râpeux de sa barbe. La tension montait en elle, se dispersant dans son sang. Elle ne grimpait pas en flèche, ce qui était aussi bien. Elle voulait se délecter de ce moment. Elle voulait regarder dans ses yeux, essayer de déterminer enfin leur vraie couleur. Elle voulait tout ressentir, des allées et venues de son membre chaud en elle au chatouillis des poils drus de ses cuisses sur sa peau nue.

Si ce moment pouvait ne jamais cesser ! Si demain pouvait ne jamais venir !

Comme elle s'y était attendue, les mouvements de Chandler s'accélérèrent, devenant plus insistants, moins contrôlés. Elle le sentit grandir encore en elle.

Puis il prononça son nom comme les hommes agonisants implorent leur dieu.

Francesca.

Son nom. Celui d'une autre.

Une onde de chaleur se répandit dans son ventre lorsqu'il contracta ses muscles, se retenant de toutes ses forces avant de se libérer en elle. Cela dura une éternité, ou quelques secondes, elle n'aurait su le dire tant le moment était éblouissant.

Il laissa retomber sa tête près de la sienne et s'immobilisa. Cette fois, lorsqu'il chuchota son nom, ce fut comme une question.

Elle secoua la tête et le fit glisser à ses côtés en étendant le bras pour éteindre la lumière.

Il la serra contre lui.

— Je...

Elle le fit taire en pressant ses doigts sur ses lèvres.

— Demain, chuchota-t-elle.

Il serait alors temps de se dire tout ce qu'il y avait à dire.

Il fronça les lèvres, sur le point de protester, puis se détendit.

— Demain, en convint-il.

Ils restèrent immobiles l'un contre l'autre, écoutant l'orage. Puis la respiration de Chandler se fit plus profonde, plus douce. Bientôt, il n'émit plus qu'un doux ronflement épuisé.

Elle ne voulait pas dormir. Elle ne voulait pas rater cela : un moment sincère et paisible avec Chandler.

La tempête s'éloigna sans que vienne la pluie. Peu après, des rayons de lune percèrent l'obscurité de la chambre, baignant son amant dans une lueur éthérée.

— Je t'aime, chuchota-t-elle.

Cela n'avait pas changé. Qu'il s'appelât Declan Chandler, Chandler Alquist, lord Drake ou le diable en personne, elle l'aimait.

Encore.

Toujours.

— J'ignore de quoi sont faites les âmes ; je sais uniquement que les nôtres sont pareilles, murmura-t-elle.

Dans son sommeil, l'homme dur et inflexible était redevenu le garçon qu'elle aimait.

Elle murmura son nom, lui révéla son secret quand il ne pouvait l'entendre. Si elle était courageuse, intrépide même, à bien des égards, avec lui, elle était lâche.

« Ne me hais pas », le supplia-t-elle en pensée en essuyant une nouvelle larme au coin de ses yeux. Elle pressa son oreille sur son cœur, se souvenant du jour où elle l'avait entendu pour la première fois dans la cheminée alors que le monde brûlait autour d'eux.

Ne me fais pas de mal, Chandler. Je ne suis pas aussi forte qu'ils le croient tous.

19

Chandler se réveilla brusquement peu après 4 heures du matin, toujours hanté par le même cauchemar. Contrairement à beaucoup de gens lorsqu'ils rêvent de la mort, il ne s'agitait pas dans son sommeil, ne parlait pas, ne criait pas, ne marmonnait pas de paroles inintelligibles.

Non, son cauchemar le paralysait. Tel un démon, il le happait et l'enfermait dans un lieu sombre, transformant le sommeil en prison et son corps en geôlier.

Le sommeil était une inexorable torture, lui faisant redouter la nuit.

Voilà pourquoi il ne dormait jamais avec une femme. Il ne faisait confiance à personne et craignait qu'on ne se servît de sa paralysie contre lui.

À peine conscient, il se concentrait sur ses cinq sens afin de s'éclaircir l'esprit. Ce qu'il fit à présent. Les couvertures étaient chaudes et moins lourdes que les siennes. Le clair de lune baignait la chambre. C'était étrange. D'ordinaire, il dormait dans le noir absolu et un silence total afin que personne ne puisse le surprendre.

Quelqu'un respirait tout près.

Il ouvrit les yeux, et la paralysie se dissipa aussitôt. Ses muscles se contractèrent, prêts au combat. Puis il vit une sirène s'étirer dans un rayon de lune.

Francesca leva un bras et le replia sous sa tête dans une pose langoureuse. Les draps ne la couvraient que jusqu'aux hanches.

Vingt dieux, il avait eu l'intention d'attendre qu'elle s'endorme pour filer. Comment avait-il pu se laisser bercer ainsi par la sensation de son petit corps blotti contre le sien ?

Avait-elle seulement dormi ?

Étendue sur le flanc, elle bâilla dans sa main.

Son membre, au garde-à-vous avant même qu'il se réveille, réclamait à présent d'être satisfait.

Elle le dévisageait avec une affection sincère qui répandit une onde de chaleur jusque dans les recoins les plus froids de son être.

— Vous lui ressemblez quand vous dormez, dit-elle.

Il ressentit aussitôt une pointe de panique.

— À qui ?

— À Declan, bien sûr.

Elle posa une main sur son bras et remonta ses doigts jusqu'à son épaule avant de préciser :

— Vous aviez un air innocent et espiègle à la fois, mais aussi mélancolique. J'avais toujours envie de vous faire rire. Je n'y parvenais pas parce que vous ne saviez pas comment.

Elle attendit sa réponse. Comme il ne trouvait rien à dire, elle reprit :

— Vous rêviez tout à l'heure, je crois. Vous respiriez si fort que j'ai hésité à vous réveiller.

Il ne voulait pas parler de son cauchemar, surtout après s'être réveillé auprès d'une créature de rêve.

— Je n'aurais jamais dû être ce Declan. Je regrette tout ce qu'a engendré ma vie à Mont-Claire.

Elle écarta sa main comme si elle s'était brûlée.

— Tout ?

— Tout sauf vous.

Il prit sa main et la reposa sur son épaule, l'encourageant à poursuivre son exploration. Aucune femme ne l'avait jamais touché de cette manière, sans désir ni malice, uniquement parce qu'elle semblait apprécier la texture de sa peau.

Le front soucieux, elle reprit ses caresses.

Pris de remords, il se tourna vers elle, se redressant sur un coude, la joue reposant sur son poing.

— Vous auriez dû me dire votre secret.

Elle s'immobilisa en écarquillant les yeux.

— Quel secret ?

Combien en avait-elle ?

— Si j'avais su que vous étiez vierge, je vous aurais préparée. Je me suis conduit comme un animal...

L'air soulagée, elle sourit.

— Si je vous l'avais dit, vous n'auriez probablement rien fait.

Il soupira. Il n'était pas certain de posséder la noblesse d'âme qu'elle lui prêtait.

— Probablement, en convint-il.

Aurait-il réellement été capable de renoncer à ce qu'elle lui avait offert ?

Il déposa un baiser sur son épaule nue. Seul un sot aurait refusé le paradis.

— Vous le pensez vraiment ? Vous étiez réellement malheureux à Mont-Claire ?

Même si ces années avaient été les plus belles de sa vie, il les regrettait.

— Cela vous blesse-t-il ? demanda-t-il.

Elle devint songeuse.

— Avant la tuerie, je n'ai que de beaux souvenirs de cet endroit. Les fêtes du village au printemps. Le petit théâtre où les étudiants de l'université jouaient des pièces pour nous. L'odeur du pain frais le matin qui m'attirait dans les cuisines, où je regardais Hargrave faisant mine de ne pas lire les journaux qu'il repassait avant de les monter à mon père...

Son regard se voila de nostalgie.

— J'ai toujours aimé l'été, quand nous courions dans le labyrinthe végétal et nettoyions la fontaine...

— Hargrave repassant le journal ? l'interrompit-il avec une moue ironique. Vous ne vous leviez jamais avant midi. En outre, c'est Pip et moi qui nettoyions la fontaine. Vous vous contentiez de nous regarder faire.

Elle baissa les yeux d'un air coupable, et il regretta aussitôt ses paroles. Il fit courir sa main le long de son bras lisse et entrelaça leurs doigts.

— Je ne vous aurais jamais laissée vous salir les mains.

Il porta ses doigts à ses lèvres et les embrassa. Elle l'observa comme si son geste lui faisait mal.

— Je voulais juste dire qu'il était dur d'avoir connu un tel bonheur et de le voir totalement détruit, expliqua-t-il.

Elle acquiesça, sans paraître apaisée pour autant.

— Sommes-nous sûrs que personne d'autre n'a survécu ? Sont-ils véritablement tous morts ?

Il avait nourri le même espoir, en vain.

— Je suis parvenu à faire sortir Pippa du manoir. Une fois dans la forêt, la pauvre a reçu une balle dans la jambe et ne pouvait plus courir. Je l'ai cachée entre les racines d'un arbre, puis j'ai attiré les tueurs dans une autre direction jusqu'à ce qu'ils me tirent dans le dos.

Une ancienne douleur remonta en lui, ravivant les cicatrices dans son dos et dans son flanc.

— Alors que j'étais étendu à terre, me croyant en train de mourir, j'ai entendu de nombreux autres coups de feu. Puis l'un des hommes a annoncé qu'ils avaient abattu tous ceux qui avaient tenté de s'enfuir et jeté leurs corps dans le brasier.

Il s'était efforcé de ne pas penser à la pauvre Pip. Après tout ce qu'ils avaient fait pour échapper à l'incendie, l'imaginer jetée dans les flammes lui était intolérable.

— Vous n'avez pas assisté à sa mort. Si elle était parvenue à leur échapper ? Si elle avait survécu ?

Il détourna les yeux, ne supportant pas de voir la lueur d'espoir dans son regard.

— Dans ce cas, j'espère qu'elle est très loin d'ici et en paix.

Pour ne pas avoir à subir la honte d'apprendre ce que ses parents avaient fait.

— Vous vous êtes comporté en héros en l'aidant et en la réconfortant durant cette épreuve, dit Francesca. En faisant en sorte qu'elle se sente moins seule. Vous... pensez à elle, parfois ?

Il émit un petit rire.

— Je me souviens qu'elle était têtue et intrépide. Elle était bruyante, débraillée et sauvage.

— Elle ne vous a donc pas laissé un très bon souvenir.

Elle parut soudain si morose qu'il la dévisagea avec perplexité.

Il ne voulait pas se souvenir. Mais, apparemment, elle y tenait, et peut-être le temps était-il venu d'évoquer le passé, d'échanger des souvenirs de guerre avec quelqu'un qui avait vécu le même drame que lui. Il se souvenait que Pippa et Francesca avaient été très proches.

Il se demanda si elle n'agissait pas pour venger son amie d'enfance.

Pippa Hargrave... Il se rappelait une petite créature robuste, presque replète car ses parents âgés ne lui refusaient rien. Blonde, trop gâtée, et avec des opinions toujours très arrêtées. Elle affichait un sourire radieux, dévoilant souvent des dents manquantes, chaque fois qu'il entrait dans la pièce, et cela le touchait profondément, lui qui avait l'habitude que sa présence soit une gêne ou un fardeau. Elle riait à toutes ses plaisanteries, faisait tout ce qu'il lui demandait.

Elle était la favorite de Ferdinand, ce qu'il avait toujours trouvé ridicule car elle était plus forte que le garçon maladif. Il imaginait souvent leur avenir, Pip portant le petit Ferdy à travers le domaine en courant derrière une ribambelle de bâtards, car le vieux comte n'aurait jamais accepté qu'ils se marient.

— Je l'aimais beaucoup, dit-il sincèrement. Elle était la petite sœur que je n'avais jamais eue. Je me souviens qu'elle se disputait avec la même ardeur qu'elle aimait. Elle s'est montrée très courageuse jusqu'au bout.

Il se tourna de nouveau vers elle et vit des larmes briller dans ses cils. Lorsqu'il lui souleva le menton, elle refusa de le regarder.

— Elle vous aimait comme une sœur, dit-il. Elle serait très fière de la femme que vous êtes devenue.

— C'est vous qu'elle aimait plus que tout. Jusqu'à l'obsession.

Il se remémora ses derniers instants avec Pippa, les derniers avant sa mort. Elle avait lancé ses bras autour de lui et l'avait embrassé.

— Je t'aime, avait-elle murmuré.

Nom de nom !

— Si tel était le cas, il vaut mieux pour elle qu'elle soit morte.

— Ne dites pas ça, le gronda-t-elle en le repoussant. Que vous est-il donc arrivé ? Pourquoi ce discours ? Vous n'êtes pas responsable du massacre et n'auriez rien pu faire pour l'empêcher. Alors de quoi vous accusez-vous ? De n'avoir pu sauver Pippa ? Si c'est le cas, sachez que...

— Vous vous battez pour votre héritage, Francesca, ce qui est noble.

Il poussa un soupir frustré, haïssant tout ce qu'il ne pouvait dire.

— Je tente constamment d'échapper au mien, reprit-il. Je ne viens de rien. De moins que rien. Et je m'efforce de... d'expier. Cela a-t-il un sens ?

— Qu'avez-vous donc à expier ? demanda-t-elle en fronçant les sourcils.

Il glissa une main derrière sa nuque et l'attira à lui jusqu'à ce que leurs fronts se touchent.

— Les péchés sur mes épaules sont si lourds qu'Atlas lui-même ne pourrait les supporter.

Elle se libéra.

— Racontez-moi. Moi aussi, j'ai péché, j'ai menti… Declan, il est temps d'échanger nos secrets dans le noir. Comme autrefois.

Elle se redressa et plaça un oreiller sur ses genoux, le tenant contre elle tel un bouclier. Dieu merci ! Il aurait été incapable de se concentrer si elle s'était assise en tailleur devant lui.

— Nous nous dirons tout, même si c'est douloureux, continua-t-elle. Je commence.

Elle se racla la gorge et parut rassembler son courage.

— Je vais vous dire qui je…

Mû par des années de douleur et de désir inassouvi, Chandler se redressa à son tour, l'enserra dans ses bras et l'attira contre lui, s'enroulant autour d'elle comme s'il voulait la protéger de son corps. La protéger à retardement d'un monde qui avait déjà accompli le pire.

— Assez de révélations pour ce soir, Francesca. Tout ce que je veux, c'est vous tenir ainsi. Je le voulais déjà lorsque nous étions jeunes. Vous étiez si pure, si parfaite. J'attendais toute la journée de pouvoir vous voir, d'admirer votre beauté.

Il écarta ses cheveux de son visage, se perdant dans la délicatesse de ses traits.

— Aujourd'hui, mon vœu est exaucé. Vous êtes réapparue au moment où je perdais tout espoir. Quand je commençais à croire que toutes mes batailles avaient été vaines. Et vous voici. Une vraie guerrière. Un paladin. Une Jeanne d'Arc. Je vous ai enfin trouvée, Francesca. Depuis vingt ans, vous n'existiez plus que dans mes rêves.

Uniquement ceux qui n'étaient pas des cauchemars.

— Moi aussi, je rêvais de vous trouver, répondit-elle, la voix déformée par ses lèvres pressées contre sa peau. Serena m'a répété mille fois qu'elle les avait vus vous abattre et qu'il aurait fallu un miracle pour que vous ayez survécu.

Il se demanda s'il serait un jour capable de lui révéler comment.

— Un miracle, répéta-t-elle.

Il lissa sa chevelure et ôta le ruban qui retenait sa tresse décoiffée.

— Écoutez-moi, Francesca, dit-il en prenant son visage entre ses mains. Je ferai en sorte que vous n'ayez pas à vous rendre au rituel demain soir.

— Quoi ? Non !

Elle se dégagea rapidement de son étreinte. Lorsqu'il voulut la retenir, elle l'esquiva. L'instinct prédateur de Chandler reprit aussitôt le dessus.

— Francesca, vous avez joué à un jeu très périlleux. Jusqu'à présent, vous avez eu beaucoup de chance. Cependant, vous avez suscité non seulement l'intérêt de Kenway, mais également son admiration. Il est bien plus dangereux d'être proche de lui que d'être son ennemi.

— Je crois avoir amplement démontré que le danger ne me fait pas peur, répondit-elle en se levant du lit. Nous agirons ensemble. C'est décidé.

Il secoua vigoureusement la tête.

— Je ne pourrai pas faire mon travail si je crains pour votre vie. Surtout maintenant.

— C'est votre problème, rétorqua-t-elle avec un haussement d'épaules. N'avons-nous pas déjà eu cette conversation ? Servez-vous de moi, Chandler. J'ai des talents que vous n'avez peut-être pas.

Cela, il n'en doutait pas.

— Vous n'êtes qu'une proie pour lui, Francesca, insista-t-il en se levant à son tour. Je refuse de vous laisser devenir sa victime.

Elle lui décocha un crochet du droit en pleine mâchoire, lui faisant voir des étoiles.

— La prochaine fois que vous prétendrez m'autoriser ou m'interdire quelque chose, je vous mets K.-O., le prévint-elle.

Elle ouvrit sa garde-robe et en sortit un peignoir.

Il se massa la joue en réprimant un sourire. Il avait reçu des coups plus puissants et mieux placés, même si le sien était plus que respectable. Il la soupçonnait de s'être retenue.

Elle n'avait pas voulu lui faire mal.

Il aperçut une petite tache de couleur sur son omoplate juste avant que sa chevelure retombe et la cache. Une sorte de tatouage.

— Parfois, je ne vous reconnais pas du tout, marmonna-t-il avec un mélange d'humour et de perplexité. Vous étiez une enfant si docile... C'étaient les beaux jours.

D'orageux, le regard de Francesca devint tempétueux.

— Si c'est ce que vous voulez, vous pouvez prendre la porte. Je ne suis pas elle, vous m'entendez ? Je ne suis pas...

— Je sais.

Il la rejoignit en deux enjambées, glissa les bras autour de sa taille et l'attira à lui.

— Je sais, répéta-t-il. Et j'en suis heureux.

Elle ne se débattit pas, son peignoir encore au bout du bras tandis qu'il promenait ses mains sur elle tel un étalon excité.

— Vous êtes devenue une femme brillante, fière et belle. Je n'arrive toujours pas à croire que j'ai partagé votre lit. Que vous êtes dans mes bras. Que je suis le premier homme à...

Il s'interrompit, sachant qu'il en disait trop mais voulant lui confesser tout ce qu'il pouvait au cas où ce serait sa dernière chance.

— C'est comme si je vivais un rêve et attendais qu'il se transforme en cauchemar.

Ce qui serait le cas le lendemain si tout se passait comme il l'avait prévu.

La tempête dans les yeux de Francesca se calma, et elle le dévisagea d'un air troublé. Sa confession lui avait plu et, néanmoins, semblait l'avoir rendue mélancolique.

Il lui prit le peignoir de la main et le laissa tomber sur le sol. Il déposa des baisers sur ses pommettes, ses paupières, son nez en murmurant :

— Rêvez encore un moment avec moi, Francesca. Laissez-moi avoir cette nuit. Demain est un autre jour.

Elle le suivit vers le lit sans rechigner, presque comme une enfant contrite. Il l'allongea sur le matelas et la vénéra avec ses mains, sa bouche, prenant son temps et explorant tous ses creux et courbes.

Si elle ne le laissa pas s'attarder sur ses cicatrices, elle en découvrit de nouvelles sur lui tandis qu'elle faisait glisser ses mains sur tout son corps comme si elle cherchait à en mémoriser les moindres détails.

Puis, alors que l'aube teintait le ciel d'argent, ils refirent l'amour, créant de nouveaux souvenirs dans la pénombre.

20

Alors qu'ils prenaient leur café au lit le lendemain matin, Francesca proposa qu'ils aillent à cheval plutôt qu'en voiture à l'entrepôt où avaient échoué les dossiers concernant le massacre de Mont-Claire. Godiva, sa jument pur-sang, avait grand besoin d'exercice. En outre, au cas où ils auraient besoin de fuir la police, le Conseil ou qui que ce soit d'autre, un cheval serait plus pratique et rapide qu'une voiture.

Chandler accepta avec enthousiasme, mais ils ne parvinrent pas à se mettre d'accord sur le chemin le plus rapide pour se rendre à Southwick. Il affirmait que le Tower Bridge serait moins encombré à cette heure matinale, tandis qu'elle soutenait que le pont de Londres les mènerait directement dans le quartier de l'entrepôt.

Ils se séparèrent devant la porte de son écurie, où Chandler avait choisi un coursier baptisé Porthos. Affichant un sourire arrogant, il fit danser sa monture sur les pavés et lança :

— Que le meilleur gagne !

— La meilleure, oui !

Les ébats de la nuit ayant rendu son entrejambe sensible, Francesca regretta sa décision au bout de cinq rues. Elle galopa néanmoins à travers la ville, puis se retrouva bloquée sur Derving Square par une charrette renversée. Cet obstacle franchi, l'intense circulation sur le pont, comme l'avait prédit Chandler, la retarda encore d'une dizaine de minutes.

Lorsqu'elle arriva enfin devant l'entrepôt, elle trouva Porthos déjà attaché, le verrou de la porte crocheté et le séduisant espion de la Couronne tranquillement adossé au mur, un sourire moqueur sur les lèvres.

— Comme c'est aimable de votre part, lady Francesca, de m'avoir laissé le temps de me changer, déclara-t-il avec une courbette théâtrale.

Il arborait effectivement un gilet et une veste propres. Il avait dû repasser chez lui, à quelques pâtés de maisons de chez elle.

La mine renfrognée, elle sauta à terre, sortit son portefeuille de la poche de poitrine de sa veste d'équitation et en extirpa la somme due, qu'elle lui plaqua contre le torse.

— Je veux ma revanche pour le retour, bien entendu.

— Comme vous voudrez.

Il retint sa main gantée et la porta à ses lèvres avant de l'enlacer et de l'attirer à lui pour un baiser torride.

Ce dernier fut écourté, car elle était incapable de réprimer son sourire. Il s'écarta, s'effaça pour la laisser entrer la première et la suivit de près dans l'escalier, son souffle sur sa nuque lui rappelant délicieusement leurs ébats nocturnes.

— Promettez-moi de me protéger si nous rencontrons des brigands là-dedans, chuchota-t-il en palpant la poche dans laquelle elle rangeait son pistolet.

— Le seul brigand ici, c'est vous, répliqua-t-elle en chassant sa main qui se glissait sous sa jupe d'équitation. Si vous continuez à me tripoter ainsi, nous n'arriverons jamais au bout de nos recherches.

— Bien, milady, dit-il en lui mordillant le lobe de l'oreille. Vous êtes une pairesse du royaume alors que je ne suis qu'un humble fonctionnaire. Je suis à vos ordres. Disposez de moi comme bon vous semblera.

Elle se mit à rire et tenta, en vain, de le repousser tandis que ses mains poursuivaient leurs explorations coquines.

— J'ai toujours trouvé les jupes plus pratiques, déclara-t-il en palpant ses fesses. Cependant, j'avoue que je vous préfère en pantalons. Ils mettent merveilleusement en valeur vos... atouts.

— Vous n'avez pas bientôt fini ?

Elle lui donna un coup de coude dans le ventre, et il poussa un gémissement exagéré en se tenant les côtes. Elle lui lança un regard en biais. Même dans la faible lumière, ses yeux brillaient d'espièglerie.

Quelles belles aventures ils pourraient vivre ensemble ! Quelle fine équipe ils formeraient ! Généralement, après quelques heures en compagnie d'autres personnes, elle éprouvait le besoin de s'isoler, même avec Cecil et Alex. Ce n'était pas le cas avec Chandler. Il ne semblait pas ressentir le besoin de combler le silence, et lorsqu'il le faisait, il était toujours divertissant.

— Dépêchons-nous.

Elle le tira par la manche à l'intérieur de l'immense entrepôt rempli de rangées d'étagères poussiéreuses croulant sous les dossiers.

— Le croissant de ce matin ne me remplira pas longtemps le ventre, et je suis insupportable quand je ne suis pas nourrie à intervalles réguliers.

— J'en tremble d'avance, répondit-il avec un clin d'œil. Heureusement, je connais un pub près d'ici qui sert d'excellentes tourtes à la viande.

Elle haussa un sourcil surpris.

— Vous passez beaucoup de temps dans ce quartier industriel ?

— Un peu, répondit-il d'un ton mystérieux.

Il transforma ses traits pour se métamorphoser en un ouvrier irlandais au strabisme prononcé, puis déclara :

— Si nous y déjeunons, vous devrez m'appeler « M. Tom Tew » et supporter mes camarades de la fonderie. Parfois, on s'éclipse pour aller boire un coup avant que hurle la sirène de l'usine.

Thomas Tew, un autre pirate.

Francesca secoua la tête tandis qu'il se dirigeait vers le côté gauche de l'entrepôt. Il lança par-dessus son épaule :

— Cinq autres livres pour le premier qui trouvera les documents. Ou devrions-nous augmenter l'enjeu ?

Après trois heures épuisantes, sa tenue d'équitation ruinée, Francesca tomba sur un carton marqué : « Incendies criminels non résolus n° 187 (M) Maldon – Mont-Claire ».

Les mains tremblantes, elle lâcha un petit cri de victoire peu féminin. Le son se répercuta le long des murs en pierre de la salle souterraine, effrayant quelques pigeons rassemblés devant les lucarnes crasseuses au-dessus d'elle. Le peu de lumière qui filtrait par la rangée de soupiraux était constamment masquée par les jambes des passants.

— Ayez l'amabilité de me rendre mes cinq livres, lança-t-elle en descendant le carton poussiéreux d'une étagère et en le déposant sur une table branlante.

— Vous avez trouvé ?

Chandler s'était approché plus près qu'elle ne l'avait cru, ses pas étouffés par le sol en terre battue et sa démarche silencieuse d'espion.

Elle ouvrit le carton en retenant son souffle et fut presque surprise de ne pas voir jaillir une flopée de fantômes lorsqu'elle souleva le couvercle.

Debout derrière elle, Chandler regardait par-dessus son épaule tandis qu'elle fouillait parmi les papiers, les échantillons de cendres, les témoignages de voisins et même une liste de suspects sur laquelle le nom de Kenway n'apparaissait pas.

Elle lança un regard à Chandler, se mordit la lèvre, puis se replongea dans sa tâche.

Sa présence à ses côtés était à la fois un réconfort et une distraction. C'était un homme solide et intelligent, doté de talents rares et d'une curiosité qui n'avait rien à envier à la sienne. Avec lui dans les parages, tout était plus excitant. Plus dangereux aussi, peut-être, et plus compliqué, mais moins solitaire.

Lorsqu'ils en auraient fini avec le Conseil, elle lui dirait toute la vérité. Elle l'emmènerait dans un lieu lointain et exotique. Là, elle le chevaucherait jusqu'à l'étourdir, lui chuchoterait son secret puis implorerait son pardon.

Il ne lui donnait pas l'impression d'être un homme particulièrement clément. Cependant, il savait combien il était important de préserver ses secrets...

Pourquoi ne pas le lui dire maintenant ?

Elle avait essayé. À de nombreuses reprises, elle avait ouvert la bouche pour le lui dire.

Chaque fois, elle en avait été empêchée. Principalement par lui, qui ne cessait de l'interrompre. Mentalement, elle énuméra les nombreuses raisons qui la poussaient à entretenir la supercherie.

Lorsque les gens, et plus particulièrement les hommes, étaient blessés et trompés, ils avaient généralement tendance à se fâcher. Or un homme en colère était une créature imprévisible, et souvent cruelle.

Dans le pire des cas, il lui tournerait le dos... Non, il y avait pire encore : il pouvait la dénoncer aux autorités. L'avalanche de charges qui déferlerait sur elle la conduirait sûrement à la potence. Après tout, elle usurpait l'identité d'une comtesse morte.

Chandler ne souhaiterait sans doute pas sa mort, mais elle avait beau l'admirer, le désirer, l'aimer même, elle ne le connaissait pas suffisamment pour prédire sa réaction. Tout le monde avait un sens moral, et celui de Chandler restait encore à définir.

En attendant, elle devait se concentrer sur sa tâche.

Elle se remit au travail, parcourant les documents les uns après les autres, les écartant ou les tendant à Chandler pour en reprendre un autre. Rien de ce qu'elle voyait ne lui apprenait quoi que ce soit. Au cours de sa propre enquête, elle avait interrogé ces témoins, discuté avec ces enquêteurs et suivi les mêmes pistes qui ne menaient à rien.

Puis elle la vit : une enveloppe frappée du sceau des Cavendish et comportant la petite écriture appliquée de son père. Son pouls s'accéléra.

Oh, papa ! Qu'as-tu fait ?

Chandler, qui s'était rapproché, tendit la main.

— C'est la lettre ? demanda-t-il. Laissez-moi la…

Elle chassa ses doigts et le fit taire. Elle sentit plus qu'elle ne vit son air mécontent. Toutefois, il n'insista pas.

Les doigts tremblants, elle déplia la lettre et lut le message qui incriminait sa famille.

À qui de droit,

J'espère que cette lettre parviendra aux autorités compétentes, car j'estime sa teneur de la plus grande importance.

Voici quelques années, le personnel du domaine de Mont-Claire a recueilli un garçon perdu et famélique du nom de Declan Chandler. C'est un bon garçon, solide, respectueux et travailleur. Ces qualités, nous en conviendrons tous, sont rares chez les jeunes d'aujourd'hui. En dépit de son éducation ou, plutôt, de l'absence de celle-ci, Declan est honnête, droit et pourvu d'un grand sens moral.

À mesure qu'il grandit, je m'inquiète pour son avenir, conscient que bien des jeunes gens sombrent dans la turpitude morale sans les conseils et le soutien d'un père.

J'ai toujours aspiré à la paternité. Ma fille unique, Pippa, est la joie de ma vie. Mon épouse et moi en avons longuement discuté et partageons le désir ardent d'adopter ce garçon afin de lui offrir une éducation convenable.

J'en viens au but de ma lettre. Je n'ai pu trouver nulle part le certificat de naissance de Declan Chandler, ni la moindre information concernant sa filiation. Je requiers donc respectueusement votre aide afin que mon sérieux ne fasse aucun doute lorsque je déposerai formellement ma demande d'adoption.

Toute assistance de votre part serait très appréciée.

Recevez l'expression de mes sentiments les plus sincères,

Charles Timothy Hargrave II
Domaine de Mont-Claire, Derbyshire

Francesca relut la lettre encore et encore, clignant des yeux pour mieux y voir. Elle caressa les lettres fanées du bout des doigts. Jusqu'à ce qu'elle se mette à rire malgré elle, elle ne s'était pas rendu compte qu'elle pleurait.

Cette lettre lui rappelait tant son père ! Elle était à la fois compassée et sentimentale, avec une écriture proprette et un contenu légèrement désordonné.

Son père avait un cœur grand comme l'Atlantique.

— Francesca ? Que se passe-t-il ? Dites-le-moi, bon sang.

La voix de Chandler oscillait entre l'inquiétude et l'impatience.

Pippa est la joie de ma vie. Elle caressa une dernière fois la phrase avant de tendre la lettre à Declan, rechignant à s'en défaire mais pressée qu'il la lise à son tour. Qu'il découvre la vérité.

Submergée par l'émotion, elle s'abandonna à ses larmes. Son père avait été un homme indulgent, mais juste. Aimable, distrait, parfois distant. Toujours dévoué. Elle n'avait pas pu lui dire adieu, ni à sa mère, et n'avait pris conscience de la chance qu'elle avait eue d'avoir une famille heureuse qu'après l'avoir perdue.

Son père, son cher père, avait voulu que Declan Chandler fasse partie de cette famille.

Naturellement, si elle avait été au courant de ses intentions, elle l'aurait supplié de ne pas l'adopter, car elle comptait le faire entrer dans leur famille en l'épousant.

Elle avait terriblement honte d'avoir douté de ses parents. Jamais ils n'avaient fait partie du Conseil cramoisi. Charles Timothy Hargrave, deuxième du nom, n'aurait jamais sombré dans une telle « turpitude morale ».

Comme il lui manquait !

Le regard de Chandler dévorait la lettre. Elle avait pensé que la bonté de son père le toucherait, qu'elle apaiserait son cœur blessé tout en absolvant les Hargrave à ses yeux.

Alors pourquoi ces taches rouges apparaissaient-elles sur sa peau ? Ses narines se dilataient tandis que sa respiration s'accélérait et que ses sourcils s'abaissaient sur des yeux au regard fou. Ses traits étaient agités de légers tics nerveux, faisant sursauter un petit muscle sous son œil droit. Une veine qu'elle n'avait jamais remarquée palpitait sur sa tempe.

Ce n'était pas du tout la réaction qu'elle avait espérée.

Soudain, toute trace d'émotion disparut de son visage. Un instant, c'était un homme ; l'instant suivant, c'était une colonne de pierre. Froide. Lointaine. Inaccessible.

Cette métamorphose l'effraya plus que n'importe quel mouvement d'humeur.

— Je comprends que vous soyez en colère, dit-elle doucement. Vous vous êtes trompé et avez perdu beaucoup de temps.

Lorsqu'elle s'approcha pour le toucher, il recula.

— Non, répondit-il en froissant la lettre dans son poing. Pas du tout.

— Quoi ? Cessez, maintenant ! Rendez-moi cette lettre. C'est tout ce qu'il reste de mon... de notre enfance.

Elle s'était retenue de justesse de dire « mon père ».

Lorsqu'il lui tendit la lettre, elle la prit et la lissa affectueusement.

— Ce sombre crétin, marmonna-t-il.

— Je vous demande pardon ? s'écria-t-elle aussitôt. Cet homme vous admirait. Il voulait vous prendre sous son aile et vous donner un avenir. Vous considérez cela comme de la crétinerie ? Vous étiez un orphelin, et lui un homme d'une grande générosité. Le meilleur des hommes, même.

Il secoua la tête en reculant, se rapprochant de la porte.

— Nous devons partir. Maintenant.

— Mais...

Elle avança d'un pas vers lui, mais il leva une main pour l'arrêter.

— Que se passe-t-il ? demanda-t-elle, blessée. Je ne comprends pas.

Son ton implorant dut le toucher, car ses traits s'adoucirent légèrement.

— Je sais, soupira-t-il. Je sais.

— Allons déjeuner dans ce pub dont vous parliez, proposa-t-elle. Nous pourrons en parler, et vous m'expliquerez ce qu'il vous arrive.

Il fit non de la tête.

— Je dois me rendre aux services secrets.

— Je vous accompagne.

— Non.

— Non ? répéta-t-elle en serrant les dents. N'avez-vous pas encore appris comment je réagis au mot « non » ?

L'espace d'un instant, le regard de Chandler se fit brûlant, puis il redressa le menton d'un air aussi insolent que celui de Francesca.

— Dites-moi, avez-vous une idée du lieu où se tiendra la réunion du Conseil ce soir ?

— Eh bien... pas exactement. Kenway a dit que je recevrais une invitation.

— Ne serait-il donc pas plus utile que vous soyez chez vous lorsque cette invitation arrivera ?

— Certes, concéda-t-elle prudemment. Cependant, ne pourriez-vous pas m'expliquer le rapport avec...

— Je n'en ai pas le temps, la coupa-t-il.

Il tourna les talons et se dirigea vers la porte en lançant par-dessus son épaule :

— Je vous expliquerai tout lorsque je vous ramènerai votre cheval.

Elle courut derrière lui.

— Quand ? insista-t-elle.

— Je ne sais pas.

— Chandler, n'ai-je pas droit au moins à...

— J'ai dit non, Francesca.

Sa voix d'acier ricocha sur les murs et la heurta de plein fouet.

— Si vous ne pouvez être conciliante, essayez d'être raisonnable, pour une fois, ajouta-t-il.

Il ouvrit la porte et la referma derrière lui, la lui claquant au nez.

Elle contempla les incrustations de fer dans le panneau en bois et les rayures laissées par des années d'usure tout en achevant sa phrase :

— N'ai-je pas droit au moins à un baiser d'adieu ?

21

Tout serait terminé ce soir. D'une manière ou d'une autre, cette histoire prendrait fin, et du sang serait versé.

Chandler lutta pour contenir son émotion jusqu'à ce qu'il ait mis suffisamment de distance entre Francesca et lui.

Entre cette maudite lettre et lui.

Il galopa à travers la ville, cherchant un exutoire à sa colère.

Alors que la plupart des gens fuyaient le danger, Chandler avait plutôt tendance à courir vers lui. C'était dans le feu de l'action qu'il était le plus efficace. La douleur, l'horreur, le sang ou la souffrance ne lui faisaient pas détourner le regard. Rien n'était assez affreux pour le bouleverser, le révulser ou le troubler.

Il pensait avoir déjà tout vu. Qu'être né sous une mauvaise étoile lui conférait une certaine liberté. Conscient que le destin l'écraserait chaque fois qu'il approcherait du bonheur, il savait que le mieux qu'il puisse attendre de la vie était qu'on ne lui tire plus jamais dans le dos.

Lorsque ses ennemis le vaincraient, ce qui n'était qu'une question de temps, le Démon du Dorset les regarderait dans les yeux et entraînerait bon nombre d'entre eux avec lui en enfer.

Cependant, pour la première fois depuis Mont-Claire, il battait en retraite. Il fuyait.

Son premier réflexe avait été de se terrer. Non pas qu'il voulût se cacher, mais il avait besoin d'un endroit où se désintégrer. La rage qui pulsait dans ses veines ne pouvait être libérée que par une destruction aux proportions bibliques. Il voulait casser quelque chose. Briser quelqu'un. Non, il voulait détruire la ville, brûler l'Empire jusqu'à ce qu'il n'en reste plus rien.

C'était surtout cet instinct qu'il fuyait.

Où se réfugier ? Il avait de nombreuses résidences, une pour chaque personnage qu'il incarnait. Il pourrait y renverser les meubles, frapper les murs, tout mettre en pièces. Il trouverait un marteau et laisserait libre cours à sa rage.

Il commencerait par les miroirs.

Puis il se ravisa. S'octroyer une crise de violence monumentale l'apaiserait sans doute un instant, mais cela l'affaiblirait. Il ne pouvait se le permettre s'il voulait sauver Francesca en se sacrifiant pour elle.

Il ferma les yeux et la revit en esprit. Devenir une femme à l'ambition aussi vive après tout ce qu'elle avait enduré n'était pas une mince prouesse. Alors que tant d'autres auraient été anéantis par leur tragédie, elle en était ressortie plus forte.

À bien des égards, elle était plus forte que lui. Certes, il était plus puissant physiquement. Mais elle le surpassait par sa grâce et son talent, sa beauté et son esprit. En outre, elle avait accompli ce qu'il ne parviendrait jamais à faire.

Elle ne se contentait pas de survivre, elle vivait pleinement.

Bien qu'elle eût perdu sa famille, elle était entourée d'amis proches, des gens d'une qualité rare. Elle avait un titre, une fortune, une éducation.

Qu'avait-il accompli, comparé à elle ? Il n'avait même pas d'identité propre, sans parler d'une vie.

S'il possédait de nombreuses maisons, il n'avait jamais eu un chez-lui.

En revanche, il avait une âme maudite, le sang d'innombrables innocents sur les mains et...

Une responsabilité.

Débarrasser le monde d'un mal si insidieux que le peuple qui s'affairait dans les rues ignorait qu'il s'était infiltré dans son gouvernement, son économie, la vie du tout un chacun.

Cette nuit, tout le monde le saurait.

Il achèverait sa mission en s'assurant que Francesca serait loin du Conseil cramoisi. Avec un peu de chance, elle serait chez elle, attendant une invitation qui ne viendrait jamais.

Il glissa une main dans sa poche et en sortit le carton qu'elle avait reçu au petit matin. L'intercepter avait été un jeu d'enfant. La laissant à ses ablutions, il était descendu dans le vestibule et avait inspecté le plateau d'argent contenant son courrier en espérant qu'il y trouverait l'invitation.

Pour une fois, la chance avait été de son côté.

Elle ne saurait jamais où se déroulerait le deuxième rituel. Du fait de son lieu inhabituel, elle ne risquait pas de le découvrir, même si elle passait la nuit à le chercher.

Il ferait ce qu'il avait à faire, et tout serait terminé.

Avant cela, il devait se débarrasser de cette colère malsaine.

Il traversa les quartiers ouest et arriva à Crosshaven Downs, un parc huppé où l'aristocratie oisive venait s'adonner à ses passions équestres. Il lâcha la bride de Porthos, se coucha sur son encolure et laissa le hongre galoper.

Comme il n'avait pas l'habitude de fuir, il laissa sa monture le faire à sa place.

Il fuyait tous les fantômes qui hantaient les cendres de Mont-Claire.

Particulièrement les Hargrave.

Hattie, invariablement douce et aimable, qui mettait toujours de côté pour lui une portion de nourriture supplémentaire.

Charles, qui lui donnait une tape sur l'épaule chaque fois qu'il lui confiait une tâche, et dont les lèvres souriaient rarement alors que le reste de son visage exprimait toujours son amusement.

L'homme qui voulait être un père pour lui.

Chandler éperonna encore son cheval, laissant le vent cingler son visage.

Il fuyait les bras doux de Pippa, son visage rond et confiant, son sourire édenté. Ses bonbons à la menthe, ses coups de poing et son amour de petite fille. Il fuyait le trou qu'elle avait laissé dans son cœur.

Elle était son plus grand échec. Son regret le plus vif.

Surtout, il fuyait sa propre nature, ses choix et son nom.

Il fuit jusqu'à ce que le puissant coursier sous lui commence à donner des signes d'épuisement. Sa bave écumeuse et son souffle laborieux percèrent le brouillard de rage et de douleur qui entourait Chandler.

Il ralentit et fit marcher sa monture au pas pendant de longues minutes pour la calmer.

La course n'avait pas vraiment eu l'effet escompté, ce qui ne le surprit pas. Si la vie lui avait appris une chose, c'est qu'il est vain de tenter de fuir son passé.

Et impossible de fuir la vérité.

Il était responsable du massacre de Mont-Claire.

Francesca avait développé une résistance à la douleur grâce aux années passées à subir le traitement capillaire de Serena.

Bien que sa chevelure se fût obscurcie au fil des ans, passant du blond argenté à un or plus sombre, la Roumaine ne lui laissait jamais le temps de voir la véritable couleur de ses racines. Régulièrement, elle la poussait dans un fauteuil et préparait la pâte sinistre et nauséabonde qui teignait ses cheveux d'un roux vif.

La nuit à venir serait cruciale. Étant la femme la plus impatiente du monde, Francesca avait décidé de calmer ses nerfs en préparant soigneusement son allure pendant qu'elle attendait les instructions pour se rendre à la prochaine assemblée du Conseil cramoisi.

Le rituel de la dévotion avait été éprouvant à regarder. Cette nuit, ce serait celui du désir.

Au moins, elle n'aurait pas besoin de jouer la comédie.

Après avoir goûté aux charmes de Declan Chandler, son désir s'était changé en un besoin insatiable. Elle avait choisi le bon cerf... un cerf qui n'apparaissait toujours pas alors que l'après-midi touchait à sa fin.

Les yeux dorés de Serena la fixaient dans le miroir tandis qu'elle appliquait la pâte sur les cheveux de Francesca à vigoureux coups de spatule.

— As-tu été prudente, Francesca ? demanda-t-elle avec son indécrottable accent roumain.

— Je ne sais pas de quoi tu parles, mais la réponse est sûrement non.

Francesca préparait de son côté sa propre décoction à base de soude, de bismuth, de vanille, de noix de coco et de quelques huiles exotiques, qui débarrasserait de l'odeur du henné ses cheveux une fois rincés.

— Je te demande si, la nuit dernière, le Tigre et toi avez pris les mesures nécessaires pour ne pas faire d'enfant.

Depuis qu'elle avait appris que Declan Chandler avait survécu, Serena, qui avait du mal à se souvenir de tous ses noms, l'appelait simplement « le Tigre ».

Francesca ne releva pas les yeux tandis que la Roumaine saisissait un châle pour l'enrouler autour de sa chevelure, le temps que prenne la teinture.

— Non, avoua-t-elle. Nous n'avons pas été prudents.

— Je vois.

Bien que Serena fût peu expressive, Francesca n'avait aucun mal à lire ses pensées. Même si ça n'avait pas été le cas, les gestes brusques de la Roumaine tandis qu'elle nouait les coins du châle en lui tirant la tête de-ci de-là auraient été suffisamment éloquents.

— Je te préparerai un tonique, dit-elle sèchement. Il n'y aura pas d'enfant.

— Attends.

Le mot lui avait échappé. Serena et elle se dévisagèrent dans le miroir, tenant une conversation silencieuse.

Serena lui rappela tacitement qu'elle avait toujours affirmé ne pas vouloir d'enfants. Que sa vie était incompatible avec la maternité. Que son existence en tant que Francesca Cavendish était un mensonge. Que si le Conseil ne la démasquait pas un jour, la Couronne s'en chargerait.

— Je sais, dit Francesca à voix haute. Mais... attends quand même.

— Où est ton Tigre ? demanda Serena. Tu pourrais être convoquée à tout moment par ton ennemi, et il te laisse sans nouvelles parce que ton père a voulu être bon envers lui autrefois ? Lui offrir un foyer ?

Francesca soupira. Il n'était pas difficile de comprendre pourquoi Chandler avait disparu quelques heures plus tôt. Il venait d'apprendre que toute sa thèse au sujet du massacre de Mont-Claire était erronée et, en outre, qu'il avait trouvé et perdu un père sans jamais le savoir.

Elle ne pouvait imaginer ce qu'il avait ressenti. Il avait sûrement besoin de calme pour mettre de l'ordre dans ses pensées et dans son cœur.

— C'est... compliqué, répondit-elle pitoyablement.

Serena émit un grognement sourd et tira fermement sur le dernier nœud du châle.

Francesca contempla son reflet. Elle aurait pu être un maharaja couronné d'un superbe turban, sauf qu'elle n'était ni homme, ni reine, ni même indienne.

— Il sera là quand j'aurai besoin de lui, affirma-t-elle avec plus de conviction qu'elle n'en ressentait.

Serena lui lança un regard de biais.

— À mon avis, les dieux n'auraient jamais laissé ton père l'adopter. Ce garçon n'était pas fait pour être ton frère, mais ton destin.

Francesca allait lui demander ce qu'elle voulait dire lorsqu'une sonnerie métallique retentit dans sa chambre. Agitant un doigt pour signifier à Serena que cette conversation n'était pas terminée, elle se leva pour aller décrocher le téléphone.

— Lady Francesca ?

Même à travers les fils électriques, l'accent écossais de lord Ramsay était reconnaissable entre tous.

— Oui, c'est moi, répondit-elle dans le microphone.

— Je vous appelle de la part de mon épouse pour vous adresser une ferme réprimande.

— Sévère ! dit la voix de Cecelia quelque part près de lui. J'ai dit « sévère » !

Le soupir stoïque de Ramsay transporta sa lassitude sur les kilomètres qui les séparaient.

— Vous avez menti, l'accusa-t-il d'un ton neutre.

— Vous allez devoir être plus précis, rétorqua Francesca.

Elle luttait contre l'envie de crier. Non qu'elle fût agacée, mais ses mots devaient vraiment parcourir une longue distance, et elle se demandait toujours s'ils n'avaient pas besoin d'une poussée supplémentaire.

— Le rituel de Kenway n'aura pas lieu dans sa résidence comme vous nous en aviez informés.

Zut !

— Oh ? fit-elle innocemment. Ils l'ont déplacé ? Je n'ai pas encore reçu l'invitation. Elle arrivera sans doute plus tard, et nous devrons partir sur-le-champ.

— Cela me surprend, puisque tous les autres invités l'ont déjà reçue, y compris votre amant.

Francesca agrippa l'écouteur de ses deux mains soudain glacées et moites.

— Quoi ? Comment le savez-vous ?

Cette fois, elle criait vraiment.

— Qu'il a reçu l'invitation ou qu'il est votre amant ?

Francesca fit une grimace avant de répondre :

— Les deux.

— Je lui avais bien dit de vous laisser tranquilles tous les deux, Frank, déclara la voix désincarnée de Cecelia. Que veux-tu ? Il est aussi têtu que toi. Ses agents ont vu Chandler entrer chez toi hier soir... et il n'en est pas ressorti.

Francesca pouvait imaginer le couple se lançant des regards noirs.

— Je fais surveiller tout le monde, admit Ramsay sans la moindre vergogne. Kenway, ses domestiques, tous les gens que j'ai reconnus alors qu'ils quittaient sa résidence hier soir, et ceux dont d'anciens membres du Conseil m'ont donné les noms. Ils sont tous suivis. Et vous me remercierez pour mon entêtement lorsque vous entendrez ce que j'ai à vous dire.

Ramsay inspira profondément pour se donner du courage. Francesca en profita pour s'asseoir.

— J'ai fait quelques recherches sur le passé de Chandler Alquist, lady Francesca. Ce n'est pas qu'un espion, c'est un fantôme. Il n'existe aucune trace de son existence avant son recrutement par les services secrets. On lui confie les missions les plus périlleuses, des missions suicide, pour ainsi dire. Il enquête sur le Conseil cramoisi depuis longtemps. Il a commis des actes... atroces, Francesca. Des actes qui m'horrifient moi-même.

Francesca s'accrocha à l'accoudoir de son fauteuil. Elle refusait de croire que Chandler n'était pas un homme bon.

— Je sais, murmura-t-elle. Il me l'a raconté. Ne dit-on pas qu'on n'envoie pas un saint pour capturer un pécheur ? Il affirme lui-même être un monstre ; pourtant, il m'a montré tout le contraire, Ramsay. C'est un agent de la justice, et la justice est parfois brutale.

— Je crois que vous ne m'avez pas compris, Francesca. Chandler n'est pas un monstre, il est celui qu'on envoie tuer le monstre. Il est l'émissaire de la mort de la Couronne, et lorsqu'on lui assigne une mission, cela se termine toujours avec des cadavres.

— Vous voulez dire que c'est un assassin ?

— Je veux juste vous dire qu'il vous a menti. Votre invitation au rituel de cette nuit vous a été livrée ce matin. Mon agent en a été témoin. Si vous ne l'avez pas alors que je soupçonne Chandler d'en posséder une, c'est qu'il vous l'a subtilisée.

— L'ordure !

Francesca balaya d'un geste le vase posé sur un guéridon près d'elle, envoyant des pivoines voler à travers la pièce dans un fracas de cristal.

— Il veut me priver de ma vengeance ? Maudit despote ! Je lui apprendrai à...

— À tenter d'éloigner celle qu'il aime d'une situation dangereuse en lui mentant ? l'interrompit Ramsay d'un ton amusé.

Francesca tiqua. Elle caressa le bois du guéridon du bout de l'index et répondit :

— C'était différent. Je ne veux pas que Cecelia et Alexandra soient impliquées dans cette affaire. Francesca est *mon* mensonge. C'est *mon* combat.

— Nous ne voulons pas que vous soyez impliquée non plus, grogna Ramsay.

— S'agit-il d'un « nous » de majesté ?

— Je veux parler de Redmayne, de la duchesse, de Cecelia et de moi. Laissez Chandler s'en charger. De toute évidence, il cherche à vous protéger. En outre, il sait y faire. L'envoyer dans le repaire du Conseil cramoisi revient à lancer un explosif dans une pièce et à refermer la porte.

— Si je ne me montre pas ce soir, Kenway devinera probablement pourquoi. Comme vous, il a des espions dans tout Londres. Je ne suis pas naïve au point de ne pas savoir qu'il me surveille. Si je ne me présente pas au rituel, Chandler pourrait être en danger. Savez-vous où la soirée aura lieu ?

Il y eut un long silence de l'autre côté de la ligne.

— Bon sang, Ramsay ! Si vous savez quelque chose, dites-le-moi !

— De votre côté, n'avez-vous rien à me dire, comtesse ?

— Chandler a beau être l'espion le plus efficace du royaume, Kenway dispose d'une armée d'adeptes qui se jetteraient devant lui pour prendre la balle qui lui est destinée. Cet homme est un déséquilibré, Ramsay. Il est encore plus fou que vous ne l'imaginez.

Elle lui fit part alors de toutes les informations qu'elle avait glanées la nuit précédente – le lord chancelier, les rituels, ce qu'elle avait appris de la philosophie du Conseil.

Lorsqu'elle eut fini, il resta silencieux un long moment, puis déclara :

— Il me faudrait plus de preuves pour pouvoir mettre ce conseil de traîtres définitivement hors d'état de nuire. À l'heure actuelle, si j'organise un raid, je ne pourrai rien faire d'autre qu'inculper plusieurs douzaines d'individus pour outrage aux bonnes mœurs. Or, aucun pair du royaume ne reste longtemps derrière les barreaux pour avoir participé à une orgie. Pas de nos jours.

— Même une orgie séditieuse ?

— Il me faudrait des preuves, répéta-t-il. Je crains que votre témoignage ainsi que celui de Chandler ne suffisent pas ; ils seraient considérés comme des ouï-dire. Il nous faut de quoi les lier directement au massacre de Mont-Claire, à l'enlèvement des fillettes, au meurtre du lord chancelier. Surtout, à un projet concret de renversement de la monarchie. Pouvez-vous me fournir ce genre de preuve ?

Elle fit non de la tête, oubliant qu'il ne pouvait la voir.

— Kenway est bien trop malin pour conserver des documents.

— En outre, il a sûrement des agents au sein du gouvernement, devina-t-il.

Il poussa un autre de ses longs soupirs. Francesca pouvait presque le voir se pinçant l'arête du nez.

— Tout ceci est encore bien pire que nous ne l'imaginions, grommela-t-il.

— En effet. Dites-moi où se trouve Chandler et tout ce que vous savez au sujet de cette nuit.

Il hésita.

— Je ne peux pas, Francesca. J'ai le devoir de vous protéger.

Elle bondit sur ses pieds.

— Ne laissez pas le fait que je sois une femme vous leurrer, Ramsay. Je suis aussi passionnée et possessive que vous. Chandler est à moi. Je l'aime depuis toujours, et mon amour n'est pas moins intense que celui que vous éprouvez pour Cecelia. Vous voulez un monstre ? Vous voulez un agent de la mort ? C'est moi. Jamais je ne vous aurais mis des bâtons dans les roues si Cecelia s'était trouvée dans une situation similaire. Alors aidez-moi. Si vous m'empêchez d'agir sous prétexte que j'appartiens au sexe faible et que j'ai besoin d'être protégée contre mes propres décisions, c'est à vous que je m'en prendrai ensuite.

Cette fois, le silence au bout de la ligne était plus estomaqué qu'hésitant. Elle entendit la voix étouffée de Cecelia dans le fond.

— J'ai pu soutirer quelques informations aux hommes que vous m'avez déjà livrés, répondit enfin Ramsay. Sous la pression, ils ont laissé entendre que leurs rituels se déroulaient parfois dans les catacombes jouxtant le tunnel d'Isambard, dans le réseau métropolitain.

Francesca retint un petit cri de victoire.

— Je... je vous suis redevable, se força-t-elle à dire.

— Femme ou pas, Francesca, vous êtes aussi féroce et redoutable que n'importe quel général. Je vous suivrais à la bataille les yeux fermés.

— Euh... merci, dit-elle, sans effort cette fois. Pourquoi pas ce soir ?

— D'accord. Francesca ?

— Oui, Ramsay ?

— Je vais vous aider à vous sortir de là, votre homme et vous.

— Comment...

La communication fut soudain coupée. Francesca fixa l'écouteur un long moment, avant de le raccrocher rageusement sur le récepteur.

Elle écarta les débris de cristal à ses pieds, puis alla se préparer pour la soirée.

— Que comptes-tu faire ? lui demanda Serena.

— Sauver Chandler, répondit-elle, l'air sombre. Afin de pouvoir le tuer moi-même.

22

C'était l'endroit rêvé pour un rituel occulte, pensa Chandler : une salle souterraine oubliée communiquant avec les nouvelles stations du métropolitain par des galeries allant dans trois directions différentes. D'après les plans qu'il avait consultés, cette salle avait été creusée et étayée en 1863 pour servir de plate-forme de correspondance. Sauf que l'architecte, un ivrogne capricieux, n'avait pas fait creuser assez profondément, si bien qu'environ un mois par an, elle était inondée. L'eau montait jusqu'aux genoux.

Durant l'été, toutefois, lorsque la Tamise était basse, la vaste salle et son réseau de quais restaient secs. Les tranchées prévues pour accueillir les rails formaient d'excellents postes d'observation pour Chandler et deux autres agents, Benjamin Dashiell et Theo Howard.

Sur le plan logistique, ce n'était pas l'endroit idéal pour une descente de police. Trois tunnels différents débouchaient sur la salle, et de chaque tunnel irradiaient des passages – dont d'anciennes galeries secrètes creusées par les jacobites et remontant à l'époque des Tudors –, ce qui offrait de nombreuses issues de secours aux membres de la secte.

Avec l'aide de lord Ramsay, Chandler et les services secrets avaient mis un plan au point. Les trois agents placeraient des explosifs de faible intensité dans chaque tunnel. Le moment venu, ils seraient déclenchés, provoquant plus de peur que de mal mais dégageant des nuages de fumée qui forceraient les membres de la secte à se retrancher au centre de la salle. Les policiers n'auraient alors plus qu'à les encercler et à les arrêter. Ce serait un coup de filet géant comme on n'en avait plus vu depuis l'Inquisition.

Durant la journée, le passage des trains faisait trembler le plafond de la salle. À 23 h 30, le métropolitain était désert et n'abritait plus que des nuisibles.

Des nuisibles qui ne se limitaient pas aux rats et aux cafards.

Des panneaux indiquant « Danger » avaient été placés à l'entrée des tunnels pour dissuader les curieux de s'y aventurer.

Et pour guider les membres du Conseil.

Chandler et ses deux collègues entrèrent par le tunnel du nord, suivant le son d'un fredonnement grave rythmé par un unique tambour. Ce soir, il n'y aurait pas d'orchestre de chambre, rien qui puisse attirer l'attention depuis les galeries principales.

Les festivités venaient de commencer.

Aucun valet n'était présent, mais des montagnes de mets froids et de boissons avaient été disposées sur une longue table dans un coin de la salle. La dépravation creusait l'appétit.

Formant à peine des ombres mouvantes dans le noir, Chandler, Dashiell et Howard placèrent les engins explosifs dans les tunnels, se déplaçant tels des serpents au fond d'une fosse, avant de se regrouper derrière un muret en briques, sans doute l'ébauche de ce qui serait devenu un kiosque souterrain où l'on vendait des friandises ou des journaux.

Le fredonnement des dévots s'était fait plus puissant. Ils scandaient un refrain aux accents exotiques, peut-être indien.

Dashiell, un vétéran flegmatique approchant de la cinquantaine, sortit sa montre de gousset. Il veilla à l'orienter de façon à ne pas refléter la lueur des nombreuses chandelles allumées sur la plate-forme, sur laquelle une quarantaine de personnes grognaient en chœur et se tripotaient avec une ferveur croissante.

— Ramsay et l'inspecteur en chef devraient être en place dans un quart d'heure, chuchota-t-il sous son imposante moustache. D'ici là, cette bande se sera bien échauffée.

Il plissa les yeux, observant la scène avec un intérêt non dissimulé.

— Je suis dans le métier depuis un bail, grommela-t-il, mais je n'avais encore jamais rien vu de pareil.

Howard, un jeune blond qui avait à peine l'âge d'avoir du poil au menton, roulait des yeux ronds. Chandler avait hésité à l'amener, mais Howard était un artificier hors pair.

Le jeune espion donna un coup de coude à Chandler et lui glissa :

— Vous parlez d'une assemblée, hein ? Je veux dire, si on m'invitait un jour à une petite orgie, je ne dirais pas non, mais là, c'est... diabolique.

Chandler hocha vaguement la tête sans quitter la plate-forme des yeux. Les convives semblaient se retenir. Ils se trémoussaient, s'embrassaient et se caressaient sans cesser leur psalmodie gutturale. Cependant, il ne se passait rien de plus, comme s'ils tenaient leurs pulsions en laisse, attendant de les libérer sur l'ordre d'un maître.

Il eut une grimace de dégoût.

Dans une autre vie, son père lui avait dit :

— Si on donne aux velléitaires et aux petits esprits une broutille qui leur a été refusée et à laquelle ils aspirent, ils mettront leurs propres chaînes et les appelleront « liberté ».

Dashiell secoua la tête.

— Il n'y a que les aristos pour faire ça. Si vous voulez mon avis, c'est le résultat de la consanguinité.

Howard acquiesça gravement.

— On se demande combien de bâtards sont engendrés dans ce genre de réunion.

Chandler, impatient, se massa la nuque.

— Quelque chose ne tourne pas rond, maugréa-t-il.

Howard lui lança un regard perplexe.

— Normal, ce sont tous des tordus.

— Kenway n'est pas encore là, expliqua Chandler. Aurait-il été prévenu ?

Dashiell se retourna vers les tranchées plongées dans l'obscurité comme s'il pouvait y voir quelque chose.

— Je ne pense pas, répondit-il. Même les agents de police ne connaîtront leur véritable mission qu'au dernier moment.

Chandler ne pouvait se défaire d'un mauvais pressentiment.

— Retournons chacun dans nos tunnels respectifs, proposa-t-il. Juste au cas où. Personne ne doit pouvoir entrer ni sortir.

— Kenway est peut-être simplement en retard, dit Dashiell. S'il nous voit en arrivant, il risque de s'enfuir.

— Je ne crois pas.

Kenway n'était jamais en retard, à moins que ce ne soit intentionnel.

Une angoisse sourde tenaillait Chandler. Si Kenway les avait de nouveau devancés ? S'il avait attiré la police dans ces souterrains afin de s'emparer de Francesca ?

Elle était protégée et savait se défendre.

Néanmoins...

Howard fit un salut militaire.

— Bien, chef. Je retourne dans mon tunnel pour... euh... surveiller les... euh... les festivités.

Chandler échangea un regard blasé avec Dashiell avant de redescendre dans sa tranchée et de se diriger vers le tunnel du nord.

En chemin, il remarqua une ouverture dans le mur en pierre, juste assez grande pour qu'un homme s'y faufile de biais. Il fronça les sourcils en passant devant elle. Surveiller deux issues à la fois serait compliqué, mais faisable.

Trois mètres plus loin, il aperçut une autre ouverture. Puis une autre.

Il jura abondamment dans sa barbe. Ces passages ne figuraient pas sur les plans. Combien y en avait-il ? Où menaient-ils ?

Qui cachaient-ils ?

La réponse à cette question se présenta d'elle-même quelques secondes plus tard.

Kenway apparut comme s'il avait surgi de la roche. Sept cerfs le suivaient.

La nuit précédente, Chandler avait capturé l'un d'eux, un certain Marcus Fettlesham, afin de prendre sa place. Il se demanda qui le remplaçait ce soir.

Chandler savait ce que la plupart ignoraient : Luther Kenway avait toujours préféré les cerfs aux biches, ce qui rendait son intérêt pour Francesca d'autant plus déconcertant. Bien qu'elle ne possédât pas de formes voluptueuses – son corps svelte était une merveille de force et de symétrie –, elle n'était pas masculine pour un sou.

Elle était femme jusqu'au bout des ongles.

Tout cela n'avait aucun sens.

Il esquissa un sourire. Francesca ne s'étant pas présentée, un grain de sable avait été jeté dans les rouages de la soirée. Kenway aurait du mal à expliquer l'absence de son attraction principale. Peut-être perdrait-il la face devant ses adeptes, avant de perdre tout le reste.

Dieu qu'il avait hâte de le voir s'étrangler avec sa propre bile !

Portant toujours son masque de lion, Kenway se dirigea vers une estrade, les convives s'écartant devant lui, tandis que des femmes allaient ouvrir des malles placées sous le grand buffet. Elles en sortirent des coussins, des couvertures et des oreillers qu'elles éparpillèrent dans la salle.

Chandler lança un regard à sa montre. Il restait dix minutes. C'était largement suffisant pour que Kenway dise quelque chose d'incriminant que les autres agents entendraient.

Le comte leva les mains, tel Moïse ouvrant la mer Rouge, et le fredonnement cessa.

— Cette nuit, nous rendons hommage au désir, le deuxième principe de la liberté, déclara-t-il. Cette nuit, rien ne vous sera interdit, comme ce sera le cas lorsque les murailles de nos oppresseurs tomberont et que nous gouvernerons l'Empire selon la loi du plus fort. Le pouvoir ne sera plus hérité, mais saisi. Rien ne sera refusé aux puissants.

Chandler serra le poing, savourant ce moment de victoire. Kenway en avait dit suffisamment pour se damner aux yeux de la justice.

Kenway tendit alors le bras vers une autre ouverture dans la roche.

— Venez, ma renarde. Je vous ferai l'honneur de vous tenir lieu de partenaire, comme n'importe lequel de ces vigoureux cerfs.

Aucun masque de renard n'émergea des ténèbres.

En revanche, un dragon apparut.

Une femme vêtue d'une longue robe flottante en mousseline rouge suivit le chemin précédemment emprunté par Kenway. Son masque était nettement différent des autres. Son dragon roulait des yeux déments et montrait ses crocs. Par sa férocité et son air menaçant, il jurait avec l'ambiance sensuelle de la soirée.

Les dévots s'inclinèrent devant elle.

Lorsqu'elle passa devant Chandler, il se baissa un peu plus dans sa tranchée.

Une rage sans nom l'envahit. Il n'avait pas besoin d'en voir plus pour la reconnaître. Il n'avait pas besoin de voir sa silhouette nue sous la mousseline, ni le tatouage dans son dos.

Il la reconnaissait à sa démarche gracieuse, à son port de tête, à son pas déterminé.

Francesca.

Il dut faire appel à toute la force de sa volonté pour ne pas crier son nom.

Comment osait-elle le défier ? Comment osait-elle se profaner en se mêlant à cette assemblée abjecte ? N'avait-elle donc aucun instinct de survie ? Prenait-elle plaisir à se mettre en danger ?

Elle était seule. Sans armes.

Bon sang, il pouvait tout voir, depuis les os saillants de ses clavicules à la raie de ses fesses.

Ce qui signifiait que ses hommes aussi.

Cinq minutes. Encore cinq minutes, et la puissance de Scotland Yard s'abattrait sur ce lieu.

Il réfléchit à toute allure tandis qu'elle s'approchait de l'estrade, son pas soudain moins assuré.

— Où est le cerf que j'avais choisi ? demanda-t-elle d'une voix puissante.

Chandler aurait donné son bras droit pour voir la réaction de Kenway. Ce dernier ne supportait pas les femmes autoritaires.

— Il s'est révélé indigne, répondit le comte. Je vous servirai à sa place.

Les cerfs se rangèrent derrière elle, formant un demi-cercle.

— Ce n'est pas vous que j'ai choisi, répondit-elle fermement. Que voulez-vous dire par « indigne » ? Que lui avez-vous fait ?

Kenway posa une main sur son cœur comme s'il était mortellement offensé.

— Mais absolument rien, ma chère. Il s'est simplement... volatilisé. Venez.

Comme elle ne bougeait pas, deux des cerfs se rapprochèrent d'elle. Trop près. L'un d'eux semblait sur le point de la pousser en avant vers Kenway.

Chandler posa une main sur sa matraque, prêt à tuer. S'ils la touchaient, il...

— Comment cela, il s'est volatilisé ? insista-t-elle.

D'un geste de la main, Kenway ordonna aux cerfs de ne pas bouger, puis il descendit de l'estrade pour rejoindre Francesca. Il inclina sa tête de lion sur le côté.

— Connaissiez-vous le cerf que vous aviez choisi, comtesse ?

— Vous savez fort bien que oui.

Sa voix contenait plus de dagues qu'elle ne pourrait jamais en cacher sur son corps.

— Alors rassurez-vous, ma chère. Il n'a rien.

Il saisit une mèche de ses cheveux et l'examina en la faisant rouler entre ses doigts.

Chandler vit rouge, la rage se répandant dans ses veines telle une coulée de lave.

— Vous viendrez avec moi, comtesse.

Cette fois, c'était un ordre.

Le cerf sur la gauche de Francesca lui prit le coude et la poussa en avant.

Jaillissant des ténèbres, Chandler bondit sur la plate-forme et courut vers l'estrade.

Il avait cassé la main qui l'avait touchée avant même que le premier cri de surprise s'élève dans la foule. Avec un rugissement, il souleva l'homme et le propulsa dans une tranchée. Le craquement de ses os sur un rail produisit un son gratifiant.

Les six autres cerfs cernèrent aussitôt Chandler, enfermant Francesca avec lui dans le cercle.

Francesca arracha son masque et le lança sur l'un d'eux avant de se tourner vers Chandler. Dans son regard, le soulagement le disputait à la panique.

Il sortit sa matraque de sa ceinture et se prépara au combat. Il battrait à mort chacun de ceux qui avaient menacé cette inconsciente, puis il la conduirait en lieu sûr.

Ensuite, il réglerait son compte à Kenway une fois pour toutes.

23

Francesca aurait aimé se mettre en retrait pour observer Chandler à l'œuvre, voir la grâce et la vitesse avec laquelle il pouvait infliger de la douleur. C'était presque beau.

Les coups qui pleuvaient sur lui semblaient rebondir sur un bouclier de rage presque démoniaque.

La dernière fois qu'elle l'avait vu, il était une montagne de glace. Sombre, lointain, insensible.

À présent, c'était un volcan.

Ses gestes étaient contrôlés, sa détermination absolue. Il frappait pour faire le maximum de dégâts avec le moins de mouvements possible, telle une machine calibrée pour la violence.

Les os craquaient, les peaux se fendaient, le sang giclait.

Elle aurait aimé avoir son pistolet. Toutefois, lorsqu'elle avait vu la tenue qu'on lui avait préparée pour la soirée, elle avait vite compris qu'elle ne pourrait le cacher nulle part.

C'était l'intention de Kenway, naturellement. Il la voulait non seulement nue, mais sans défense. Vulnérable.

Cependant, ce n'était pas parce qu'elle n'avait pas d'arme qu'elle était impuissante.

Profitant de ce que les cerfs, la croyant sans doute inoffensive, étaient concentrés sur Chandler, elle chercha Kenway du regard. Il courait vers le sud, à l'opposé des tunnels, suivi de plusieurs de ses adeptes dont il n'avait cure.

Les hommes comme lui ne pensaient qu'à sauver leur peau.

Il projetait sans doute de fuir par l'un des étroits passages creusés dans la roche, dont elle supposait qu'ils servaient à évacuer l'eau lors des inondations. S'il en suivait un, il terminerait exactement à sa juste place.

Dans les égouts.

Elle devait l'arrêter avant qu'il s'échappe.

Lorsqu'elle s'élança derrière lui, un homme trapu se mit en travers de sa route. Elle prit son élan et lui envoya le plat de sa main dans le nez. Elle sentit l'os craquer.

Il s'effondra aussitôt, et elle reprit sa course.

Autour d'elle, c'était le chaos. Deux autres hommes en costume s'étaient joints à la mêlée. Des hommes de loi, apparemment, entraînés à capturer et à tuer. Ils criaient des ordres, tentant de reprendre le contrôle de la situation.

Des sifflets retentirent au loin, suivis d'un martèlement de bottes sur le sol en granit.

La police !

Des gens couraient dans tous les sens, certains tels des animaux paniqués, d'autres livides et terrifiés. La plupart avaient ôté leurs masques et s'enfuyaient par les différents tunnels.

Elle ne pouvait s'en préoccuper. Il fallait avant tout rattraper Kenway, qui disparaissait au loin.

Soudain, un fracas assourdissant la fit tomber à genoux. Cela ressemblait à la détonation d'une batterie de canons amplifiée par l'écho dans les galeries souterraines. Elle se couvrit les oreilles en poussant un cri qui se perdit dans le vacarme.

Des mains puissantes la soulevèrent. Elle fit volte-face pour frapper et reconnut Chandler. Sans lui laisser le temps de reprendre son souffle, il l'emmena au pas de course, la traînant à moitié vers l'un des tunnels envahis par la fumée.

— Kenway, dit-elle en toussant et en pointant l'index dans la direction que le comte avait prise.

— Oubliez Kenway, grogna-t-il. Je vous sors d'ici.

Il lui pressa un mouchoir sur le visage. Le bourdonnement dans ses oreilles la désorientait et la faisait trébucher. Chandler la souleva dans ses bras et la porta à travers un dédale de catacombes. À chaque tournant, il écrasait une chandelle qui semblait avoir été placée là pour éclairer un chemin d'évasion personnel.

Il avait toujours été incroyablement malin.

Lorsque le passage ancien céda la place à une galerie plus large et à l'aspect plus moderne, il s'arrêta. Des lampes à gaz remplaçaient les chandelles au bout de ce qui devait être un accès à une station de métro.

Reprenant ses esprits, elle gigota pour qu'il la dépose à terre.

— Attendez. Où m'emmenez-vous ?

— Chez vous, bien sûr.

Il la tenait toujours fermement par le bras.

— Mais… Kenway…, protesta-t-elle. Nous devons y retourner. Il ne faut pas qu'il s'échappe.

— Vous n'étiez pas censée être ici ce soir, rétorqua-t-il en la tirant de nouveau derrière lui.

— Attendez ! répéta-t-elle en tentant de se libérer.

— Je ne comprends pas ce qui vous est passé par la tête, grogna-t-il sans s'arrêter. Comment avez-vous su où se déroulerait le rituel ?

Elle planta ses talons dans le sol.

— J'ai dit : arrêtez-vous ! Je ne peux pas sortir comme ça, pas dans cette tenue !

Elle portait toujours sa robe en mousseline transparente.

Il se retourna vers elle, les lèvres retroussées, montrant les dents telle une bête sauvage prête à mordre.

Elle perçut sur ses traits le moment exact où sa nudité à peine voilée transperça le brouillard de colère qui lui embrumait l'esprit. Sa fureur se mua en une émotion tout aussi violente, et peut-être encore plus dangereuse.

Ce qu'elle vit dans son regard la fit reculer d'un pas, geste qui parut réveiller l'instinct de prédateur en lui.

Il bondit, écarta les bras qu'elle tendait devant elle dans un geste défensif, glissa une main dans sa nuque et l'attira à lui pour l'embrasser voracement.

Pressée contre son corps en feu, Francesca frémit. Pendant qu'une main lui tenait la tête, l'autre tira sur le cordon qui retenait sa robe diaphane.

Elle aurait dû l'arrêter, elle le savait. Un raid de police avait lieu non loin, et on risquait de les voir. Elle voulait savoir pourquoi il ne l'avait pas informée de son plan, lui demander où il avait passé la journée.

Pourquoi il lui avait menti.

Toutefois, la bouche qui la dévorait avec une ardeur presque violente fit s'envoler toutes ses questions. Impuissante, elle ne pouvait que le laisser faire.

Parfois, la soumission était la meilleure stratégie.

Dès qu'elle devint docile, le baiser de Chandler changea, émettant de délicieuses promesses contre sa bouche. La chaleur de son corps traversait ses vêtements, et elle le sentait habité d'une frénésie à peine humaine.

Il avait besoin de la posséder, et elle avait besoin de le laisser faire.

Il grogna lorsqu'elle répondit à son baiser. Ses doigts s'enfoncèrent dans sa chevelure, tirant sa tête en arrière et la maintenant prisonnière.

C'était un homme des ténèbres. Il les portait sur sa peau, en drapait son âme. Et, ces ténèbres, il allait en verser un peu en elle.

Ils avaient tant de choses à se dire, tant de colère à analyser... Mais, avant, ils devaient céder à ce besoin. Rien n'aurait d'importance tant qu'il ne serait pas satisfait.

Un son plaintif s'échappa de sa gorge et brisa les dernières retenues de Chandler.

Il la souleva, lui enroula les jambes autour de sa taille et tituba en avant sur quelques mètres jusqu'au mur, contre lequel il la plaqua. Son bras dans son dos la protégeait tant bien que mal des aspérités de la roche tandis que le corps de Chandler se pressait contre elle.

Sans préambule, il dégrafa sa ceinture de sa main libre. Ses doigts effleurèrent sa vulve lorsqu'il déboutonna sa braguette, et ce simple contact furtif suffit à l'électriser, répandant une onde de moiteur entre ses cuisses.

Elle enroula les bras autour de ses épaules, enfonça les ongles dans ses muscles bandés. Chandler la pénétra avec une telle force que son corps n'offrit aucune résistance.

Elle cambra les reins, mue par le besoin de le sentir, de le prendre tout entier en elle.

Puis il commença à remuer.

Sa main remonta le long de la nuque de Francesca pour empêcher l'arrière de son crâne de heurter la paroi. Cette attention au milieu de toute cette frénésie l'émut profondément.

Ses va-et-vient étaient longs, profonds, brutaux et délicieux. Elle croisa les chevilles derrière ses hanches pour l'encourager et l'attirer contre elle. Elle percevait une autre émotion sous sa furie, une sorte d'incrédulité révérencieuse, comme s'il était perdu dans un rêve tout en étant conscient de pouvoir se réveiller à tout instant.

Alors elle l'embrassa, espérant ainsi l'enraciner dans ce moment, lui démontrer qu'elle était bien là, avec lui. Qu'elle n'allait nulle part.

Avec un gémissement, il la souleva encore un peu, replaçant ses hanches de sorte à la pénétrer plus profondément encore. Elle haleta sous l'effet de cette torture exquise. Chaque coup de reins était comme une décharge de foudre qui mettait à nu toutes ses terminaisons nerveuses.

Puis il interrompit leur baiser, le temps d'humecter ses doigts, qu'il glissa entre eux.

Dès que son pouce effleura son clitoris, le monde entier vola en éclats. Le plaisir fut si intense que, propulsée vers des sommets vertigineux, elle en perdit la raison.

Les mouvements de Chandler se firent alors saccadés, puis il se figea. Se mettant à trembler des pieds à la tête, il mordit la chair tendre dans le creux de son cou. Ils s'agrippèrent désespérément l'un à l'autre tandis que leurs corps fusionnaient dans une succession de spasmes de plaisir d'une intensité inouïe.

Enfin, Francesca s'effondra contre lui. Lentement, progressivement, le reste du monde se redessina autour d'eux. Elle sentait la froideur de la pierre dans son dos, la chaleur de son membre encore en elle, le grattement de sa barbe contre sa joue.

Ses muscles se détendirent, et sa peur laissa la place à un sentiment de paix, de quiétude. De gratitude.

Elle caressa les cheveux courts et doux dans la nuque de Chandler, savourant les derniers soubresauts de sensations dans le creux de son ventre.

Au bout de quelques minutes, elle se rendit compte qu'il ne vivait pas la même expérience. Il était toujours aussi tendu et tremblant. Ses doigts s'enfonçaient dans ses cuisses tandis qu'il la tenait toujours contre lui.

— Chandler ? chuchota-t-elle. Que se passe-t-il ? Êtes-vous...

Il se retira d'elle brusquement, la déposa sans ménagement sur le sol, puis se retourna pour remonter son pantalon et se reboutonner.

Décontenancée, Francesca le regarda faire en silence.

Il ramassa la robe en mousseline et la lui tendit en évitant son regard. Ses traits étaient déformés par des émotions qu'elle ne parvenait pas à déchiffrer.

Encore légèrement essoufflée, elle serra le vêtement contre elle et fit une nouvelle tentative.

— Chandler ?

— Il ne doit plus jamais vous toucher. Vous m'avez compris ?

Il agita une main vers les ténèbres derrière eux, sa voix se brisant contre les pierres.

— Ce démon ne doit plus jamais s'approcher de vous. Plus jamais. Vous m'entendez, Francesca ?

Francesca s'efforça de garder son calme. Elle sentait qu'elle pouvait le perdre à tout moment. Jamais elle ne l'avait vu dans un tel état. Aussi en colère. Aussi peu maître de lui.

— Je ne reçois d'ordre de personne, répliqua-t-elle. Je vous offre une chance de vous expliquer avant de vous envoyer paître et que le diable vous emmène en enfer.

Il émit un son si chargé de douleur que ç'aurait pu être un sanglot, sauf qu'il ne pleurait pas.

— J'y suis déjà, grommela-t-il.

Il se mordit un doigt et s'éloigna de quelques pas, comme s'il redoutait de la toucher.

— J'y suis né, reprit-il. Et, quoi que je fasse, je ne parviens pas à en sortir.

Elle s'avança vers lui.

— Chandler...

Il secoua vigoureusement la tête.

— Maintenant que nous avons... que nous sommes... Son désir pour vous est tout bonnement incestueux. Je crois qu'il le sait. J'ignore comment, mais il le sait.

Perplexe, elle s'immobilisa, puis elle écarquilla les yeux.

— Vous voulez dire que... Kenway ?

— Oui ! s'écria-t-il. Luther Kenway, le roi du neuvième cercle de l'enfer.

Il se tourna vers elle, la douleur rendant ses traits méconnaissables, et acheva :

— Mon père.

24

Quelques heures plus tard, étendue sur le ventre, Francesca s'étira. Couché près d'elle, Chandler caressait du bout des doigts son dos nu encore moite de leurs derniers ébats.

Ils n'avaient toujours pas abordé sa révélation.

De fait, ils s'étaient dit peu de choses après qu'il avait drapé sa veste sur ses épaules et l'avait ramenée à la surface. Il avait réquisitionné une voiture de police, l'avait fait monter à bord puis l'avait conduite chez elle. Tout cela sans lui dire un mot.

Ce n'était qu'après un autre épisode de sexe frénétique qu'il était redevenu lui-même. À présent, ils étaient tous deux couchés dans un enchevêtrement de draps froissés, nus, reprenant leur souffle et leurs esprits.

Le doigt de Chandler suivit les contours du symbole gravé dans le haut du dos de Francesca.

— Si féroce..., murmura-t-il en déposant un baiser sur un détail du dragon tatoué. J'ai bien compris que tu t'identifiais au dragon. Mais pourquoi le tigre à côté ?

Francesca s'étira de nouveau, puis se tourna vers lui et le regarda, la tête posée sur son poing. Elle était ravie de pouvoir enfin lui raconter un souvenir sans craindre de trahir un secret.

— Après l'école, j'ai passé un certain temps à Hong Kong, répondit-elle.

— Pour y désapprendre tout ce que tu avais appris, je suppose, plaisanta-t-il.

— Pour m'entraîner, corrigea-t-elle en lui donnant un petit coup dans l'épaule. Un jour, j'ai rencontré un vieil homme qui mendiait dans la rue. Il avait une histoire qu'il devait me raconter en échange d'une pièce. Je la lui ai donnée.

— Qu'il « devait » te raconter ? répéta-t-il en haussant les sourcils.

— C'est sans doute l'expérience la plus mystique qui me soit arrivée. Après toi, je veux dire.

— Comment ça ?

— Serena me disait toujours que j'étais un dragon, et toi un tigre.

Les yeux de Chandler avaient perdu la noirceur qu'elle avait vue dans les catacombes. Ils étaient de nouveau d'une couleur qui hésitait entre la mousse et le whisky. Et, en cet instant, ils brillaient de curiosité.

— Je me demande comment se termine l'histoire du tigre et du dragon.

— Elle ne se termine pas, répondit-elle. Dans l'histoire du mendiant, le tigre est un être à l'énergie féroce. C'est une force brute. Ses attaques sont frontales, agressives, implacables. Étant plus petit, le dragon doit comprendre le mouvement. Il est défensif et circulaire. Doux, mais indomptable. Il incarne toutes les créatures, et il est le gardien des secrets et des trésors. Il doit être agile, souple et rusé.

— Tu es vraiment un dragon, murmura-t-il en déposant un baiser sur son épaule.

— Le tigre et le dragon s'affrontent éternellement, m'a dit ce Chinois. Le tigre est pierre, le dragon est eau.

Le regard de Chandler s'aiguisa.

— Vraiment ? Pierre et eau ?

Ce détail semblait lui parler.

— Le combat entre eux maintient l'équilibre entre toutes choses. L'ombre et la lumière, l'Occident et l'Orient, le bien et le mal... l'ordre et le chaos.

— Le masculin et le féminin ? suggéra-t-il avec un clin d'œil.

— Exactement. Mais, selon ce Chinois, le tigre et le dragon ne sont pas condamnés à se battre jusqu'à la fin des temps. Ce sont des esprits à la fois si différents et si semblables que leurs destins sont intrinsèquement liés. D'après lui, la bataille prendra fin lorsqu'ils trouveront le moyen de s'unir en créant un état de plénitude. Alors, le dur et le doux trouveront leur place dans l'univers pour vivre en harmonie.

Declan resta songeur un long moment, puis déclara :

— Je crois que ce vieil homme voulait coucher avec toi.

Elle feignit d'être outragée et le poussa, le faisant retomber sur le dos en riant.

Puis elle se tourna et saisit un couteau et une pomme sur le plateau de fromages, de fruits et de viandes froides qu'elle avait fait monter plus tôt.

Il se rapprocha d'elle et accepta un verre de vin qu'il but précautionneusement. Après avoir confortablement arrangé la montagne d'oreillers, il se rallongea, les paupières lourdes, une main sur la hanche de Francesca. On eût dit un faune repu et satisfait après une bacchanale.

Bien qu'elle eût mille questions à lui poser, Francesca sentait qu'il avait besoin d'un répit. Elle puisa dans ses faibles réserves de patience et se concentra sur l'épluchure de sa pomme. Elle s'interrompit en l'entendant pouffer de rire. En relevant les yeux, elle constata qu'il l'observait attentivement.

— Quoi ? demanda-t-elle.

— Tu viens de me rappeler un lointain souvenir.

— Un bon souvenir, j'espère ?

— Un souvenir... plutôt doux.

Il coupa la pelure qui pendait au bout de la pomme, l'examina à la lumière puis la mangea.

Elle émit un son dégoûté.

— Tu viens de manger la peau ?

— C'est le meilleur, répondit-il en haussant une épaule.

Elle fit la grimace puis demanda :

— Raconte-moi ton souvenir. Suis-je dedans ?

— Quand j'étais enfant, je faisais de terribles cauchemars... Cela m'arrive encore. À Mont-Claire, je dormais dans un réduit derrière la cuisinière pour avoir chaud. Pip avait l'ouïe fine. Elle m'entendait crier et m'agiter dans mon sommeil.

Elle s'immobilisa, une tranche de pomme à mi-chemin vers sa bouche.

— Elle allait chaparder quelque chose dans le garde-manger puis venait me réveiller, ce que je faisais avec toute l'amabilité d'un ours extirpé de son hibernation, comme tu l'imagines. Elle restait avec moi. Je ne lui ai jamais dit à quel point cela me faisait du bien. Je ne voulais pas me rendormir. Je... ne voulais pas rester seul. Je crois qu'elle le sentait.

En effet.

Francesca reposa la tranche de pomme sur son assiette. Elle avait la gorge trop nouée pour pouvoir l'avaler.

Il ne sembla pas remarquer sa réaction. Il était plongé dans son passé.

— Un jour, elle a apporté deux couteaux, et nous avons joué à être des boucaniers. Plus tard, alors qu'elle pelait ma pomme exactement comme tu viens de le faire, elle a pris des accents de pirate pour me dire : « Un jour, je te volerai ton cœur, mon grand, et tu ne le récupéreras jamais. »

Il se tut un moment, ses longs doigts tripotant les draps, visiblement en proie à des émotions douces-amères.

— À l'époque, j'ai cru que c'était une menace. Nous étions des enfants, nous aimions les bagarres et les jeux violents. Elle était exactement le genre de petite sauvage capable d'arracher un cœur et de l'enfermer dans une boîte.

Il émit un petit rire tandis qu'elle déglutissait péniblement.

Puis son sourire s'effaça.

— J'aurais dû être plus gentil avec elle. Avec le recul... je crois qu'elle le pensait réellement. Elle voulait voler mon cœur et le garder... comme si c'était un trésor.

Francesca détourna le regard. Elle avait l'impression que, s'il la regardait dans les yeux en ce moment, il saurait.

Serait-ce si grave ?

— Tu penses qu'elle aurait pu ? demanda-t-elle doucement. Je veux dire, voler ton cœur ?

— Difficile à dire. Elle ne cessait de m'embêter.

Il rit de nouveau, puis but une autre gorgée de vin et resta silencieux un moment.

— Nous ne le saurons jamais, reprit-il enfin. Mon père nous l'a prise.

Il se replia soudain comme s'il avait reçu un coup dans le ventre, la faisant sursauter. Puis il se redressa en position assise et bascula ses jambes de l'autre côté du lit.

Francesca regarda les cicatrices dans son dos, de petits trous laissés par les balles d'un fusil de chasse. C'était peut-être son propre père qui avait appuyé sur la détente.

— Comment peux-tu seulement me regarder ? se lamenta-t-il. C'est par ma faute que toute ta famille est morte.

— Non !

Elle reposa son couteau et l'assiette sur la table de chevet, et rampa sur le lit pour le rejoindre. Elle le sentait de nouveau s'éloigner d'elle. Glissant un bras autour de ses épaules, elle pressa la joue contre son dos et caressa doucement ses pectoraux.

Elle pouvait entendre son cœur battre puissamment contre son oreille.

— Non, répéta-t-elle. Tu ne peux pas penser cela.

Elle rassembla son courage pour aborder le sujet de son père, en espérant qu'il se livrerait enfin.

— Je me demandais pourquoi la lettre de Hargrave t'avait tant bouleversé. Tu... tu te cachais de ton père à Mont-Claire, n'est-ce pas ? Cette lettre, tout en étant bien intentionnée, lui a révélé où tu étais.

Il acquiesça. Il lui fallut un certain temps avant de décrisper suffisamment les mâchoires pour pouvoir parler.

— Le domaine de Mont-Claire a été réduit en cendres pour l'unique raison qu'il abritait le dernier fils et héritier de Luther Kenway. Il a tué tout le monde pour m'envoyer un message : il n'existait aucun endroit sur terre où je serais à l'abri de lui. Il... il me rappelait à la maison.

— Je suis heureuse que tu n'y sois pas retourné.

Quand elle voulut s'écarter, il la retint. Il avait besoin de sa chaleur.

— Nous ne connaissons pas encore toutes les raisons de l'attaque, dit-elle en se pressant contre lui. Mes parents faisaient partie du Conseil cramoisi. Savais-tu que ton père avait courtisé ma mère autrefois ?

— Je l'ignorais.

Soucieuse d'apaiser sa douleur et son sentiment de culpabilité, elle reprit :

— J'ai aussi découvert que mon père était un cousin de Kenway au quatrième degré. Lorsque ma mère l'a choisi plutôt que ton père, cela a dû fortement le contrarier. Peut-être voulait-il se venger de l'affront d'avoir été éconduit publiquement...

— J'aurais dû savoir que nos familles étaient liées, dit-il. Je m'étais probablement déjà rendu à Mont-Claire avant cela, mais je ne me souviens de rien.

Elle hésita.

— Chandler... j'ai beaucoup lu sur Kenway au cours de mes enquêtes. J'ai épluché de nombreux rapports et en ai trouvé un sur... la comtesse de Devlin, ta mère... Il y était écrit qu'elle avait... noyé ses enfants.

Il crispa les mâchoires, puis détourna son visage de la lumière.

— C'est vrai.

— Je me souviens de leurs noms : William, Arabella et...

— Luther, acheva-t-il d'un ton écœuré, comme si ce nom avait un goût de cendres et d'immondices. Luther Beaufort de Clanforth-Kenway.

— De Clanforth, répéta-t-elle. De-Clan.

Il acquiesça.

— Tu ne t'es pas noyé ?

Il émit un petit son caustique.

— Oh si. Je m'en souviens bien. Dans mes cauchemars, je me débats encore dans l'eau.

Il posa une main sur sa poitrine et inspira profondément, gonflant sa cage thoracique comme s'il voulait se prouver qu'il pouvait toujours respirer.

— C'est la raison pour laquelle ta mère est morte dans un asile d'aliénés ?

— Oui. C'était une femme fragile. Kenway aimait jouer avec elle, la torturer, exercer sur elle sa cruauté. Elle croyait nous sauver de lui. C'est ce qu'elle m'a dit avant de m'enfoncer la tête sous l'eau.

— Mon Dieu, murmura-t-elle. Comment... comment se fait-il que tu sois encore...

— D'après ce qu'on m'a raconté, mon père l'a surprise et l'a tirée en arrière pendant que les domestiques nous sortaient de la baignoire. Puis ils l'ont emmenée je ne sais où. J'étais inconscient.

Raconter son histoire était une épreuve. Ses muscles tremblaient, ses doigts s'agitaient nerveusement, et une sueur froide perlait sur sa peau.

Bouleversée, Francesca ne pouvait que le tenir contre elle pendant qu'il déversait ses secrets et prier que son récit le purge de l'horreur.

— Deux domestiques... enfin, je crois que c'étaient des hommes de main de mon père, m'ont ranimé en vidant l'eau de mes poumons. J'ignore comment. Après que j'ai eu tout recraché, ils m'ont fait sortir de la maison discrètement. Ça, je m'en souviens bien. Peut-être ne faisaient-ils pas partie du Conseil, à moins qu'ils n'aient eu un sursaut de conscience. Ils m'ont fait grimper dans la voiture de mon père, encore tout trempé, et ont demandé au cocher de me conduire loin, en lieu sûr.

— Comment es-tu arrivé à Mont-Claire ?

— La berline s'est arrêtée au prieuré pour la nuit, et j'ai entendu le cocher se demander s'il ne ferait pas mieux de me ramener chez moi. Alors je me suis enfui.

— Le prieuré de Bronwell ? s'étonna-t-elle. C'est à des kilomètres de Mont-Claire !

Il haussa les épaules.

— Je me souviens seulement d'avoir couru jusqu'à ce que les poumons et les jambes me brûlent. J'étais trempé, crasseux, et j'avais si froid... tellement froid. Tout me faisait mal...

— Assez ! lâcha Francesca malgré elle.

Elle ne contenait plus ses larmes, qui coulaient jusque sur son menton.

— Arrête, je ne supporterai pas d'en entendre davantage. Toute cette souffrance, ces cauchemars... Mon Dieu, Chandler, dire qu'ils te faisaient nettoyer la fontaine à Mont-Claire !

Elle le lâcha pour se couvrir les yeux des deux mains, comme si cela pouvait masquer ses souvenirs, les images du jeune garçon titubant jusqu'au manoir.

— Je me demandais pourquoi tu étais si pâle, pourquoi tu redoutais l'eau... pourquoi tu préférais te laver dans le lac plutôt que dans la baignoire...

Elle était secouée de sanglots, ses larmes semblant couler d'une source intarissable.

— Mon Dieu, mon Dieu..., répétait-elle. Je suis tellement désolée.

Chandler l'attira sur ses genoux et la berça en murmurant des paroles apaisantes.

Elle était aussi bouleversée qu'embarrassée. Elle ne pleurait pas. Jamais. Même pendant ses épreuves les plus dures. Elle n'avait pas pleuré lorsque Serena avait béni les cendres de Mont-Claire, de ses parents et de ses amis ; ni quand elle avait enterré le violeur de sa meilleure amie, s'était cassé le poignet lors d'une chute en Argentine ou avait été terrassée par des partenaires d'entraînement plus grands, plus forts et plus vicieux. Elle avait ravalé plus de larmes au cours des deux dernières semaines qu'au cours des deux dernières décennies.

À présent, l'immense peine qu'elle ressentait pour Chandler se transformait en déluge. Elle pleurait vingt ans de chagrin contre son torse.

— Je suis désolée... je suis désolée, hoquetait-elle entre deux sanglots.

Elle était désolée qu'il ait tant souffert. Désolée que ce soit lui qui la console alors qu'il était le plus à plaindre. Désolée que...

— Je t'aime, dit-il dans sa chevelure.

Elle redressa brusquement la tête.

Il caressait doucement sa joue avec une expression paisible et tendre qu'elle ne lui avait jamais vue. Ses yeux brillaient d'une lueur qu'elle n'osait interpréter et sondaient son visage avec une révérence qu'elle trouva aussi émouvante que terrifiante.

— Je t'aime, répéta-t-il comme si elle ne l'avait pas entendu.

Comme s'il peinait à le croire lui-même.

Francesca bondit sur ses pieds.

— Non, tu... tu ne peux pas me dire ça. Pas maintenant.

— Pourquoi pas ? demanda-t-il, perplexe.

— Parce que...

Elle ravala l'aveu qui lui montait aux lèvres, son courage l'abandonnant.

— Parce que c'est faux. Tu ne m'aimes pas. Tu aimes celle que tu crois que je suis. Celle que j'étais enfant. La plupart du temps, je t'agace et...

— Je t'aime, répéta-t-il encore avec un calme exaspérant.

— Tu ne me connais pas. Pas vraiment.

Elle chercha autour d'elle un peignoir, quelque chose qui la ferait se sentir moins nue. Celui qu'elle avait laissé sur le dossier du fauteuil ce matin avait disparu. Fichues femmes de chambre trop efficaces !

— Réfléchis, Chandler. Tu ne cesses de me répéter ce que je ne dois pas faire. Tu voudrais que je sois différente. J'ai vu l'amour, et ce n'est pas ça.

Il la rejoignit en un clin d'œil et tourna son visage vers lui.

— Tu m'as mal compris, Francesca. J'aime qui tu es. Je veux simplement que tu cesses de risquer ta vie. Je veux un avenir avec toi, et le fait que tu te mettes constamment en danger me terrifie.

Il enfouit son visage dans sa chevelure en ajoutant :

— Tu es à moi, Francesca. Tu es ma femme, mon dragon... et je t'aime.

Fichtre, elle allait se remettre à pleurer.

— Mais...

— Je t'aime, bon sang. Accepte-le !

Son ordre était tempéré par la douceur de son regard.

— Tu es mon espoir de bonheur, poursuivit-il. La lumière au bout de ce long tunnel. Si je suis en colère quand tu te mets en danger, c'est parce que j'ai besoin de toi. Je ne peux pas te perdre, Francesca. Je n'y survivrai pas une seconde fois.

Francesca.

Elle sentit son sang se glacer. Le moment de vérité était-il venu ? Si elle lui révélait son identité, serait-il heureux de l'entendre ? Ou serait-elle celle qui avait tué de nouveau sa Francesca ? Cela lui ferait probablement terriblement mal, et il ne le lui pardonnerait pas.

Quelle était la solution la plus douce ?

La plus juste ?

— Te souviens-tu de ce que je t'ai dit, la première fois que nous avons fait l'amour ? demanda-t-il en caressant sa joue.

Elle fouilla dans sa mémoire.

— Que je causerais ta perte ?

— Oui, je savais déjà que tu détruirais Chandler Alquist, Declan Chandler, Tom Tew, lord Drake, Edward Thatch et tous les autres. Je savais que tu créerais un être nouveau, plus vrai. Que tu deviendrais plus importante que ma vengeance et que moi-même, un être pour qui je serais prêt à mourir, ma raison de vivre. Je crois que je l'ai su dès notre premier baiser...

Francesca le dévisageait, incapable de bouger, de respirer.

Au bout d'un moment, en voyant le tourment dans ses yeux, il la lâcha.

— Tu... tu ne ressens pas la même chose.

La confusion et l'incertitude dans sa voix la sortirent enfin de sa léthargie. Elle s'accrocha à lui.

— Bien sûr que je t'aime, idiot ! dit-elle en le secouant légèrement. Je t'ai aimé dès l'instant où tu es arrivé à Mont-Claire et je n'ai jamais cessé. Je t'ai aimé quand tu étais enfant, quand tu étais mon héros, et quand tu étais un fantôme. Je t'ai aimé même quand j'avais envie de t'étrangler. Chandler, il n'y a jamais eu personne d'autre pour moi. Pourquoi crois-tu que je sois restée vierge jusqu'à présent ? Toucher un autre homme me paraissait être une trahison et je...

Il prit ses lèvres avant qu'elle ait terminé sa phrase. Ses mains étaient partout. Il la repoussa vers le lit, sur lequel ils tombèrent tous deux dans un enchevêtrement de membres et de passion.

Francesca oublia tout sauf une chose : Chandler l'aimait, et elle l'aimait. Ils s'occuperaient du reste plus tard, lorsqu'ils auraient le temps de respirer et de pleurer. Lorsque leur amour serait moins nouveau, moins vulnérable. Lorsque les vérités seraient moins douloureuses, que Kenway et le Conseil auraient été mis hors d'état de nuire.

Pour le moment, le dragon garderait ses secrets.

Car elle avait enfin volé le cœur du Tigre et ne voulait pas risquer qu'il le reprenne.

25

Chandler fut tiré d'un profond et divin sommeil sans rêves par un son qu'il n'avait encore jamais entendu.

— Qu'est-ce que...

C'était horripilant, comme un petit carillon incessant.

Il bondit du lit et cherchait son arme quand Francesca émit un grognement plaintif.

— Le téléphone, gémit-elle en se bouchant les oreilles. Fais-le taire.

Il se dirigea à tâtons vers l'appareil posé dans un coin.

— Comment se fait-il que tu aies un téléphone ? demanda-t-il. Je croyais qu'ils étaient réservés aux entreprises et au gouvernement.

— C'est pourquoi j'en ai un, répondit-elle comme si cela coulait de source.

Chandler décrocha l'écouteur en massant son menton qu'il avait heurté contre un meuble dans le noir.

— Nous avons coincé le diable, lady Francesca, dit une voix écossaise familière dans le petit boîtier rond contre son oreille. Kenway est dans une cellule et, si j'ai mon mot à dire, il ne reverra jamais la lumière du jour.

Chandler ferma les yeux. Le soulagement qu'il éprouvait était teinté d'autres émotions plus sombres et complexes. Le matin venu, il aurait des explications à donner. En abandonnant le raid pour venir au secours de Francesca, il avait mis toute l'opération en danger. Autrefois, il n'aurait jamais pris un tel risque. Il avait dû choisir entre arrêter son père et sauver Francesca...

Les lueurs de la ville projetaient un halo pâle sur le lit blanc, faisant ressortir la peau rose et la chevelure rousse de la femme nue qui y était étendue. La femme qui avait ramené la couleur dans sa vie.

Celle qui était devenue plus importante que sa vengeance.

— Comtesse..., reprit Ramsay d'une voix hésitante. Je suis navré de vous poser une question aussi indélicate, mais... Chandler est-il avec vous ?

— Je suis là, répondit-il.

— Nom de nom !

Ramsay semblait presque soulagé d'être tombé sur lui plutôt que sur Francesca, et il ne paraissait pas surpris de le trouver chez elle à... Chandler lança un regard vers la pendule sur la cheminée... 3 h 30 du matin.

— Kenway est soit un maniaque génial, soit le pire fou que cette terre ait porté, déclara l'Écossais.

— Il est les deux, répondit Chandler d'une voix lasse.

Il aurait cru que la nouvelle le réconforterait. En fait, il se sentait épuisé et vide. La guerre était terminée, et il était désorienté.

— Il affirme que vous êtes Luther Kenway, deuxième du nom, son fils et héritier, poursuivit Ramsay. Est-ce vrai ?

Francesca émit un autre son plaintif et s'étira comme une chatte avant de tendre le bras vers la lampe. Chandler ne voulait pas de lumière. Il n'aspirait qu'à retourner entre les draps blancs, à l'attirer contre lui et à dormir jusqu'à midi.

— Oui, soupira-t-il.

Il éloigna l'écouteur de son oreille tandis que Ramsay laissait échapper un chapelet de jurons gutturaux en gaélique. Francesca avait allumé la lampe et le regardait en clignant des yeux. Elle semblait aussi épuisée que lui. Épuisée et belle. Sa chevelure ébouriffée nimbait de rouge son visage et ses épaules, lui rappelant qu'elle n'était pas un ange. Il la préférait ainsi.

— Est-ce Ramsay ? demanda-t-elle.

Il acquiesça.

— A-t-il arrêté Kenway ?

Il acquiesça de nouveau.

— Avec un tel père, je comprends que vous n'ayez jamais revendiqué votre nom, déclara Ramsay.

Chandler s'était attendu à des réprimandes, pas à de la compassion.

— Quelqu'un a-t-il été blessé ? demanda-t-il. Dashiell et Howard n'ont rien ?

— Kenway a donné un coup de couteau à un officier.

— Bon sang de...

— Oh, ce n'est qu'une blessure à la main. Il vivra et recevra même une médaille.

— J'aurais dû attraper cette ordure moi-même. C'est juste que...

Assailli par des émotions contradictoires, Chandler n'acheva pas sa phrase. Il se sentait coupable de ne pas se sentir coupable.

— Ne soyez pas dur envers vous-même, Chandler. Aucun homme ne peut garder la tête froide lorsque sa femme est en danger. Je sais de quoi je parle.

Chandler se demanda s'il rêvait. Le lord juge en chef, le plus haut magistrat du pays, ne lui reprochait pas d'avoir manqué à ses devoirs envers les services secrets, ce qui revenait à un acte de trahison ?

Il l'absolvait parce qu'il était amoureux ? En outre, comment ce maudit Écossais était-il au courant de ses sentiments ?

Il se souvint de la férocité avec laquelle lord Ramsay s'était battu pour Cecelia. Il avait abandonné son poste à la Haute Cour de justice pour la conduire dans un lieu secret. Puis il avait demandé à Chandler de l'aider à la sauver, elle ainsi que sept autres jeunes filles.

Ramsay était donc bien placé pour comprendre ses motivations.

— J'aurais pu la mettre à l'abri puis revenir.

Il avait été trop en colère, avait eu trop peur de la laisser quitter son champ de vision. Un besoin primitif de la posséder avait supplanté sa raison.

— Bah ! fit Ramsay. Personne n'est irréprochable. Francesca aurait pu rester chez elle et nous laisser faire notre travail. J'aurais pu ne pas lui dire où avait lieu le rituel, sachant pertinemment qu'elle s'y rendrait. Pour ma défense, je dois dire que lorsqu'on la provoque, elle devient un véritable dragon. Son besoin de se venger et de vous protéger m'a touché. Hélas, les sentiments nous rendent tous faillibles.

— Hélas, répéta Chandler, légèrement amusé. Qu'arrivera-t-il à Kenway ?

— Il sera pendu, répondit Ramsay d'une voix douce. Je suis navré.

— Ne le soyez pas. C'est tout ce qu'il mérite.

Se sentant soudain très vieux, Chandler s'assit sur la chaise derrière lui.

— Nous avons de quoi inculper votre père pour haute trahison. Toutefois, il y a d'autres affaires en suspens : la tuerie de Mont-Claire, l'enlèvement des jeunes filles, le meurtre du lord chancelier, entre autres.

— Je comprends.

— C'est que...

À l'hésitation de Ramsay, Chandler devina qu'il s'apprêtait à ajouter quelque chose qui ne lui plairait pas.

— Nous en avons arrêté d'autres, mais nous n'avons pas grand-chose sur eux pour les garder derrière les barreaux. Je crains que le Conseil cramoisi n'ait le bras encore plus long que nous ne le pensions. Pour le démanteler, il faudrait que Kenway le dénonce lui-même, qu'il confesse ses crimes et avoue publiquement qu'il est un traître et a conspiré contre la Couronne.

— Bonne chance, maugréa Chandler.

— Il a accepté de le faire à une condition... qu'il vous parle d'abord.

Chandler sentit son estomac se nouer. Il avait toujours su qu'il devrait tôt ou tard affronter son propre démon, mais tout son être s'y refusait.

— Je... je viendrai dans vos bureaux demain.

— Il veut vous parler maintenant.

— Il est avec vous ? s'exclama Chandler en se levant d'un bond.

Francesca se redressa dans le lit, l'air alarmée.

— Dans la pièce à côté, répondit Ramsay.

Chandler voulait refuser. Il croisa le regard de la femme qu'il aimait. Son inquiétude pour lui et sa compassion l'apaisèrent. Il s'accrocha désespérément au miracle de son existence. Sa seule présence lui donnait de la force, de l'espoir, de la paix. Sa Francesca.

— D'accord, dit-il.

— Mon fils ?

La voix, aussi grasse que la boue au fond de la Tamise, lui souleva le cœur.

— Vous ne méritez pas de m'appeler ainsi, grogna-t-il.

— Tu as raison. Il vaut mieux que nous évitions d'évoquer notre parenté. Nous avons toujours été une grande déception l'un pour l'autre.

Le scélérat parlait comme s'il n'était pas enchaîné. Comme s'il célébrait une victoire alors qu'il avait essuyé une défaite.

S'il s'était tenu devant lui, Chandler l'aurait frappé, lui aurait arraché sa langue perfide.

— Que voulez-vous ?

— Tu seras bientôt comte, répondit Kenway. Je tiens à m'assurer que la lignée Kenway ne sera pas entachée par un sang roturier.

C'était la dernière chose à laquelle Chandler se serait attendu.

— Que voulez-vous dire ?

— Regardes-tu la comtesse de Mont-Claire en ce moment même ?

C'était le cas. Il fixait ses beaux yeux verts, et il y vit soudain une lueur inquiète qui le remplit d'effroi.

— Inutile de me répondre, je sais qu'elle est là, déclara Kenway d'une voix soudain joyeuse et juvénile. Quelle femme ravissante ! Si agile et talentueuse. Si impitoyable, comme nous. N'est-elle pas merveilleuse ? Ces longues, longues jambes qui n'en finissent pas…

— Fermez-la ou je raccroche !

— Ces jambes ne sont pas si lisses, mon fils. Si tu les examines bien, tu verras une cicatrice sur son mollet droit, juste sous le genou… une cicatrice laissée par mes hommes il y a vingt ans, alors que vous couriez tous deux vous réfugier dans les bois.

Chandler lâcha l'écouteur comme s'il lui avait brûlé les doigts. Un courant glacé se répandit dans ses veines et lui serra le cœur.

— Qu'a dit Ramsay ? demanda anxieusement Francesca. Était-ce ton…

Chandler se précipita vers le lit et arracha les draps. Surprise, Francesca se recroquevilla instinctivement, remontant les jambes contre elle pour cacher sa nudité.

— Chandler, que te prend-il ?

Il lui saisit la cheville, se pencha sur sa jambe et passa son pouce sur la petite boursouflure sur son mollet. La plaie avait été recousue de longues années plus tôt, après que la balle l'avait éraflée alors qu'ils s'enfuyaient ensemble du manoir en flammes.

Une rage froide teinta sa vision de bleu. Non pas rouge, comme la fureur assassine. Bleu comme les flammes brûlant à la plus haute température. Celle des gouffres les plus profonds de l'enfer, où même les âmes damnées ne pouvaient accéder.

Il repoussa sa jambe d'un geste brusque. *Pippa*. Ce prénom sonnait comme une accusation. Une malédiction. Non, une profanation. Comment avait-elle osé ?

Lorsqu'elle se redressa sur ses genoux, il la contempla froidement. Pippa Hargrave. La petite boulotte blonde qui avait l'art de le rendre chèvre. Elle avait transformé une tragédie en triomphe personnel. Elle avait volé l'héritage de toute une lignée. Tout cela pourquoi ?

— Je peux t'expliquer, chuchota-t-elle en tendant les bras vers lui.

Il fit un bond en arrière, puis se tourna pour chercher son pantalon dans la chambre.

— Aucune excuse au monde ne pourra justifier ce que tu as fait.

— Je sais ! Je voulais te le dire depuis le début, mais… d'abord j'ignorais que c'était toi, puis… je n'étais pas sûre que tu ne me dénoncerais pas aux services secrets.

Il ramassa son pantalon et l'enfila avec des gestes raides.

— Que redoutais-tu ? De perdre ton titre ? Ta fortune ? C'est tout bonnement diabolique.

Elle tira les draps sur sa poitrine comme s'ils pouvaient la protéger de ses paroles.

— Comment peux-tu penser cela ? répondit-elle. Je redoutais de ne pouvoir la venger. *Nous* venger.

J'avais peur de mourir ! Je l'ai fait pour toi, avant tout...

Il pivota vers elle et agita l'index.

— Ne t'avise pas de dire ça !

— Pourquoi ? Parce que c'est la vérité ?

Elle ne cessait de se tourner d'un côté et de l'autre pour le suivre du regard tandis qu'il arpentait la pièce, ramassant sa chemise, ses souliers, sa cravate...

— Tu étais mort, Chandler. Tout le monde était mort, et ton père allait hériter de tout. Je ne pouvais pas le laisser faire. Alors, avec de l'entraînement et de la discipline, j'ai remodelé mon corps. J'ai teint mes cheveux et...

— Et tu as pris la vie de Francesca ? l'interrompit-il en enfilant rageusement sa chemise.

— Non. C'est Tuttle, ce maudit Américain, qui a pris sa vie. Sous mes yeux. Il lui a tranché la gorge alors que je tenais encore sa main. Je dois vivre avec ça. C'est ce que je vois lorsque je ferme les yeux. Pas toi.

Elle descendit du lit en enroulant le drap autour d'elle.

— Oui, j'ai pris l'identité de Francesca, mais uniquement pour détruire le Conseil.

— Peuh ! fit-il en attachant ses boutons de manchette. Avec le beau résultat que l'on sait !

— Que veux-tu dire ? demanda-t-elle, piquée.

— Je t'avais demandé de ne pas intervenir. Combien de fois t'ai-je répété que tu n'étais pas une espionne ? Quand des gens comme toi s'en mêlent, il y a toujours des dégâts. Un officier a été poignardé, et de nombreux membres du Conseil ont pu s'enfuir.

Elle pâlit.

— Il est... A-t-il survécu ?

— Pas grâce à toi, en tout cas.

— C'est injuste de me tenir pour responsable, s'emporta-t-elle. J'aurais pu t'aider si tu ne m'avais pas exclue. Tu n'aurais pas dû voler mon invitation. Tu aurais dû m'informer de la descente de police. Tu aurais dû me faire confiance !

— Te faire confiance ? s'esclaffa-t-il. Tu plaisantes ? Je ne peux même pas te regarder.

Il ramassa ses chaussures et se dirigea vers la porte.

Elle courut derrière lui, ses pas entravés par le drap qu'elle devait relever pour ne pas se prendre les pieds dedans. Elle se jeta contre la porte, dos au battant, pour le retenir.

— Chandler, Chandler, écoute-moi.

Il aurait menti en affirmant que la douleur et le désespoir dans ses yeux ne faisaient pas craqueler la glace qui renfermait son cœur.

— Je t'aime et je sais que tu m'aimes, dit-elle.

Il secoua la tête, cherchant en lui cet amour et ne trouvant qu'un gouffre béant. Son père les écoutait probablement. Il avait oublié de raccrocher. C'était l'humiliation suprême.

— Ce qui me paraît clair, c'est que nous ne nous connaissons pas, rétorqua-t-il.

— Ce n'est pas vrai. Je n'ai jamais ressemblé à Francesca, ni autrefois ni aujourd'hui. Tout le temps que nous avons passé ensemble, tu étais avec *moi*. Nous avons ri et nous avons travaillé ensemble. Nous nous sommes disputés, nous avons fait l'amour...

— Nous avons forniqué, rien de plus.

Elle tourna la tête sur le côté comme s'il l'avait giflée. Puis elle prit une profonde inspiration et puisa dans cette force de volonté qu'il avait tant admirée.

— Je sais que, ce soir, rien ne s'est passé comme nous l'aurions voulu. Toutefois, Chandler, nous avons eu notre vengeance. Je suis qui je suis. Francesca est juste le prénom que j'utilise. C'est de la femme qui vit dans ce corps que tu es tombé amoureux. Je t'en prie, reviens t'asseoir. Donne-moi une chance de...

Chandler secoua la tête et leva une main pour l'arrêter.

— C'est de son souvenir que je suis tombé amoureux, je m'en rends compte à présent.

— Quoi ?

— Maintenant qu'elle est vraiment partie, je ne ressens plus rien. Je suppose que c'est grâce à toi.

Il était conscient de mentir un peu. Il restait quelque chose, quelque part, verrouillé dans un caveau profondément enfoui dans la noirceur de son âme. Un abîme de douleur et de désespoir. Un jour, plus tard, il sortirait la trahison de Pippa de ce caveau et l'examinerait. Avant de la jeter définitivement aux orties.

— Rien ? répéta-t-elle dans un murmure. Après tout ce que nous avons partagé ?

Il haussa les épaules.

— Je ne suis même plus en colère, ce qui me dit tout ce que j'ai besoin de savoir.

Les traits de Francesca se durcirent, ses yeux émeraude lançant des éclairs.

— Je me demande bien de quel droit tu aurais été en colère, dit-elle d'un ton véhément. Tu as menti sur ton père, ton nom, tes origines. Mais je peux comprendre pourquoi. Nous avions tous deux de bonnes raisons de cacher nos véritables identités. Je t'ai pardonné tes mensonges. En quoi est-ce différent pour moi ?

Il se retint d'envoyer son poing dans le mur. Surtout parce que cette vérité déclenchait en lui une nouvelle vague de colère. Plutôt que d'y céder, il recula.

— Ce n'est pas ton pardon que je voulais, Pippa. C'était le sien.

Il pointa un doigt vers la fenêtre, comme si le fantôme de Francesca flottait de l'autre côté de la vitre.

— Et tu m'as volé ce pardon. Tu m'as volé Francesca, une fois de plus !

Il devait fuir cette chambre, cette maison.

— Je comprends ton émotion, Chandler, et je la trouve justifiée. En revanche, je ne comprends pas ton hypocrisie. Comment toi, l'homme sans nom ni identité, peux-tu me traiter de menteuse pour avoir pris l'identité d'une personne que j'aimais afin de la venger ? De *les* venger, elle et Ferdinand !

Voyant qu'elle s'était avancée, il en profita pour ouvrir la porte.

— Je t'avais prévenue que j'étais un monstre. Tu aurais dû m'écouter, et je n'aurais pas dû être aussi aveugle.

Il sortit et claqua la porte. Elle la rouvrit un quart de seconde plus tard et cria dans l'escalier en marbre :

— Tu n'as jamais été un monstre. Tu m'entends ? Tu n'étais pas un monstre… jusqu'à ce soir.

26

— C'est terminé. Je ne sais pas si je dois vous présenter mes condoléances ou mes félicitations.

La compassion de Ramsay laissa Chandler de marbre.

Il aurait pourtant dû être touché. Le tout nouveau lord chancelier s'était déplacé en personne pour lui annoncer que Kenway avait été exécuté.

Chandler était désormais le neuvième comte de Devlin. Un lord disgracié. Roi des cendres.

Comte du néant.

Écœuré par sa propre mélancolie, Chandler ne pouvait se résoudre à regarder l'homme qu'il avait appris à mieux connaître et à respecter au cours de ces deux derniers mois d'enfer. Il se contenta donc de hocher la tête pour lui indiquer qu'il l'avait bien entendu et continua de contempler Harigate Square par la fenêtre de son bureau, dans l'une des nombreuses propriétés de son père... non, plus exactement l'une de *ses* nombreuses propriétés dans le West End.

— J'ai été surpris de ne pas vous voir à... euh... l'événement, déclara Ramsay. Vous avez assisté à toutes les audiences du procès.

— Il aurait voulu que je le voie mourir, répondit Chandler froidement. Je ne comptais pas lui offrir cette satisfaction.

— Je comprends, dit doucement Ramsay.

Après un long silence, il demanda :

— Et maintenant ?

Chandler lui lança enfin un regard par-dessus son épaule.

— Quoi, maintenant ?

— Qu'allez-vous faire ?

La question de Ramsay allait au-delà de la simple curiosité.

Chandler savait qu'ils tournaient autour du sujet qu'ils avaient soigneusement évité au cours des semaines durant lesquelles ils avaient travaillé ensemble pour démanteler définitivement le Conseil cramoisi.

Francesca.

Son regard se porta aussitôt sur le chêne noir de son jardin et son feuillage rouge embrasé par les tons incandescents de l'automne. Il ne pouvait passer devant cet arbre sans penser à elle.

Sans brûler d'envie de la goûter une dernière fois...

Il y avait toujours eu un vide en lui, un puits de ténèbres qui le rendait incomplet. D'autres hommes tentaient de combler ce vide par le vice ou le pouvoir, l'alcool ou le danger. Chandler avait essayé chacun de ces palliatifs avant de comprendre rapidement que c'était futile.

Durant un moment, Francesca avait comblé ce vide. Si menue soit-elle, elle avait rempli sa vie et son cœur. Elle les avait remplis avec la promesse du bonheur, avec de l'espoir.

Puis Pippa avait chassé tout cela à jamais, ne laissant qu'un gouffre béant et insondable qui menaçait de l'engloutir tout entier.

Le plus tôt serait le mieux.

Il contempla son reflet spectral dans la fenêtre. Il était pâle et maigre, les yeux cernés par le manque de sommeil. L'ombre sur la vitre n'était qu'une enveloppe de peau autour d'os, de tendons, de sang et d'un cœur qui ne battait plus que pour compter les minutes d'une vie qui n'avait plus de sens.

Pourquoi continuer à vivre ? Pour passer le reste de ses jours torturé par une absence ?

Son absence.

— Irez-vous la voir ? demanda doucement Ramsay. Francesca ?

La mention de son nom réveilla quelque chose en Chandler, une bête sauvage et affamée. Elle tournait en rond dans sa cage thoracique en feulant, torturée par sa captivité.

Un peu comme un tigre.

Irait-il à elle ? Son ventre se noua à cette idée.

— À ma place, vous iriez ? demanda-t-il à Ramsay, ou peut-être au fantôme dans la fenêtre.

— Pardon ?

Chandler se tourna enfin vers le géant écossais, qui s'était accoudé au haut dossier d'un fauteuil.

— Mon premier instinct a été de me méfier d'elle. Je refusais de la croire, expliqua Chandler. Elle est néanmoins parvenue à me convaincre, moi, l'homme le plus méfiant du monde. Après un mensonge d'une telle ampleur, vous iriez la trouver ?

Ramsay haussa les épaules.

— Oui, c'est ce que j'ai fait.

— Comment ça ? demanda Chandler, déconcerté.

— Cecelia m'a longtemps caché qu'elle était la Dame Écarlate. Naturellement, j'ai vu rouge lorsque j'ai découvert sa supercherie. Puis j'ai compris que j'étais aussi fautif qu'elle. Je ne lui avais pas donné la possibilité de me dire la vérité sans se mettre en danger, ce qui l'avait obligée à protéger ses secrets.

— C'est différent.

Chandler s'agitait. La peau lui démangeait, comme souvent lorsqu'il était placé malgré lui face à la vérité.

— En quoi est-ce différent ? demanda Ramsay.

— Parce que... vous ne pouvez douter des motivations de Cecelia maintenant que vous connaissez la vérité. Pour ma part, j'ignore si cette femme a agi par égoïsme ou pour sa survie.

Ramsay se gratta le menton.

— Excusez ma question, mais qu'y a-t-il dans ses actions qui vous fait douter d'elle ?

— Vous plaisantez ? Elle prétend avoir usurpé l'identité de Francesca pour servir la justice. En aurait-elle fait autant si Francesca avait été paysanne plutôt que comtesse ? Certes, elle a enquêté sur le massacre de sa famille. Mais elle a également joui d'une fortune et d'un rang dans la société qui ne lui appartenaient pas. Elle savait ce que j'éprouvais pour Francesca. Elle connaissait mes sentiments parce que j'avais mis mon âme à nu devant elle.

Il passa une main tremblante dans sa chevelure, se demandant pourquoi son raisonnement paraissait soudain si ténu. Pourquoi sa colère semblait pointer dans la mauvaise direction.

— En outre, je ne peux m'empêcher de me demander si elle m'aurait révélé sa véritable identité si mon père ne l'avait pas fait à sa place. Aurais-je passé le reste de mes jours avec elle comme un imbécile aveugle ?

Ramsay réfléchit un moment, puis demanda :

— Dites-moi une chose : auriez-vous été un imbécile heureux ?

— Ne soyez pas ridicule, rétorqua Chandler.

— Je suis on ne peut plus sérieux. Si vous n'aviez jamais découvert son secret, l'auriez-vous épousée ? L'auriez-vous aimée jusqu'à la fin de vos jours ?

Un puissant besoin assaillit alors Chandler, avec une telle force qu'il dut prendre appui contre le bureau de peur que ses genoux ne cèdent.

— Je n'aurais plus jamais regardé une autre femme, admit-il.

Ramsay s'efforça tant bien que mal de retenir un petit sourire narquois.

— Vous l'accusez d'avoir fait de vous un imbécile, mais n'est-ce pas plutôt votre réaction qui est idiote ?

Chandler lui tourna le dos pour se retenir de le frapper.

— Vous ne savez pas de quoi vous parlez, grogna-t-il.

— Peut-être, mais je sais une chose : vous ne trouverez pas femme plus honnête et honorable que Francesca. Elle est comme une sœur pour ma femme et je connais bien son histoire. Elle est têtue, querelleuse, autoritaire, et elle peut être vraiment casse-pieds quand elle s'y met. Mais elle arracherait son cœur et le donnerait à ceux qu'elle aime s'ils le lui demandaient. Elle a enterré les ennemis d'Alexandra, a protégé Cecelia et ma fille au péril de sa vie. Elle est partie en guerre pour vous alors que vous n'étiez qu'un souvenir. J'ai rarement vu un homme aussi courageux, désintéressé ou déterminé qu'elle. Alors, lorsque vous insinuez qu'elle aurait usurpé l'identité d'une comtesse pour vivre dans le luxe, je ne sais pas si je dois rire ou pleurer devant une telle ânerie.

Chandler fit volte-face en serrant les poings.

Toutefois, lorsqu'il lut la ferveur et la compréhension sur les traits de Ramsay, il comprit qui méritait réellement sa colère.

Lui-même.

Ramsay secoua la tête d'un air navré.

— Je ne suis guère tolérant, et rares sont les gens qui comptent à mes yeux, finit-il par admettre. Encore plus rares sont ceux à qui j'accorde mon respect, et Francesca en fait partie.

Les poils de Chandler se hérissèrent. La vérité s'imposait à lui avec suffisamment de force pour faire s'écrouler les derniers remparts autour de son cœur.

— Elle pourrait me détruire, Ramsay, souffla-t-il.

— Elle pourrait sauver ce qu'il reste de vous, et vous le savez, rétorqua l'Écossais.

Là-dessus, il mit son chapeau et se dirigea vers la porte. Une fois sur le seuil, il se retourna.

— L'amour fait de nous des sots.

— Que voulez-vous dire ?

Chandler se sentait soudain alerte, inquiet.

Vivant.

— Elle s'apprête à faire ce que je n'aurais jamais cru la voir faire.

Ramsay s'interrompit pour pousser un long soupir théâtral. L'ordure faisait durer le suspense.

— Quoi ? demanda Chandler. Que va-t-elle faire ?

— Elle va fuir.

27

Il était temps de partir. En réalité, ce temps était passé depuis longtemps. Elle avait suffisamment attendu. Des conséquences. Un miracle.

Un mot.

Les feuilles mortes craquaient comme des os sous ses bottes tandis qu'elle grimpait les marches du porche du manoir de Mont-Claire. De l'autre côté de l'entrée voûtée ne se dressait plus une demeure majestueuse, uniquement une carcasse noircie par d'anciennes fumées.

Les automnes l'avaient toujours rendue mélancolique ; celui-ci plus que tout autre. Dans le froid glacial de ce jour de novembre, son souffle se condensait en une bruine qu'elle fendait tandis qu'elle avançait dans ce qui avait été un hall en marbre d'une blancheur immaculée. Ses semelles foulaient un sol en damier posé par des artisans du passé, recouvert de vingt années de crasse et exposé aux éléments du fait de l'absence de toit.

Le Conseil cramoisi avait adoré brûler de belles maisons. D'abord Mont-Claire, puis l'hôtel particulier de Cecelia.

Dieu merci, il n'existait plus.

Elle n'était jamais revenue au manoir depuis ce jour funeste. Elle n'en avait guère eu envie aujourd'hui non plus. Cependant, il lui avait semblé important de faire ses adieux. Le cimetière où elle avait fait poser des stèles pour ses parents ainsi que la crypte des Cavendish paraissaient vides. C'était logique, puisque leurs cendres reposaient dans ces ruines. Ferdinand, Francesca, ses parents, les domestiques qu'elle avait aimés, ceux qu'elle avait moins appréciés.

En se promenant dans l'ancienne cuisine, Francesca se rappela les moments heureux – elle s'était promis de n'évoquer que les bons souvenirs.

La vieille cuisinière était toujours là. Elle passa un doigt sur la couche de crasse avant de se promener dans les couloirs, passant devant des colonnes qui ne soutenaient plus que le ciel.

La végétation avait repris ses droits ici et là, lui donnant l'impression de visiter une relique d'un autre âge et non de son propre passé.

Un passé qu'elle devait laisser définitivement derrière elle si elle voulait faire quelque chose de la vie qu'il lui restait.

Après que Chandler était sorti si brusquement de son existence quelques mois plus tôt, elle avait été rarement seule. Alexandra et Cecelia étaient constamment à ses côtés, passant des journées avec elle, l'invitant à toutes sortes de réceptions, faisant de leur mieux pour la distraire et l'occuper. Leur affection et leur dévouement étaient plus durables et débordants qu'elle ne l'aurait imaginé.

Elle les aimait tendrement, mais, sans le vouloir, elles la rendaient folle. Malgré elles, elles lui rappelaient à quel point elle était triste, pathétique et seule. Les voir si heureuses ne faisait que souligner le vide qui hantait sa vie, maintenant qu'elle n'avait plus sa vengeance pour la remplir.

Maintenant qu'elle n'avait plus personne avec qui la partager.

Non, il valait mieux qu'elle parte un moment. Peut-être retournerait-elle dans les montagnes des Carpates, loin du bruit, de la puanteur et des lumières de la ville, pour se perdre dans un lieu sauvage et isolé.

Les jours qui avaient suivi sa rupture avec Chandler, elle l'avait attendu. Comme il ne venait pas, elle avait attendu la police. Elle s'attendait à être dépouillée de tout, ou arrêtée.

Elle le méritait sans doute. Même commis avec les meilleures intentions, un péché restait un péché, un mensonge restait un mensonge.

Chandler avait fait preuve de bonté envers elle, ou peut-être était-il simplement indifférent. Il aurait pu tout lui prendre : techniquement, tout ce qu'elle possédait lui revenait. Grâce aux machinations de son père, il était l'héritier de Mont-Claire.

Et si je lui donnais tout ? Elle pouvait renoncer à son titre et à ses droits sur les terres des Cavendish. Elle ne voulait pas être la maîtresse de cendres. Elle n'avait plus de raisons de l'être.

Elle avait suivi de près le procès expéditif et très public de Luther Kenway en espérant croiser Chandler. Elle l'avait aperçu à plusieurs reprises dans la salle du tribunal. Il n'avait pu se résoudre à lancer un seul regard vers elle.

De son côté, elle l'avait observé, s'était repue de sa vue tel un condamné avide d'apercevoir un coin de ciel bleu, de capter le moindre signe de bonté.

Après l'exécution de Kenway, Chandler avait revendiqué son titre de comte de Devlin. Cecelia avait révélé à son amie qu'il ne s'était toutefois pas installé dans la résidence londonienne des Kenway, et Francesca avait compris pourquoi.

Il ne voulait pas vivre avec des fantômes.

Elle entra dans l'ancienne bibliothèque de Mont-Claire et, debout devant une fenêtre sans vitre, contempla la pente douce où s'était trouvé autrefois le labyrinthe végétal. Le refuge de son enfance.

Refuge.

Ce mot l'attira vers la cheminée, dont l'âtre en pierre était encore relativement intact. Des voix d'enfants apeurés se répercutèrent le long du conduit. Un garçon et une fille. Ce n'étaient que des souvenirs, bien sûr.

Elle dut baisser la tête sous le manteau de la cheminée qu'elle avait autrefois trouvée aussi haute que son père. Une fois dans le foyer, elle pouvait à peine lever les bras. Comme ils étaient petits à l'époque ! Comme ils étaient effrayés et courageux !

Et comme elle se sentait insignifiante à présent...

C'était ici qu'elle avait entendu battre le cœur de Chandler pour la première fois. Qu'il l'avait réconfortée et protégée.

— Je suis désolée, murmura-t-elle sans s'adresser à personne.

Ou peut-être à tout le monde. Aux enfants qui s'étaient tenus autrefois dans cette cheminée.

À l'extérieur, un hennissement précéda un crissement de sabots sur l'herbe gelée. Ce devait être Ivan qui s'impatientait. Il était temps de partir. Elle ne voulait pas rater son train.

Pourtant, quelque chose la retenait. Un léger pincement au cœur, une douce traction comme chaque fois que Francesca lui prenait la main.

« Reste, murmura un souvenir dans sa mémoire. Juste encore un peu. »

Elle resta et fredonna un air qu'ils avaient l'habitude de chanter dans la nursery tout en écrivant leurs noms du bout de l'index dans la suie du conduit. *Francesca, Ferdinand, Pippa et...*

Elle hésita. Elle ne pouvait écrire Luther, pas plus que Declan.

Chandler. Il serait toujours Chandler pour elle.

Un bruit de bottes sur le marbre terreux pénétra jusque dans le conduit de cheminée qui était désormais très court, les premier et second étages du manoir s'étant effondrés lors de l'incendie.

Elle rassembla son courage.

— J'arrive, Ivan, lança-t-elle. Je suis désolée de m'être attardée. Je... je disais au revoir.

Elle dessina impulsivement un cœur autour du nom de Chandler, puis sortit de la cheminée en époussetant la suie sur sa tenue de voyage.

— Où vas-tu ?

Son cœur fit un bond, et elle se figea.

Le comte de Devlin se tenait devant elle.

Ses cheveux étaient plus longs qu'avant, ce qui était plus conforme au goût du jour, sans doute. Il était également plus mince, mais il émanait toujours de lui la même énergie virile. Il portait un costume à la coupe impeccable dans un ton de gris qui faisait ressortir le vert mousseux de ses yeux.

Des ombres s'accumulaient dans le creux de ses joues, et des cernes profonds bordaient son regard. Un regard qui la transperçait telle la pointe d'un fleuret.

— Que fais-tu là ? demanda-t-elle.

Elle avait du mal à reprendre son souffle, comme si elle avait couru une lieue.

Il se contenta de la contempler, promenant un regard indéchiffrable sur son corps. Elle n'aurait su dire s'il la déshabillait mentalement ou s'il prenait ses mesures pour commander son cercueil.

— Étais-tu déjà revenu ici ? demanda-t-elle pour combler l'insupportable silence. Pour ma part, c'est la première fois. Avant cela... je ne pouvais pas. Toutefois, j'ai ressenti le besoin de faire mes adieux à cet endroit.

Il regarda les ruines autour d'eux, fouillant dans les ombres projetées par le ciel chargé.

Puis son regard revint sur elle, s'attardant sur les traces de suie sur ses jupes et son corsage. Pour la première fois, elle se sentit empruntée et regretta de paraître si essoufflée, sale et démodée alors qu'il était si beau.

Était-il furieux de la trouver ici ? Était-il venu la chercher ? Pourquoi ne disait-il rien, bon sang ? Pourquoi ne faisait-il rien ? Il aurait pu l'embrasser. L'étrangler. L'assassiner. N'importe quoi plutôt que ce mutisme.

Mais non, il restait planté là, les poings serrés contre ses flancs. Son silence cruel acheva de lui faire perdre ses moyens.

— Mont-Claire est à toi, lâcha-t-elle. Légalement. Tu es l'héritier du titre, des biens et de la fortune. Je tiens à ce que tu les aies. Je... je m'en vais, peut-être pour toujours. Mais, avant, je voudrais te dire quelque chose sur cet endroit... sur moi.

Elle ôta sa capeline afin qu'il la voie mieux.

— Pippa est morte dès l'instant où tu as été abattu... En fait, non, ce n'est pas entièrement vrai, et j'ai promis de ne dire que la vérité désormais.

Elle se mit à aller et venir devant lui, deux pas dans un sens, deux pas dans l'autre.

— Tout ce qui a survécu de Pippa ce jour-là, c'est son amour pour toi. Je suis devenue Francesca non pas parce que tu l'aimais, mais parce que je l'aimais moi aussi. J'ai vécu plus longtemps en tant que Francesca qu'en tant que Pippa. Après y avoir longuement réfléchi, j'en suis arrivée à la conclusion que je ne regrettais rien... Enfin, je regrette de t'avoir blessé, bien sûr. Pas ce que j'ai fait. J'ai assumé ma responsabilité envers mon amie. Nous t'aimions toutes les deux, Francesca et moi.

Elle tira sur ses manches avant de reprendre :

— Je... je t'aime toujours, et peu m'importe que tu le saches car je n'ai jamais menti à ce sujet.

Elle pressa ses doigts sur ses sourcils. Les yeux lui brûlaient, annonçant des larmes.

— Moi si, dit-il.

Soudain, il se retrouva devant elle, le doigt pressé sur ses lèvres pour la faire taire.

— J'ai menti, ajouta-t-il d'une voix rauque.

— Pardon ? marmonna-t-elle sous son index.

Il l'ôta et laissa retomber sa main.

— J'ai toujours pensé que mon amour était une émotion délicate destinée à une fille fragile, qu'être un héros signifiait sauver la damoiselle et lui prouver ma valeur. Je croyais... que l'amour était l'honnêteté, la pureté et tout ce que toi et moi n'avons jamais eu. Que la confiance, une fois trahie, ne pouvait jamais être réparée... puis je me suis souvenu d'un détail.

Francesca attendit, se demandant s'il jouait un jeu cruel ou s'il lui faisait simplement ses adieux.

Si elle avait une raison d'espérer.

Il se tourna vers l'étendue verdoyante devant le manoir et la contempla comme s'il voyait le passé.

— Le jour où je suis arrivé à Mont-Claire, Francesca et toi preniez le thé dans le jardin. Je me souviens de son visage, si parfait et propre. Elle m'a regardé avec... dégoût. Ce n'était pas de la compassion, de la bonté, ni même de la pitié. Elle ne voyait qu'un mendiant crasseux et grelottant qui la répugnait.

— Elle était très jeune et très bien élevée, protesta aussitôt Francesca. Elle a ensuite changé d'avis à ton sujet.

Il effleura sa lèvre inférieure du bout du pouce. Son expression soudain extraordinairement belle était empreinte d'une tendresse et d'une adoration qui faillirent la transformer en une flaque de larmes.

— Toi, tu m'as immédiatement pris par la main, reprit-il. Le bas de ta robe était boueux parce que tu avais chassé des grenouilles. Tu m'as fait boire ton thé, puis tu m'as entraîné dans les cuisines et tu as ordonné à tes parents de me nourrir et de m'héberger. Tu as harcelé un valet jusqu'à ce qu'il me donne un des pantalons de son fils, puis tu m'as poussé dans un lit.

Elle avait oublié ce détail.

L'autre main de Chandler rejoignit la première, encadrant son visage comme s'il tenait un trésor.

— Avec le recul, je ne me souviens que de toi, dit-il. De la petite fille qui s'accrochait à moi dans le conduit de cheminée. De celle qui courait à mes côtés, qui a pris dans la jambe la balle qui m'était destinée. Cette petite fille essayait toujours de me sauver, même du noir. Elle mettait toujours de côté pour moi un bonbon à la menthe supplémentaire qu'elle prenait dans la poche de son père. Elle venait m'aider à récurer la fontaine car elle savait à quel point je détestais l'eau. Elle a passé sa vie à tenter de me venger, ainsi que tous ceux qui sont morts ici. Puis, quand j'ai cru avoir retrouvé ma damoiselle, elle a cherché à m'épargner de la perdre une seconde fois.

Le cœur battant, Francesca respirait par saccades.

— Je ne me suis jamais demandé combien son secret avait dû lui peser pendant toutes ces années, poursuivit-il. Combien il avait dû être effrayant et oppressant. C'est cela l'amour... je le sais à présent.

Elle n'osait le croire. Était-il possible qu'il voie enfin la profondeur de sa dévotion ? Elle enroula ses doigts autour de ses poignets, maintenant ses mains sur son visage, voulant lui répondre mais se sentant incapable de parler.

Il sembla s'en rendre compte.

— Je sais que j'ai mis trop longtemps à comprendre. Mon père s'est servi de toi pour m'humilier encore. Je ne suis parvenu à l'accepter qu'après sa mort, et ensuite... je ne pouvais imaginer que tu accepterais de me donner une seconde chance. J'ai terminé ce que nous avions commencé et j'ai mis mes affaires en ordre. Durant tout ce temps, j'aurais voulu que tu sois là. Tu avais raison. Tu as été à mes côtés depuis le début, puis, quand cela a été mon tour d'être à la hauteur de la situation, je t'ai laissée tomber.

Elle fit non de la tête, pour lui dire qu'elle ne lui en voulait pas. Qu'elle était heureuse qu'il en soit venu à cette conclusion, même si cela lui avait pris du temps. Trop de temps.

— Puis Ramsay m'a dit que tu partais...

Elle acquiesça. Comment lui dire qu'elle ne supportait pas de rester dans la même ville que lui, dans le même pays, sans être à ses côtés ?

— Je... J'ai une proposition à faire à cette petite fille qui s'accrochait à moi dans la cheminée. À Pippa, à Francesca ou quel que soit le nom qu'elle choisira. Je serai celui qu'elle veut que je sois, celui qu'elle décidera d'aimer. Car, même s'il est impossible d'être digne d'une telle femme, je peux essayer. Que je sois un espion, un voyou ou un comte n'a aucune importance, car je ne suis rien si je ne lui appartiens pas. Et je n'ai rien si elle n'est pas à moi.

Francesca s'effondra dans ses bras. Elle ne pleurait pas, se contentait de respirer. Elle inspirait de grandes goulées d'air chargées de l'odeur merveilleuse de Chandler et expirait des mois de chagrin refoulé.

Il lissa sa chevelure d'une main et caressa son dos de l'autre.

— Je suis désolé. Pardonne-moi, j'ai été un crétin en colère, un idiot aveugle...

Toujours incapable de prononcer les mots qui se bousculaient dans sa tête, Francesca fit ce qu'elle faisait toujours dans ce genre de situation désespérée. Elle pressa sa bouche contre la sienne.

Leur baiser ouvrit son cœur et son âme, libéra la douleur, la peur et la tristesse, qui s'envolèrent comme une nuée d'oiseaux noirs dans le ciel.

Lorsqu'ils se furent longuement embrassés, elle s'écarta enfin et retrouva la parole.

— J'ai... j'ai détesté te mentir, avoua-t-elle. Tu es la seule personne au monde capable de me faire honte. Mon amour pour toi t'a donné ce pouvoir. J'ai été lâche, je sais. Je ne peux pas défaire ce que j'ai fait...

— Moi non plus.

— Pouvons-nous nous aimer assez pour rebâtir la confiance ?

Il resta songeur un moment avant de baisser de nouveau les yeux vers elle.

— Certains ont la chance de bâtir sur un terrain vierge. D'autres doivent se débrouiller avec des ruines et des gravats. C'est notre cas. Cela dit, si quelqu'un a la force de le faire, c'est bien nous, tu ne crois pas ?

Elle contempla les ruines de sa maison d'enfance pendant que Chandler déposait des baisers sur son front, ses sourcils, ses tempes.

— Dis-moi que tu le veux, murmura-t-il. Dis-moi que nous pourrons construire une nouvelle vie ensemble sur les ruines de l'ancienne. Dis-moi que ce n'est pas impossible. Que puis-je t'offrir pour te convaincre de passer ta vie avec moi ? Je suis un homme très riche, tu sais.

Elle lui donna un grand coup dans l'épaule.

— J'aurais vécu avec toi entre les racines d'un arbre, tu le sais. Toutefois, dis-moi une dernière chose.

Il sembla se préparer au pire.

— Comment t'appellerai-je durant notre vie ensemble ? demanda-t-elle. Sûrement pas Luther. Tu n'as jamais semblé aimer t'appeler Declan non plus.

Les traits de Chandler s'illuminèrent, et il esquissa un sourire en coin.

— Oh, tu ne l'as pas appris ? J'ai officiellement changé de prénom. Je m'appelle désormais Chandler Beaufort de Clanforth-Kenway, neuvième comte de Devlin.

— Non !

— Mais si.

— Pourquoi ? Que signifie ce prénom pour toi ?

— Chandler était votre poney favori à Francesca et à toi, tu t'en souviens ? Vous n'aviez pas encore dix ans quand il est mort.

— En effet, mais... tu nous avais sûrement dit ton nom avant cela.

— Le jour de mon arrivée, pendant que tu me nourrissais de force, Francesca et toi discutiez comme deux pipelettes. Tu as fait allusion au poney en passant. Je me suis endormi avant de devoir m'expliquer. Quand je me suis réveillé le lendemain et qu'on m'a demandé mon nom, c'est le premier qui m'est venu à l'esprit.

— Pff... tu parles d'un romantisme ! le taquina-t-elle avant de l'embrasser de nouveau.

— J'ai choisi de me rebaptiser officiellement Chandler car j'ai toujours été un Chandler pour toi. Declan Chandler ou Chandler Alquist, c'est ainsi que tu me connaissais.

Elle hocha lentement la tête.

— Cela fait des années que je joue à être Francesca, dit-elle. Au fond de moi, j'aimerais garder son nom pour vivre la vie qu'elle n'a pas eue et épouser le garçon que nous aimions toutes les deux. Cela te paraît-il acceptable ?

Il haussa les sourcils en lui lançant un regard effarouché.

— Francesca Cavendish, venez-vous de me demander en mariage ?

— Je crois bien que oui, répondit-elle, légèrement étourdie. Non, attends !

Elle mit un genou à terre, prit sa main, la retourna et déposa un baiser sur la cicatrice dans sa paume.

— Chandler Beaufort de Clanforth-Kenway, accepterez-vous de faire de moi la femme la plus heureuse du monde ?

Il posa une main sur sa poitrine en affectant un air scandalisé.

— Je suis tenté d'accepter, mais... où est la bague ?

Avant qu'elle ait pu répliquer, il la hissa dans ses bras et l'embrassa de plus belle. Lorsqu'ils furent de nouveau à bout de souffle, il pressa son front contre le sien.

— Est-ce à cela que ressemblera notre vie ensemble ? Toi, avec toujours une longueur d'avance sur moi, et moi m'efforçant de nettoyer les dégâts derrière toi ?

— Probablement.

— Tant mieux. Au moins, nous ne risquons pas de nous ennuyer.

Elle glissa les bras sous sa veste, l'enlaça et pressa sa joue contre sa poitrine pour écouter battre son cœur.

Au bout d'un long moment, il demanda :

— Qu'aimerais-tu faire de Mont-Claire ? Le reconstruire ?

Ils contemplèrent les vestiges autour d'eux. Des oiseaux chantaient malgré le froid. Un petit lapin disparut dans les ronces du labyrinthe autrefois impeccablement taillé. La fontaine envahie de lierre se dressait toujours vers le ciel, et des thuyas continuaient à border l'allée abandonnée.

Était-ce ici chez elle ?

Elle se tourna vers l'arbre de Ferdinand et crut apercevoir une petite jambe maigre pendant dans le vide. Son cœur se serra, mais plus avec la même douleur.

— Le monde est vaste, et il me reste tant à explorer, répondit-elle. Il existe tellement de lieux sans souvenirs tristes et riches de potentiel !

— Où irions-nous ?

— J'aimerais voir l'aurore boréale en traîneau et galoper dans le désert du Sahara sur un pur-sang arabe. Je voudrais visiter des épaves de vaisseaux pirates à Antigua et les volcans d'Hawaï.

Elle releva la tête vers lui.

— Et toi ?

Les traits de Chandler restèrent neutres un moment, puis revêtirent une expression d'émerveillement juvénile.

— Je n'ai jamais vraiment réfléchi à l'avenir. Tout cela promet une vie extraordinaire.

— Fort bien, alors nous vendrons cet endroit afin de ne plus jamais avoir à regarder en arrière. En outre, cela financera une partie de nos aventures.

Il hocha la tête, puis ramassa une petite pierre argentée dans l'âtre et la glissa dans sa poche.

En voyant son air interrogateur, il expliqua :

— Je t'aime, Francesca, mais je souhaite garder un souvenir de Pippa, cette petite sauvageonne obstinée qui a promis un jour de voler mon cœur.

— Tu ne le récupéreras jamais, mon grand, dit-elle avec son épouvantable accent de pirate.

— Tant mieux, parce qu'il est à toi. Pour toujours.

AVENTURES & PASSIONS

---

3 novembre

Lisa Kleypas
Les Ravenel - Un charme diabolique
Inédit

Lady Merritt dirige seule la compagnie maritime de son défunt mari. Un jour, la jeune veuve se voit contrainte de régler un litige épineux avec un client écossais qui possède une distillerie de whisky. La voilà en présence de Keir MacRae, un frustre sans manière, qui entend bien régler l'affaire à son bénéfice. Or, entre la délicate lady et le goujat, l'attraction est immédiate. Cependant, des événements étranges viennent jeter le trouble sur leur passion et font peser de lourdes menaces sur la vie de Keir.

✦

Lorraine Heath
Les Pembrook - Juste un baiser...
Inédit

Lady Anne Hayworth vient d'apprendre que son fiancé a été tué durant la guerre de Crimée et décide de se rendre sur les lieux. Ce voyage périlleux nécessite la protection d'un homme sûr. Aussi, décide-t-elle de faire appel au sulfureux lord Tristan Easton pour l'escorter, moyennant une belle somme d'argent. Mais Tristan exige une autre forme de dédommagement qu'Anne, choquée, refuse catégoriquement. Or, faute de trouver un autre capitaine, la jeune fille doit se résoudre à accepter son offre, sans oser s'avouer que le regard bleu du beau marin a enflammé son cœur.

Mia Vincy
Longhope Abbey - Les défis d'Arabella
Inédit

Pour échapper au mariage avec un homme qu'elle méprise et qui l'effraie, Arabella Larke imagine de fausses fiançailles avec Guy Roth, marquis de Hardbury, une connaissance lointaine. Contraint à l'exil pour fuir un père tyrannique et dépravé, celui-ci refuse à quiconque le droit de diriger sa vie et n'a pas l'intention de jouer la comédie pour les beaux yeux d'Arabella. Que faire ? Déterminée et pleine d'audace, la jeune femme frappe, une nuit, à la porte du marquis qui, désarmé par sa beauté, se laisse entraîner dans un jeu bien dangereux...

✦

Kathleen E. Woodiwiss
Cendres dans le vent

1863. La Nouvelle-Orléans est aux mains des Nordistes. Alaina, ardente beauté sudiste, vient y chercher refuge après le massacre de sa famille. Ses dix-sept ans lui permettent de se faire passer pour un jeune garçon, et c'est sous le nom de Al qu'elle est sauvée par un médecin yankee, Cole Latimer. Bien que tout la porte à le haïr, elle se sent troublée par cet homme courageux, qui ne voit en elle qu'un gamin frondeur. Puis, une nuit, Cole découvre la vraie Alaina, créature de rêve qui lui révèlera le véritable amour et hantera longtemps ses rêves.

Kinley MacGregor
Les aventuriers des mers - Pirate de mon cœur

Jack Rhys a la réputation d'être le plus féroce pirate des Caraïbes. Pourtant, quand il n'est pas sur les mers, le capitaine sait se conduire en véritable gentleman dans le grand monde. Décidé à se venger du cruel amiral lord Wellingford, il kidnappe Lorelei Duprée, la jeune fiancée de Justin Wellingford, le fils de son ennemi. D'abord épouvantée par la dureté du regard bleu acier de son ravisseur, Lorelei ne tarde pas à s'éprendre de son geôlier d'autant, qu'à y regarder de plus près, il n'est pas aussi féroce qu'il veut le laisser paraître...

✦

Johanna Lindsey
Les Malory - Lord Anthony

Pour échapper à son cousin qui veut l'épouser pour la spolier de sa fortune, Roslynn quitte l'Écosse et se réfugie à Londres. À l'occasion d'un bal, elle rencontre Anthony Malory dont les conquêtes ne se comptent plus. La jeune femme est fascinée par son charme. Malheureusement, il fait partie de ces hommes contre lesquels on l'a mise en garde : les séducteurs. À fuir à tout prix ! D'ailleurs, c'est d'un mari dont elle a besoin, pas d'un amant. C'est bien dommage ! Pourtant, sans le savoir, cette rencontre vient de sceller le destin de Roslynn...

Regency

Mary Balogh
La dernière valse
Inédit

Veuve depuis plus d'un an, Christina, comtesse de Wanstead, mène une vie retirée avec ses deux filles dans son domaine de Thornwood Hall, lorsqu'elle apprend l'arrivée de Gérard Percy, le nouveau comte, pour les fêtes de fin d'année. La jeune femme redoute cette visite, d'autant que le maître des lieux a décidé d'accueillir de nombreux amis, afin de redonner au domaine le faste d'autrefois. Mais ce que redoute surtout Christina, c'est de revoir Gérard qu'elle a éconduit dix ans auparavant. Si les retrouvailles sont glaciales, l'esprit de Noël qui flotte bientôt sur Thornwood Hall pourrait bien faire des miracles...

✦

Manda Collins
Petit guide du crime à l'usage des ladies
Inédit

Jeune veuve indépendante, lady Katherine Bascomb dirige *La Gazette de Londres*, à la grande indignation des bien-pensants qui s'offusquent qu'une dame soit exposée à la vulgarité. Sa rubrique criminelle l'amène à enquêter sur une série de meurtres et, ce faisant, elle s'attire les foudres de l'inspecteur Andrew Eversham qui la somme de ne pas se mêler de ses affaires. Têtue, Kate refuse de se laisser intimider. Le jour où elle découvre un nouveau cadavre, Eversham est bien obligé d'accepter la collaboration de cette enquiquineuse. C'est ainsi qu'entre disputes et baisers, ils tenteront ensemble d'élucider cette étrange affaire.

Sélection

Delaney Masterson, célèbre vedette de la télé-réalité, fuit la douce Californie pour le glacial Michigan : la diffusion d'une sex-tape lui a infligé une terrible humiliation médiatique. Elle est pourtant tout sauf l'écervelée que dépeignent les paparazzis et veut se faire oublier, dans la bicoque de Bell Harbor qu'elle vient de louer à une certaine Donna Beckett. Dans ce refuge idéal elle attend que cesse l'agitation des journalistes. Jusqu'au jour où… elle découvre un homme nu dans sa douche ! Qui est ce Grant Connely qui prétend être le propriétaire des lieux ? Visiblement un grossier personnage avec lequel Delaney n'envisage pas du tout de passer le reste de sa vie…

✦

Lisa Kleypas
Noël à Friday Harbor

« Cher Père Noël, cette année, je veux juste une chose : une maman »… Lorsqu'il découvre le message de sa nièce Holly, Mark Nolan est profondément désemparé. Célibataire dans l'âme, il a dû composer avec le quotidien de cette petite fille fragile, qui a perdu la parole à la mort de sa mère et dont il est désormais le tuteur. Mark donnerait tout pour consoler sa nièce et lui offrir la douceur d'un foyer. Dans l'espoir de la réconforter, il décide de l'emmener dans une merveilleuse boutique de jouets à Friday Harbor. Ce dont Mark ne se doute pas c'est qu'en ouvrant la porte de l'échoppe, ils vont entrer dans un univers plein de féérie, où règne une jolie rousse, Maggie !

Molly Cannon
Cette petite chose étrange qu'on appelle l'amour

Etta Green doit quitter quelques jours son restaurant de Chicago pour assister aux obsèques de sa grand-mère à Everson, Texas. Là elle retrouve sa sœur Belle, aussi évaporée qu'Etta est pragmatique. Quelle n'est pas leur surprise d'apprendre que mamie Hazel avait entrepris de transformer la maison familiale en Bed & Breakfast et que, pour rembourser Donnie Joe, son associé, il faut lancer l'affaire au plus vite… C'est le moment que choisit Belle pour prendre la poudre d'escampette en laissant sa fille aux bons soins de sa tante. Et voilà Etta en charge de la petite et contrainte de composer avec ce Donnie Joe qui lui tape sur les nerfs !

✦

Ruby Jefferson
Un hiver nommé désir

Alors qu'Amy se rend en Virginie pour un reportage, le GPS de sa voiture l'abandonne au milieu de nulle part, avec un pneu crevé. Perdu dans les monts Alleghany, sans réseau ni roue de secours, elle s'alarme, d'autant que la neige et le froid s'invitent aux réjouissances. La jeune journaliste commence à perdre espoir lorsque les phares d'une voiture surgissent dans la nuit. Elle est sauvée ! Mais, au moment où une grande ombre noire s'approche, elle panique. Et si elle avait affaire à un psychopathe ?

13295

Composition
FACOMPO

Achevé d'imprimer en Italie
par GRAFICA VENETA
le 6 septembre 2021

Dépôt légal : octobre 2021
EAN 9782290252215
OTP L21EPSN002268N001

ÉDITIONS J'AI LU
87, quai Panhard-et-Levassor, 75013 Paris

Diffusion France et étranger : Flammarion